AF210100

Kumohoshi:

Zwischen Frost und Ragnarök

von
Medra Yawa

Bibliografische Information der Deutschen Nationalbibliothek:
Die Deutsche Nationalbibliothek verzeichnet diese Publikation
in der Deutschen Nationalbibliografie; detaillierte
bibliografische Daten sind im Internet über dnb.dnb.de
abrufbar.

Verlag: BoD • Books on Demand GmbH, In de Tarpen 42,
22848 Norderstedt
Druck: Libri Plureos GmbH, Friedensallee 273, 22763
Hamburg
ISBN: 978-3-7597-7964-9

***

https://medrayawa.com/

Kapitelübersicht

Prolog: Die Geburt einer Freundschaft

Sven Ryan folgte seiner Mutter durch die kühlen Gänge. Er mochte diesen Ort nicht. Hier war es immer zu kalt. Zu steril. Aber genau deswegen musste er sie begleiten.

Er durfte sie nicht alleine in die Hölle lassen.

Obwohl er erst acht Jahre zählte, wollte er seine Mutter beschützen. Sie war seine Ma. Sein Fels in der Brandung. Er wusste, dass sie einzigartig war. Dass die anderen Mütter von Kumohoshi nicht so liebevoll mit ihren Kindern umgingen. Egal, ob diese so alt wie er oder sehr viel jünger waren. Doch war das nur ein weiterer Grund, warum er sich um seine Ma zu kümmern hatte.

Warum er ihr beistehen musste …

Nachdenklich musterte er ihre schlaffen Schultern. Ihren gebeugten Schritt. Während Fiona Katja daheim bereits als neue Meisterin des Sahasrara gefeiert wurde, konnte er hier nur eine verletzliche Frau vor sich sehen. Sie wirkte erschöpft. Angespannt. Beinahe abweisend.

SR fragte sich, wie er sich wohl benehmen würde, wenn er in ihren Schuhen steckte …

»Hier lang«, ihre Stimme klang heiser, als sie die Tür am Ende des Flurs anpeilte und zum selben Monolog ansetzte, den sie ihm auch die letzten sechs Male gehalten hatte, »Denk dran: Sie ist sehr vergesslich. Sie-«

»Sie meint es nicht so«, unterbrach er die Sorgen.

Dankbar lächelte seine Ma ihn an. Sie beugte sich zu ihm herab. Drückte seine Schulter. Seufzte. Wandte sich wieder ab und öffnete die Tür.

»Hallo, Ma!«

Obwohl FK die alte Frau so euphorisch grüßte, schaute SR's Großmutter nicht auf. Ihr Blick war auf das Fenster gerichtet. Sie starrte die Wolken an. Die weißen Formen, die durch den Himmel schwebten und die Sven an sein Zuhause erinnerten.

An die fliegende Stadt im Himmel, auf der die Frau einst mit ihnen gelebt hatte: Kumohoshi.

»Du hast dein Frühstück ja gar nicht angerührt, Ma. Also wirklich. Du musst bitte besser auf dich achten«, sprach FK weiter auf die Frau ein. Doch erst als sie sich an den Tellern zu schaffen machte, schaute diese auf.

»Oh, gibt es schon Essen? Dankeschön.«

Obwohl ihre Stimme sanft klang, zuckte Svens Mutter zurück. Sie setzte ein gequältes Lächeln auf. Korrigierte die alte Frau nicht. Stattdessen schob sie ihr den Teller so zu, als hätte sie ihn gerade erst gebracht.

Sie laugt Ma aus!, befand er vor seiner anderen Seele.

Ryan antwortete ihm nicht. Dann war er wohl noch bockig. Genau wie die letzten Male als Sven entschieden hatte, dass sie ihre Ma begleiten würden. Schließlich war ihre Großmutter nur eine Hutan. Eine Nichtmagische, die von anderen ihrer Art betreut wurde. Nur wegen dieser Frau sahen die restlichen Hushen auf ihn und seine Ma herab! Sie war die Wurzel allen Übels in Ryans Augen. Diese Großmutter, die er am liebsten gegen jedes Monster dieser Erde eingetauscht hätte!

Stumm setzte sich SR auf den freien Stuhl. Er nahm sich eine vergilbte Zeitung vom Nachttisch. Eine Ausgabe, die noch vor seiner Geburt erschienen war. Die nichts mit dem Lehrstoff der Akademie von Kumohoshi gemein hatte. Die er dennoch auswendig kannte, weil seine Großmutter die verschiedensten Artikel darin verfasst hatte.

Sie war damals für einen großen Verlag tätig gewesen. Immer wieder hatte sie zu den Brennpunkten recherchiert und ihre Ergebnisse unter einem männlichen Pseudonym rausgebracht. Als vor ein paar Jahren ihre Vergesslichkeit eingesetzt hatte, hatte FK alle Werke zusammengetragen. Als Erinnerungsstütze, hatte sie gemeint. Damit sich seine Großmutter so hoffentlich nicht zu schnell vergaß. Damit die Demenz ihr nicht zu früh ihre einzige Seele raubte …

Diesmal hatte er die Ausgabe über die Tierquälerei in Centy erwischt. Die mochte er am wenigsten. Dennoch las er sie erneut durch. Einfach, um beschäftigt zu wirken.

»Frau Louis, wie wei- Oh. Ich habe Sie gar nicht kommen gehört«, stockte die Pflegerin an der Tür, als sie FK und SR erkannte.

Sven blieb stumm sitzen. Es wunderte ihn nicht, dass man sie erst nun bemerkte. Immerhin hatten sie sich direkt ins Haus geblinzelt. Nur so konnten sie ihre Vertrauten, zwei hundeähnliche Desson, ungesehen in das Gebäude schmuggeln. Es tat ihm zwar leid, dass die beiden immer in einer Abstellkammer ausharren mussten. Aber solange SR noch die Akademie besuchte, durfte er nicht zu weit von seinem Desson entfernt sein. Seine Magie entwickelte sich stetig. Verschob sich zu schnell. Verfing sich mit jedem Streit, in den Ryan ihn zog … Ohne den Vertrauten könnte sie zu leicht ausbrechen und erkannt werden!

»Entschuldigung, Sie wirkten so in Gedanken, als wir kamen. Da wollte ich Sie nicht erschrecken«, lächelte FK.

Warum entschuldigt sie sich immer vor diesen-

Ryan! Es sind Hutan. Keine Hushen, erinnerte er seine andere Seele nachdrücklich.

Aber jede Entschuldigung ist eine Erniedrigung!

Sven blätterte unbeteiligt durch die Zeitung. Er verstand sein anderes Ich schon. Eine Entschuldigung bedeutete eine Schuldübernahme. Dies als Hushen zu äußern, hieß, dass man sich selbst als fehlerhaft sah. Dass man auch von späteren Fehlern seinerseits ausging. Egal, wie alltäglich eine Entschuldigung für Hutan war — für Hushen galt sie als sozialer Selbstmord!

Sie wissen nicht, was Ma oder wir sind. Das dürfen sie nicht! Wenn nun also ein einfaches Wort uns den Stress erspart, eine neue Unterkunft für Großmutter zu suchen, dann sei es eben so. Für Ma wirst bestimmt auch du mal deinen Stolz runterschlucken können!

Immerhin durfte die Frau aus Platznot nicht zu ihnen. Und ihre Hutanfreunde waren leider auch keine Option. Der Otou-san selbst hatte schweren Herzens erklärt, dass nur seine Ma und er Kontakt zu ihr pflegen durften. Sie war zu krank. Wenn sie mit den falschen Leuten reden würde, könnte sie ganz Kumohoshi in Gefahr bringen. Daher wurde entschieden, dass eine sofortige Hinrichtung erfolgen musste, sobald seine Ma oder er sich nicht mehr um die senile Emily Louis kümmern konnten.

Aus Sicherheitsbedenken …

»Wie geht es ihr?«, hörte er seine Ma fragen.

Sven musterte die Pflegerin. Es war dieselbe wie die letzten Male. Deswegen hatte seine Ma dieses Pflegeheim ausgewählt: Es war winzig. Nur knapp zwanzig alte Hutan wohnten hier. Und sie alle waren je einer von sechs Pflegekräften fest zugeordnet. Dabei war Janice Rico für SR's Großmutter zuständig. Sie und ihr Mann galten als sichere Hutan, so FK's Nachforschungen. Genauso wie die restliche Kollegschaft.

»Sie träumt viel vor sich hin. Aber es scheint ihr zu helfen, die Wolken zu beobachten«, flüsterte diese Janice und deutete aus dem Fenster.

»Spricht sie viel?«, die Frage klang verzerrt. Zu verzerrt.

SR schielte über den Rand der Zeitung. Er musterte, wie seine Ma gegen ihr Bein trommelte. Eine Stressreaktion, die er nur zu gut kannte. Die ihre Sorgen verriet.

»Sie-«, noch ehe die Pflegerin antworten konnte, wurde die Tür aufgerissen.

»Janice?«, ein Mann steckte den Kopf rein, »Da ist eine Frau vorne, die behauptet, deine Schwester zu sein. Sie meint, es wäre wichtig.«

»Was- Das kann nicht sein, Tino. Meine Schwester …«

»Sie meinte, sie hieße Rebekka Naar. Richtig hellblond. Ansonsten könnte sie dir aus dem Gesicht geschnitten sein. Nur irgendwie dürrer«, erklärte der Mann.

»Ich-«, befangen schaute die Janice zwischen FK und Tino hin und her. Sven konnte sehen, wie seine Ma nach ihrem Zentrip griff. Nach dem kleinen Schlüsselanhänger, der an ihrer Hose hing. Ob sie mit einem Angriff rechnete? Aber so verpeilt, wie dieser Tino sonst war …

»Sie haben eine Schwester?«, fragte seine Großmutter so leise durch die angespannte Stimmung, als wäre sie gerade aus einem Traum erwacht, »Oh. Ja. Das haben Sie erzählt. Ich hatte Ihnen auch von meinen Kindern erzählt. Töchter. Zwei Mädchen. Sie waren herzliche Schwestern, die-«, ihr Blick richtete sich endlich richtig auf FK, »Fiona?«

»Ja«, sie trat näher an ihre Mutter, »Guten Morgen, Ma.«

Sven beobachtete, wie die Pflegerin sich entschuldigte und meinte, dass sie ihnen die Akte ihrer Großmutter hole. Doch so wie sie Tino beim Rausgehen dankte, traute SR ihr nicht. Sie klang zu gehetzt …

»Das Klo war den Gang runter links, oder?«, fragte er den Pfleger unbeteiligt, während er ihr folgte.

Er achtete nicht auf die Antwort. Lieber tastete er nach dem Zentrip in seiner Tasche. Ein kleines Taschenmesser. Er konnte die Magie darin spüren. Und so auch Tatakai. Sein Vertrauter, der sich nur wenige Schritte entfernt in einer Abstellkammer verbarg. Dem es derzeit gut ging. Dem es noch gut gehen musste, falls sich dies in einen Hinterhalt verwandelte …

Beruhigter schlich er durch die Gänge. Er achtete darauf, einen weiten Abstand zu dieser Janice zu halten. Dennoch durfte er sie nicht aus den Augen verlieren. Er musste sichergehen, dass seine Ma nicht in Gefahr geriet. Und dass seine Großmutter von den Monstern nicht als Köder verwendet wurde!

Warum war sein Großvater so bekannt gewesen?!

Kurz darauf beobachtete er, wie diese Janice eine andere Frau umarmte. Tränen entflohen ihr dabei. Eilig wischte sie die Tropfen weg. Ihre Stimme spannte sich an. Doch blieb sie zu leise, als dass er die Worte ausmachen konnte. Als dass er verstehen konnte, was die Frauen sagten. Und so wie sie einander gegenüber standen …

Es wirkte angespannt, oder?

Da kommen wir nicht ungesehen weiter. Sobald sie uns bemerken, ist Sense, schimpfte Ryan, *Was willst du sagen? Denn an den Klos sind wir schon längst vorbei!*

Ich weiß nicht. Wir könnten einfach so tun, als wollten wir frische Luft schnappen?

Klar doch!

Ryan lachte ihn ungehört aus. Gegenvorschläge konnte er aber auch nicht vorbringen. Und die Zeit rannte ihnen tickend davon. Dabei mussten sie ihre nächsten Schritte genaustens abwägen! Von wo konnten sie die meisten Informationen ergaunern?

Da entdeckte Sven ein Mädchen. Sie stand zwischen einem Automaten und Empfangstresen. Sie konnte gerade mal sechs Jahre alt sein. Vielleicht sogar noch jünger. Und auch sie beobachtete die beiden Frauen. Ihre blonde Mähne stand in alle Richtungen ab. Ganz anders als bei den Hushen daheim. Wo immer darauf geachtet wurde, dass längere Haare zusammengebunden oder abgedeckt blieben. Immer ordentlich. Immer glatt.

Sie sieht aus wie eine Wilde!, lachte Ryan, als er das Mädchen bemerkte.

Sven hätte sie eher mit Janice und der anderen verglichen. Ihre Statur passte. Genau wie ihr Gesicht! Nur ihre Augen wirkten schief. Sie strahlten zu hell. Zu blau?

»Hey«, grüßte er sie auf Hutanart, als er beiläufig neben ihr stoppte und den Snackautomaten hinter ihr musterte.

»Ehm. Hi?«, sie wirkte unschlüssig, »Mom mag es nicht, wenn ich mit Fremden rede.«

So wie sie Mom sagte, klang sie wie eine Hutan. Das würde zur Pflegerin passen. Wenn er es richtig verstand, war sie deren Nichte? Dann musste sie auch eine Hutan sein, oder? Seine Ma hatte ja gemeint, dass sie jede Person hier gecheckt hätte. Dass vor allem diese Janice Rico nicht unmagischer sein konnte!

Dennoch blieb er wachsam.

»Nun, dann solltest du nicht im Weg stehen«, er deutete auf das Bedienpanel, das sie blockierte.

»Hast du überhaupt Geld?«, fragte sie misstrauisch.

Ryans Lachen dröhnte durch seinen Kopf. Ja. Geld hatten sie zwar. Aber nur Yorups. Das war Hushengeld. Keine … Was brauchte der Automat? Die Hutan hatten ja in jedem Land irgendeine andere komische Währung!

»Wenn es nicht reicht, hole ich mir sonst noch was von meiner Ma«, behauptete er.

»Dann musst du auch noch nicht ran, Blondie.«

»Ich habe einen Namen«, beschwerte er sich grummelig.

»Und wie heißt der? Nervbold? Oder-«, sie brach ab und wandte den Kopf hastig zur Seite. Ihre Finger spannten sich an. Dann atmete sie durch. Sie schaute wieder zu den Frauen. Sackte in sich zusammen. Machte stumm Platz!

Unschlüssig blickte Sven auf die Knöpfe der Maschine. Dann auf das Mädchen.

Sie wirkte ausgelaugt. Oder ausgehungert? Sie erinnerte ihn an ein in die Ecke gedrängtes Tier. An einen freien Desson, der keine Bindung eingehen wollte. Der lieber jeden anfauchte, um seinen Freiraum zu behalten.

Hätte er dieses Mädchen in der Akademie getroffen, hätte er ihr geraten, mehrere Schuljahre zu wiederholen. Damit sie erstmal ein paar Muskeln aufbauen könne. Damit sie zu Kräften käme. Sonst würde sie noch vor dem

Schlachtfeld sterben. Aber hier? In einem Pflegeheim der Hutan? In jenem, in dem seine Großmutter lebte?

Er tippte ein paar Zahlen in das Panel und ließ dabei einen seichten Blitz aus seinen Fingern springen. Diesen lenkte er sachte hinein. Damit das Gerät nicht kaputt ging. Aber damit es einen kontrollierten Kurzschluss gab, durch den sich die Mechanik in Bewegung setzte.

»Hier«, murmelte er, als er ihr die Schokolade reichte, die durch Zufall unten rausfiel.

»Ich darf nichts von Fremden-«

»Ist von der Maschine. Nicht von mir«, korrigierte er sie und drückte die Süßware gegen ihre Brust.

»Du … magst nicht?«, fragte sie unschlüssig.

Ich schon!, grummelte Ryan.

Genervt und brach Sven zwei Reihen ab. So würde Ryan hoffentlich endlich still bleiben! Mürrisch schob er das zerrissene Papier ab. Biss hinein. Wandte sich zum Gehen, als ihn das Mädchen zurückhielt.

»Warte. Ehm. Danke. Du …«, sie schaute wieder zu den Frauen rüber, die noch immer angespannt miteinander sprachen, »Du bist kein Fremder, wenn wir uns vorstellen, oder? Ich bin Jessi. Du?«

»Sven«, antwortete er und nickte in die Richtung, aus der er gekommen war, »Meine Großmutter liegt ein paar Gänge weiter.«

»Macht Sinn. Ich meine, weil das hier ja ein Pflegeheim ist und-«, sie senkte die Stimme, »Ich meine, für dich. Von meiner Familie liegt niemand hier. Wir sind nur hier, weil- Mom hat mit dem Geld zu kämpfen, weil Dad so lange weg ist. Seine Arbeit hält ihn auf. Deswegen sind wir immer nur zu zweit unterwegs. Sie wollte daher zu Tante Janice. Aber-«, sie schaute sich hastig um, »Mom meint, dass mein Onkel unliebsam ist. Keine Ahnung was das heißt. Aber wir können deswegen nicht zu ihnen und …«

Also kein Hinterhalt, hm?, dachte er im Stillen, *Und für eine Hutan ist sie schon irgendwie lustig.*

Eher unfassbar gesprächig. Wird das ein Spendenaufruf, oder was?

Nein. Schau sie dir genau an. Sie scheint das sonst alles schweigend ertragen zu müssen. Wahrscheinlich kann sie mit niemandem richtig über ihre Probleme reden.

»Klingt ziemlich wild«, murmelte Sven, »Ihr habt es nicht leicht, oder?«

»Was ist schon leicht? Es ist doch immer-«

»Jessica!«, ihre Mutter polterte wie eine Kanonenkugel auf sie zu und sofort zuckte das Mädchen zusammen, »Du sollst doch nicht mit Fremden reden! Du-«

»Bekki. Hör. Auf!«, mischte sich die Pflegerin scharf ein, »Denkst du wirklich, dass ich dir helfen *möchte*, wenn du den Enkel einer meiner Patientinnen belästigst?«

»Ich meinte nur- Wegen Jessi- Wir hatten mal-«

»Dein Mutterherz in allen Ehren: Kinder sind Kinder. Lass sie in Ruhe«, Janice legte SR einen Geldschein in die Hand, »Hier. Seid so gut und holt euch ein Eis. *Sweet Paradice*, auf der gegenüberliegenden Straßenseite, ja?«

Perplex beobachtete Sven, wie die Schwestern in dem Zimmer hinterm Tresen verschwanden, ohne dass er auch nur den Mund öffnen musste. Wie kam diese Hutan auf die Idee, ihm Almosen zuzustecken? Kannte sie denn keine Ehre?! Am liebsten wollte er den Schein auf den Boden werfen und zurück zu seiner Ma gehen! Doch Jessicas strahlend blaue Augen stoppten ihn.

»Was soll's. Welche Sorte möchtest du haben?«, fragte er, während er den Schein zwischen den Fingern rieb.

Waren das Dollar? Oder Euro? Er war sich unsicher. Aber nachzusehen würde zu viel Aufmerksamkeit erregen. Er müsste sich einfach im Laden überraschen lassen.

»Ich … Ich hatte noch nie ein Eis. Ich-«

Ungläubig starrte er sie an. Zwar wurden Süßigkeiten und alle Speisen, die fett oder träge machen konnten, auf Kumohoshi als abwertend gesehen, dennoch waren sie von keiner Feier wegzudenken. SR war sich vor allem sicher, dass jeder Hushen die kalte Köstlichkeit kannte! Sie war als einziges leichter in der Höhe herzustellen …

Dass nun ein Hutankind diese Hutanerfindung bislang nie probiert hatte, klang irgendwie traurig.

»Dann wird das eine lustige Bestellung. Kommst du?«

Damit führte er das Mädchen zu der Eisdiele.

Das Mädchen, dessen Eis bei jedem Treffen schneller als seines zu schmelzen schien …

Kapitel 1: Der Fehler im Kartenhaus

Nachdenklich blieben SR's Augen an einem zerrissenen Zeitungsartikel hängen. Er hing eingerahmt in der Stube seiner Eltern. Seine Ma hatte ihn dort zur Schau gestellt, nachdem seine Großmutter aufgehört hatte, zu sprechen. Sie bezeichnete die Frau mittlerweile als lebendige Tote. Ein atmendes Wrack, das nicht mehr lange durchhalten würde. Das einzig SR besuchte. Das nur deswegen nicht hingerichtet worden war …

Etwas, was seinen Vater nicht wirklich begeisterte. Die Beschwerden kamen ja bereits, als der Papierfetzen seinen Weg an die Wand gefunden hatte. Er hatte gemeint, dass Wandschmuck sich nicht gehöre. Dass er ablenken würde. Deswegen hatte er es direkt abhängen wollen. Spätestens jedoch, wenn sein Bruder käme. Oder andere Hushen. Wie der Otou-san. Wie SR's Kollegen. Immerhin galt SR als volljährig. Als erwachsen. Sie hatten sich als reine Hushen zu präsentieren. Keine Albernheiten!

Dennoch hatten sie den Artikel bislang nicht einmal zum Putzen abgenommen …

»Und wie sieht dein Plan aus?«, riss Richard Tobias ihn aus den Gedanken.

»Hm?«, murrte Sven nichtssagend.

»Na, während unser Musuko die kommenden Wochen bei seinem Vater feststeckt«, erwiderte der Hushen, »Die Amtseinarbeitung für den Notfall steht an: Aktenordnung, Missionssortierung, Konziltreffenplanungen …«

SR musterte seine Besucher. Seine Kollegen. RT und TJ. Zusammen waren sie eine kleine Einheit, die noch in der Akademie gegründet wurde. Während er Tarek John seit Kindestagen kannte, weil seine Ma und TJ's Vater alte Freunde waren, war RT ihnen von den Lehrmeistern in die funktionierende Dynamik gedrückt worden. Damit sie ein Dreierteam wären. Damit sie Unterstützung hätten.

Damit die Fraktion der Ajnaabteilung und RT's Familie einen stärkeren Halt in ihrer Politik bekämen.

Deswegen hatte er RT die ersten Jahre kaum akzeptiert. Vor allem, wenn es um dessen Familie ging. RT's Mutter TL war die Nichte des Ajnameisters. Sein Vater NA der Vorsitzende der Spione. RT selbst verbrachte jede freie Minute in der Abteilung der Illusionen. Und wenn dessen Schwester es damals auf die Akademie geschafft hätte, so war sich SR sicher, wäre auch sie in dem Familienbetrieb gelandet. Sie war nur dank des Herzfehlers, der vor zwei Jahren ihr Leben forderte, dem Schicksal entkommen.

Und nur weil er RT nach ihrem Tod weinen sah, hatte er ihn erstmalig als Partner annehmen können.

»Ich werde Ma wahrscheinlich zur Hand gehen. Seitdem der Sensorbannkreis überarbeitet wurde, lassen sich die Spuren des Sahasrarachakra viel leichter identifizieren«, murmelte er abwesend.

Doch seine Aufmerksamkeit lag dabei auf TJ. Auf dem Musuko. Auf dem nächsten Otou-san, der sich wohl lieber ans andere Ende der Welt als zu seinem Privatunterricht wünschte. SR verstand ihn: Die Bürokratie war erstickend. All die Anträge von den fliegenden Inseln und die der Chakrameister wirkten, oberflächig gesehen, wie reine Zeitverschwendung. Doch die versteckten Implikationen konnten verheerend enden. Das letzte Mal war TJ den Folgen nur entkommen, weil die irre Floris eine Spur der Verwüstung hinterlassen hatte. Die Abteilungen waren zu beschäftigt gewesen, ihre einzigartige Spur zu verfolgen. Sie endlich zur Strecke zu bringen!

Erfolglos.

»Du weißt schon, dass fast alle eine Zeitverschwendung im siebten Chakra sehen«, entgegnete RT mit erhobener Augenbraue, »Kaum einer glaubt noch daran.«

»Und dennoch bekomme ich den ein oder anderen Trick

damit hin«, SR grinste, »Es wäre ein Vergehen, wenn ich Ma trotz meines Talentes hängen ließe.«

»Du hast sie noch nicht gefragt?«, mischte sich TJ ein.

»Nah, es wird ein Überraschungsbesuch«, lachte er.

»Wenn sie es positiv auffasst.«

RT's Bedenken waren nicht unbegründet. Immerhin hatte SR den offiziellen Antrag mal wieder vergessen. Damit würde er auf jeden Fall eine Standpauke kassieren. Egal, wie viele der verstaubten Theorien seines Großvaters er beweisen oder widerlegen würde.

Super. Vielleicht sollte er sich doch dürre machen? Wenn Jessica ihrem Rhythmus treu blieb, stünde eh bald der monatliche Besuch bei seiner Großmutter an …

»Du bist beim Ajna? Angewandte Illusionen, Bürokratie oder Spionage?«, fragte er RT, um von sich abzulenken.

Hat er doch gesagt!, mischte sich Ryan ein, *Schläfst du heute? Er muss seiner Mutter helfen, die Zweitbeste zu bleiben. Irgendwer hat behauptet, dass RT's Schwester eine Schande gewesen wäre und umgebracht wurde, weil sie es nicht in die Akademie geschafft hätte. Ihre Unfähigkeit wird nun der ganzen Familie angelastet, weswegen sie sich alle in Grund und Boden schuften. Alles nur wegen dieses kleinen Nichtsnutzes, der-*

Nein. TC war keine Schande, unterbrach Sven.

Sag das mal laut!, lachte Ryan zurück, *Außerdem- ach, was soll's. Sie ist eh tot. Ein unwichtiger Schritt im Leben.*

Er blendete seine andere Seele aus, als er TJ's Stimme vernahm. RT's Antwort war hingegen ungehört an ihm vorbei gezogen. Dabei musste er sich konzentrieren!

»… schlimmer sein. Wenigstens musst du dich nicht sorgen, dass du versehentlich eine Insel offenlegst«, murrte sein Freund.

SR unterdrückte ein Lachen. Er erinnerte sich, wie TJ vor drei Jahren mit eingezogenem Kopf aufgetaucht war.

15

Er hatte damals lernen sollen, wie das Blinzeln der Inseln eingeleitet wurde. Nur hatte er Kumohoshi so direkt über eine Metropole der Hutan verschieben lassen! Kleinlaut hatte er SR den Fehler gestanden, weswegen Sven ihn in eben jene Welt der Hutan gebracht hatte.

Knapp drei Wochen hatten sie sich unter Unmagischen verborgen, um den Konsequenzen zu entgehen. Um sich vor den Wutanfällen der Konzilmitglieder zu verstecken. Dann hatte FK sie gefunden, als sie sich gerade in einem Zug eingerichtet hatten. Sie hatte ihnen ein Ultimatum gesetzt. Ein Zeitfenster, in dem sie zurückkehren konnten, um ihre Würde zu behalten, ehe sie beide auffliegen lassen würde. Und so waren sie lieber zurückgekommen, um sich ihren Strafen zu stellen.

Strafen, die jeder zu vergessen schien. Denn die Sorge um den vermissten Musuko hatte jeglichen Zorn oder gar Missmut vertrieben, den Hushen wie Desson empfunden hatten. Es war ein einmaliges Erlebnis gewesen!

»Das ist nur einmal passiert. Mach dir nichts daraus. Aus Fehlern lernt man«, erklärte RT eilig.

»Ja, klar. Sag das mal meiner Mutter. Sie hält mir das Chaos immer noch vor, wenn-«

TJ brach ab. Sein Blick war auf ihre Vertrauten gefallen. Drei Wesen, die dafür sorgten, dass ihre Magien nicht ausbrachen. SR's Hundedesson Tatakai lag immer noch schläfrig da. An seiner Seite lehnte RT's stummer Feendesson Genso. Der von TJ jedoch, ein Schattenwesen namens Gakumon, war aufgesprungen. Die Augenbrauen über den roten Seelenspiegeln zogen sich zusammen. Er knurrte leise. Schüttelte den Kopf.

»Schon gut«, seufzte TJ und gab ihm ein Handzeichen.

Sofort entspannte sich der Desson. Er atmete tief durch. Seine Augen blitzten blau auf, als ein anderes Wesen durch ihn hindurch sah. Dann war er wieder er selbst.

»Sie ist stinkwütend«, berichtete er, »Du wärst zu spät.«

Na? Was diese Kodomo wohl diesmal hat?

Lass es, Ryan!

Was? Du bist eh der einzige, der sich die Wahrheit aus meinem Munde antun darf! Ich kann nicht glauben, dass ich das sage, aber: Nicht einmal dieser quasselnde Ubrid mit Macianblut ist so schlimm wie TJ's Schwester. Sie ist wenigstens ehrlich!

Sie hat einen Namen, murrte er zurück.

Halbmonster?

Jessica, korrigierte Sven widerwillig, *Und sie ist-*

Er stockte, als Tatakai stirnrunzelnd den Kopf hob. Eilig schob er Ryan fort. Er hatte keine andere Wahl. Wenn er sich der Diskussion weiter hingab, könnte er sich verraten. Und dann würden nicht nur er, sondern auch seine Ma Probleme bekommen. Nur weil er seinen einen Verdacht nie gemeldet hatte.

Diesen einen kleinen Verdacht, mit dem er nun seit fast einem Jahrzehnt lebte.

»Tja, es war schön, solange wir es genießen konnten«, verabschiedete sich TJ – stand allerdings nicht auf.

Er wartete noch auf seine Abholung.

Kurz darauf hörte SR die Schritte auf dem Flur. Die Tür flog auf und knallte gegen den Bücherschrank. Für einen Moment sah es so aus, als ob TJ's Spiegelbild den Raum betreten hatte. Die Frau trug die gleichen Gesichtszüge. Die gleichen Augen. Die gleichen Haare! Einzig die Farbe ihrer Anziehsachen unterschied sich: Wo TJ eher dunklere Farben bevorzugte, erstrahlten ihre im hellsten Weiß. Und sie waren am Oberkörper etwas praller.

Denn immerhin war seine Zwillingsschwester kein Kind mehr. Sie hatte ihre Volljährigkeit gemeinsam mit TJ vor zwei Jahren feiern können. Und seither hatte sie sich zurückgezogen, um den Tempel zu unterstützen.

»Treibst du dich schon wieder hier herum?!«, donnerte Shana Marissa, sobald sie ihren Bruder erblickte.

»Und wenn schon?«, hinterfragte er schulterzuckend.

»Du weißt, dass Mutter es hasst, wenn du dich im Haus dieser-«, abfällig blickte sie zu SR.

»Lasst hören: Wie mögt Ihr meine Ma heute nennen, werte Kodomo?«, fragte Sven.

Obwohl Kodomo ihr ehrenvoller Titel war, sprach er es wie ein Schimpfwort aus. Wie sonst sollte er jene Person behandeln, die ihn für das Blut seiner Großmutter hasste? Die seine Ma aufgrund ihrer Freundschaft zu ihrem Vater verachtete? Die sich lieber der Abscheu ihrer eigenen Mutter anschloss, als sich dafür zu bedanken, dass seine Ma ihr in Kindertagen so oft geholfen hatte, wenn sie Sorge hatte, ob sie ihrer Rolle gerecht werden würde?

Sven konnte noch so eng mit TJ befreundet sein, SM war ihm stets ein Dorn im Auge.

»Du wagst es-«

»Dir eine Frage zu stellen? Ich wüsste nicht, warum nicht, Schwesterchen«, entgegnete TJ für ihn.

Damit presste sie die Lippen zusammen. Verschränkte die Arme. Atmete durch. Wandte sich nickend ab.

Nicht aber ihr Desson, der sich an ihr vorbei schlich und mit Gakumon schmuste. Ein weißes Wesen mit blauen Augen. Und das Geschöpf, das sich in die Gedanken von TJ's Vertrauten geschlichen hatte, um herauszufinden, wo sie sich aufhielten.

SR hasste es für diese Fähigkeit.

»Kommst du? Du hast versprochen, mich zum Tempel zu begleiten. Für die Liste«, verlangte sie an TJ gerichtet.

»Und als verantwortungsvoller Bruder habe ich dieses Versprechen, an das ich mich nicht einmal entsinnen kann, natürlich auch zu halten, oder?«, TJ hob eine Augenbraue.

»Du bist unvoreingenommener als Vater.«

Damit hatte sie die Aufmerksamkeit der drei Hushen. Vor allem die ihres Zwillings. Langsam stimmte TJ zu und stemmte sich hoch. Er hob zwei Finger zum Abschied, wartete jedoch keine Erwiderung ab. Das tat er nie. Stattdessen stellte er sich zwischen seine Schwester und ihre Vertrauten und blinzelte alle vier fort.

Ohne diese gar zu berühren. Sven war jedes Mal davon beeindruckt, wie gut sein Freund blinzeln konnte. Wenn er kein Kazoku wäre, hätte er sich bestimmt um eine Position als Chakrameister bemühen können …

»Was meinst du, was sie damit meinte? Wegen ihres Vaters?«, fragte SR seinen verbliebenen Kollegen, als er dessen Blick bemerkte.

Einen Blick, der ihn fast bereuen ließ, dass er ihn erst nach TC's Tod ernst genommen hatte. Es war derselbe, wie zur Beerdigung des kleinen Mädchens. Ein Kind, das er selbst nur ein paar Mal getroffen hatte. Das er einst für so aufgeweckt und einzigartig gehalten hatte. Doch hatte er ihre Gesellschaft nie genießen können. Aus Sorge, dass sie, genau wie ihre restliche Familie, einzig das Wohl der Ajnaabteilung im Sinn hatte. Dass sie durch ihn an TJ, an den nächsten Otou-san gelangen wollte …

RT reagierte nicht sofort. Es war, als wäre er aus einem Traum erwacht. Ob das an den neuen Gerüchten über seine Familie lag? Er schien in letzter Zeit immer öfters in Gedanken zu versinken …

»Du mein-«

»Was sie damit meinte? Und was sie von unserem Musuko will«, erklärte er so sachte, als hätte er zum ersten Mal gefragt, »Sonst hämmert sie lieber so lange gegen die Tür, bis *er* ihr entgegenkommt. Wäre mir auch irgendwie lieber gewesen, weißt du?«

»Vater erwähnte ein Gerücht: AC hätte sich als unwürdig erwiesen, die Rolle des Otou-san zu übernehmen, weil er auf Mission versagt hätte. Also soll er um SM geworben haben, um so seinen Rang zu retten.«

»Dein Ernst?«, platzte es aus SR raus.

Sven hatte eigentlich gedacht, dass die Werbungen um die Hand der Kodomo noch aufgeschoben waren. Ihre Mutter, die Okaa-san hatte es einst veranlasst, weswegen SM seither so viel im Tempel arbeitete. AC sollte das doch wissen, oder? Er war ihr Cousin!

Und was, wenn er einfach nur doof ist?, fragte Ryan.

Ich weiß nicht, entgegnete Sven unschlüssig.

Er fühlte sich, als würde er irgendetwas übersehen. AC mochte ein Mistkerl sein. Er war eingebildet. Egoistisch. Unverantwortlich! Aber er war nicht doof …

»Du weißt, dass deine Mutter nach einer Eheschließung mit der Kodomo gefragt wurde?«, murmelte RT.

»Meine Ma kann die Kodomo nicht ehelichen. Sie ist kein Mann«, widersprach SR lachend.

»Nein. Aber sie ist ein Konzilmitglied. Eine Meisterin. Und deine Mutter. Der Otou-san hätte sich wohl erkundigt, ob man eure Familienbande nicht stärken könne.«

Das Lachen erstarb auf seinen Zügen. Sven konnte nicht mehr denken. Er spürte Ryans Unglauben in sich. Hörte, wie dieser nachfragte, ob ihre Ohren noch funktionierten.

»Shana und Marissa hassen mich beide. Sie hassen meine Ma für die Aufmerksamkeit, die sie vom Otou-san bekommt. Sie hassen uns für das Hutanblut in unseren Adern. Sie hassen mich für meine Freundschaft zu TJ. Sie hassen meine Familie für was-weiß-ich-noch-alles! Wir würden *nie* miteinander klarkommen! Nie!«

»Und dank der Regeln des Tempels würde die Linie deines Großvaters nach eurem Kind entweder aussterben oder die neue Kazokulinie werden. Daher soll sich deine Mutter enthalten haben«, offenbarte RT.

»Das- Das kann nicht- Das ist doch-«

»Dir wurde nichts gesagt?«, riet RT.

»Kein Wort.«

***

Es war mitten in der Nacht, als Tatakai endlich mit dem Schwanz ausschlug. Er wies dabei zum Flur. Dorthin, wo FK mit Fuyu, ihrer Vertrauten, auftauchte. Vermutlich würden sie direkt in der Küche verschwinden, wenn er sie nicht vorher abfing.

»Wann wolltest du es mir sagen?«, fragte SR seine Ma, als sie gerade vorbei eilte.

»Hm?«, sie blickte nicht auf. Sie hielt nicht einmal inne! Stattdessen setzte sie ihren Weg unbeirrt fort und zwang ihn so, das Gespräch fallen zu lassen oder ihr zu folgen.

Sven entschied sich für letzteres.

»SM«, erklärte er, als er seinen Desson zurückließ, um sich zu ihr zu blinzeln, »Sie und dieses Familienbande stärken oder so. Nicht meine Worte.«

»Nun dann weißt du hoffentlich auch, dass ich nur um deinetwillen noch nicht geantwortet habe«, bemerkte sie trocken, »Warum hätte ich dich mit etwas belangen sollen, für das du dich eh nicht begeistern wirst? Ich habe eine Abteilung zu führen. Ganz zu schweigen von den elenden Konziltreffen. Mein Terminkalender läuft über.«

»Und was ist mit Ragnaröks?«

Das letzte Wort ließ FK stocken. Sie sah von dem Brot auf, das sie aus dem Schrank geholt hatte. Starrte ihn an. Ihre Hand zuckte. Er konnte sehen, wie die andere Seele seiner Ma durchbrach. Wie sie über das Gesicht schlich. Wie sie sich wieder aufzulösen schien.

»Das ist nicht dein Kampf.«

Woah, Sven. Sachte! Ich mag es auch nicht, wenn sie uns so abweist, aber-

Ruhe!, drängte er Ryan zurück.

Er durfte sich nicht mehr wie ein Kind behandeln lassen. Nicht, wenn das die Sicherheit seiner Freunde und seiner Familie bedrohte! Sie musste doch erkennen, dass er für das Chaos ihrer Welt bereit war!

Er war der Einzige, der, neben ihr, das Sahasrara *ohne* Unterstützung nutzen konnte. Wenn ihr etwas geschehen würde, müsste er ihre Abteilung übernehmen oder ihre Zerstörung mitansehen. Mehr Optionen gab es nicht!

Und dann wäre Ragnarök sein Kampf.

»Stimmt. Es ist nur der Kampf der Kazokus bei dem du aushilfst. Dann wird er dank TJ erst in drei Wochen auf meine Agenda rutschen. Danke für die Schonfrist.«

»Das ist keine-«

»Doch«, unterbrach er sie harsch, »Es ist eine Schonfrist. Eine unsinnige Schonfrist.«

Seufzend ließ sie sich auf den nächsten Stuhl fallen. Ihre Augen huschten zur Tür. Sie malte ein Zeichen in die Luft. Eine Andeutung auf das Zentrip seines Vaters und eine Geste, mit der sie sich stets erkundigte, ob er daheim war.

»Bei BM«, murrte SR, »Ich habe echt keinen Schimmer, wie er die Gesellschaft von diesem Widerling erträgt. Er hätte in deine Abteilung wechseln sollen.«

»BM ist sein Bruder, Sven«, belehrte FK ihn halbherzig.

»Hm. Und ein Teil Ragnaröks, oder?«

»Das konnte nicht bestätigt werden. Vielleicht ist er auch einfach nur altmodisch. Ein altmodischer Narr, der-«

»Super. Nur ein altmodischer Narr, der zufällig auch ein Konzilmitglied ist. Also steht ja nur seit … wann? Seit Ragnaröks Gründung auf ihrer Rekrutenliste«, unterbrach er sie erneut.

»Sven!«

Und nun wird sie wieder böse, murrte Ryan, *Wollen wir wirklich die nächsten Wochen in ihrer Abteilung sein?*

Lass das. Wir müssen beim Thema bleiben.
Da das bislang auch so gut klappt.

Daraufhin sammelte sich Sven wieder. Er ordnete seine Gedanken neu. Dachte an RT's Worte. An die Art, wie sich TJ, wie sich SM benommen hatten. Dass der Otou-san den Musuko immer öfter einarbeiten wollte …

»Ma. Bitte. Sag mir nicht, dass du BM vertraust. Er ist Vaters Bruder, ja. Aber sonst?«

»Es ist komplizierter. Alles ist komplizierter. Selbst SM's Vermählung…«, offenbarte sie.

»Wieso? Dank TJ, EJ und AC steht sie als Frau eh ganz hinten an. Sie musste ja noch nicht einmal eine Mission übernehmen. Bei Shingasha- sie könnte sich einen Hutan suchen und es würde keinen kümmern!«, er zog sich den nächsten Stuhl heran, um sich zu seiner Ma zu setzen.

FK lächelte. Es war dieses besondere Lächeln. Jenes, das sie immer trug, ehe sie ihn auf einen Fehler hinwies. Auf einen winzigen Punkt, den er zuvor übersehen hatte. Einen Stolperstein, der all seine Überlegungen zunichtemachte.

»Sollte SM vermählt werden, muss EJ oder AC nach den Gesetzen der Kazokus geopfert werden. Da EJ der Ältere ist, würde es ihn treffen und AC müsste anschließend öfter an die Front. Da AC jedoch mit Inkompetenz glänzt, ist sein baldiges Ableben dabei unausweichlich. TJ hingegen hat kein Interesse an der Machtergreifung und könnte vom Tempel durch eine einfache Eignungsprüfung vernichtet werden. Wodurch SM's Gatte, falls unser jetziger Otou-san stirbt, vorläufig den Posten übernehmen müsste.«

»Wenn das so gefährlich ist, wieso ist es bislang nie Thema gewesen? Wieso ist nie etwas passiert? Ich meine, SM ist seit zwei Jahren volljährig – das Thema kann jetzt nicht neu aufgekommen sein«, überlegte SR laut.

»Es wurde versucht«, gestand FK lächelnd, »Deswegen hat der Otou-san seine Frau auch angewiesen, SM als

Kind zu beschimpfen. Dadurch mussten die Gespräche auf Geheiß der Okaa-san aufgeschoben werden.«

»Und nun hat die Okaa-san ihre Meinung geändert?«

»Nun hat AC um SM's Hand gebeten.«

»Das habe ich schon gehört, doch-«

Ihr Blick ließ ihn innehalten. Er spielte im Kopf einige Szenarien durch. Eine, in der AC abgewiesen wurde und sich gekränkt gab. Eine, in der er die Kodomo ehelichen konnte. Eine, in der die Kodomo sich hinter ihrer Arbeit im Tempel versteckte. Als das imaginäre Kartenhaus neue Farben annahm, schüttelte SR sich. Dieses gewaltige Konstrukt, in dem er seit seiner Geburt feststeckte, war durch einen Schlag noch komplizierter geworden. Und doch sollte er täglich durch diesen Irrgarten navigieren, um seinem Freund beizustehen!

Dabei knirschte es schon an allen Seiten …

»Wenn die Verbindung von zwei Kazokus durchginge, könnte TJ's Eignungsprüfung benutzt werden, um EJ's Opferung zu verhindern. Dadurch würden EJ und AC die Gesetze des Tempels unbeschadet überstehen. Und falls Ragnarök AC unterstützt, könnten sie ihn danach in ihre persönliche Marionette verwandeln. Es wäre für sie ein Kinderspiel, die Macht des nächsten Otou-sans zu lenken. Daher hat LR nach deiner Hand für die Eheschließung mit SM gefragt, Sven. Damit TJ und SM nicht von Ragnarök oder AC gegeneinander ausgespielt werden können. Denn bei dir wäre die Kodomo am sichersten aufgehoben«, erklärte seine Ma endlich.

Bei uns? Sicher? Deswegen sollen wir Babysitter für das Biest der Biester spielen? Sie muss ablehnen!, schimpfte Ryan sogleich.

Sie … Ich weiß nicht. Wer sonst käme in Frage? Sie brauchen jemanden, dessen Einfluss nicht abgestritten werden kann. Jemanden, der TJ bedingungslos unterstützt.

Das grenzt die Kandidaten drastisch ein. Zumal fast jeder andere Hushen es eher als Aufstiegschance sehen würde.

»Dann hast du wegen der Zukunft des Sahasrarachakras um Zeit gebeten?«, riet Sven.

»Ich habe um einen Aufschub gebeten, bis wir alle Möglichkeiten ausgeschöpft haben. Weil ich dich kenne. Weil ich sie kenne. Und weil ich weiß, dass du niemals mit SM glücklich werden würdest«, sie seufzte, »Es ist eine Sache, dass unsere Generation ihr Glück aufgeben musste. Aber ich habe es nie von dir verlangen wollen. Das war meine einzige Bedingung für die Ehe mit deinem Vater. Und an dasselbe habe ich LR erinnert, als er trotz aller Geschehnisse meinen Rat und deine Hand wünschte.«

SR nickte. Er wusste, dass sich seine Eltern nicht liebten. Ihre Ehe und seine Existenz waren nur durch den Otou-san entstanden. Damit keiner FK eine unethische Position vorwerfen konnte. Und damit sein Vater Unterstützung für dessen Bruder bekam. Deswegen hatte sein Vater kein Mitspracherecht bei SR's Erziehung erhalten. Er hatte FK's Prinzipien zu akzeptieren. Zu übernehmen. Es war Teil des Vertrages gewesen, durch den ihr Familienleben bestimmt wurde.

Sie waren nur nach außen eine herzliche Familie.

»Ma, mein Glück ist nur ein kleines Übel«, murmelte Sven und selbst Ryan stimmte griesgrämig zu, »Ehe Ragnarök TJ ins Verderben stürzt, musst du zusagen. Ich werde mich schon irgendwie mit SM arrangieren können.«

Sein Herz lag eh in einer anderen Welt.

***

Jessica starrte auf das Eis. Zornig war es aus dem Boden gebrochen und hatte das ganze Dorf zerlegt. Es war ein winziges Hutandorf gewesen. Bestehend aus gerade mal fünf Häusern! Kaum der Rede wert. Vermutlich fand es nicht einmal unter den Hutan viel Beachtung. Ihre kleine Truppe hätte einfach daran vorbeifahren müssen. Niemand hätte verletzt werden müssen!

Und dann hatte die Floris nach einer Pause gefragt.

Still blickte Jessica zu ihr herüber. Sie starrte auf die toten Männer hinter ihr. Hutan, die an einen Baum gepinnt sterben mussten. Die qualvoll zugrunde gegangen waren. Die beiden waren die einzigen, die die Floris hatte leiden lassen. Die sie wohl immer noch jammern hören wollte!

»Liebste? Ich fühle mich einsam ohne dich«, säuselte SteMa, der neben dem ersten Auto stand.

Die Floris reagierte nicht. Also musste die Kolonne noch warten. Jessica hatte ein einziges Mal den Fehler gemacht und weiter auf die Frau eingeredet. Sie war damals jünger gewesen. Sie sechs, die Flora sieben. Peitschende Winde hatten sie als Antwort gegen einen Baum geschlagen. Ihr Rücken hatte sich zerrissen angefühlt. Dornen waren aus dem Holz gebrochen. Dann hatte Eis Füße festgefroren. Die Kälte hatte sie gelähmt. Sie hatte sich zu den Toten zählen wollen. Hatte geglaubt, wieder mit ihren Eltern zusammen zu kommen …

Ohne ihren Großonkel und dessen Phönix hätte sie den Tag nicht überlebt.

Er hatte sich für Jessica eingesetzt. Hatte sie unterrichtet. Hatte sie aufgenommen. Hatte sie als sein Blut deklariert, damit sie unter dem Schutz eines Generals stand! Aber erst als ersichtlich wurde, dass sein Phönix auch auf sie hörte und ihre Feuermanipulationen dem des Naturgeistes ähnelten, hatte man ihr einen Funken Respekt erwiesen. Man hatte sie zu den Floras zitiert. Damit sie sich um die Spuren der einstigen Calyx, der jetzigen Floris kümmern würde. Damit sie dieses Mädchen beschützen würde.

Damit sie der Mörderin ihrer Eltern diente.

Nach einer gefühlten Ewigkeit wandte sich die Flora endlich ab. Sie schenkte Jessica keinen Blick, als sie sich erkundigte, wie es im Sommer Frost geben könne. Es war eine Kritik. Eine Beschwerde, warum Jessica das Eis nicht bereits geschmolzen hatte. Und es war ein Befehl, dass sie sich beeilen solle.

Die Floris wolle abreisen.

Die beiden haben sich nur geliebt, murmelte Nicole ungehört, als sie die Männer vom Baum löste, *Sie haben diese Qualen nicht verdient.*

Sag das ja nicht laut! Ich habe keine Lust, noch mehr auf der Abschussliste zu landen!, tadelte sie ihre andere Seele.

Ja, aber-

Nichts aber! Die Floris hasst uns eh schon. Und seit dem Tod ihres Bruders und der Schwangerschaft ist sie ein Maschinengewehr ohne Sicherung. So einem Teil tanzt man aus dem Weg, Nici. Nicht entgegen.

Nicht wie diese LaVi. Die Kindheitsfreundin der Floris. Sie hatte die Flora nach dem Tod des Radix trösten wollen. Nur waren zeitgleich die Gerüchte aufgetaucht, dass sie die wahre Natur des Radix enttarnt hätte. Sie hätte den Generalstab darüber informiert, dass sich der Bruder der Floris zu Männern hingezogen fühle. Nur deswegen wären die Geschwister voneinander getrennt worden. Damit die Vorwürfe geprüft werden konnten. Damit die Wahrheit ans Licht kommen konnte. Damit dieser TriSte danach den Hushen vorgeworfen werden konnte …

Als die Floris die Gerüchte gehört hatte, hatte sie diese LaVi genauso qualvoll sterben lassen, wie die Männer, die Jessica nun von der Erde verschlucken ließ.

Ob sie die Einstellungen der Hutan für den Tod ihres Bruders verantwortlich macht?, mutmaßte Jessica still.

Sicher, dass es nicht an ihrem Zustand liegt? Oder … ihrer Mom?, überlegte Nicole, ehe sie sich verkroch.

Ja. Das war auch eine Möglichkeit. Immerhin hatte man die Schwangerschaft der Floris erst diese Woche bekannt gegeben. Und da die alte Floris erneut so kalt auf ihre Tochter reagiert hatte …

Jessica hatte fast Mitleid mit der Schwangeren.

Zwanghaft verdrängte sie die Erinnerungen und erkannte dadurch, dass ihre andere Seele schauderte. Das Blut war ihr wohl zu viel gewesen. Nicole mochte das Leid generell nicht. Es hatte sie schon als Kind ausgelaugt, wenn sie bettelnde Leute sah. Stets hatte sie den Fremden etwas in ihre leeren Pappbecher werfen wollen. Und stets hatten sie selbst zu kämpfen gehabt, um überhaupt genug fürs Essen zusammen zu bekommen …

Sobald das Eis getaut war, ließ sie die Arme fallen. Sie schüttelte sich. Rieb die Hände aneinander. Erschuf einen Funken darin. Ein weißes Lichtlein, das sie zum nächsten Haus schnipste. Damit würde sie auch die Kameras an der Haustür zerstören. Die Fahrzeuge konnte sie ignorieren. Das hatte ihr Großonkel sie gelehrt. Hauptsache, sie ließ keine Spuren der Floris zurück.

Solange sie sich daran hielt, würde er schon nicht auf der Abschussliste der Floris landen.

Mit hängendem Kopf ließ sie sich in das letzte der drei Autos fallen. Generälin LiJu's Auxilius, Gregor Wolter, diente als Fahrer und Aufpasser des Wagens. Er war ein großer, mürrischer und elendig stiller Kerl. Die restlichen zwei Macian in ihrem Wagen waren auch von Generälin LiJu ausgewählt worden. Der Mann aus Sahaswa sollte als Bote mitreisen. Die Frau war eine Schülerin von General LeVi und sollte notfalls die Floris versorgen. Jessica war derweilen für die Magiespuren zuständig.

Und keiner von ihnen durfte unter GreWo's wachsamen Augen mehr als ein paar Freundlichkeiten äußern. Als Nicole das ihrem Großonkel berichtet hatte, hatte dieser nur traurig genickt. Sie würden alle als Druckmittel für die Generäle dienen, hatte er erklärt. Druckmittel, die nicht verwehrt werden durften, da Generälin LiJu ihre Anfragen stets im Namen der Floris stellte.

Damit lenkte Jessica ihren Blick aus dem Fenster. Sie hätte gerne das Handy rausgekramt, das sie von ihrer Tante im letzten Jahr geschenkt bekommen hatte. Aber da die Macian in den Errungenschaften der Hutan einzig Gefahren sahen, würde sich selbst dieses Schlangenspiel nicht lohnen. Sie konnte es kaum erwarten, wieder vor Gallahain anzukommen. Da ihre Feuermanipulationen zu stark waren, war ihr der Eintritt in den Stützpunkt eh verwehrt. Daher durfte sie immer bei ihrem Großonkel bleiben, solange die Floris dort hausierte.

Es war der einzige Grund, warum sie sich regelmäßig davonstehlen konnte, um ihre Tante zu besuchen. Der Teil ihrer Familie, der nichts von der Magie wusste.

Ob Onkelchen uns diesmal allein reisen lässt?, fragte Nicole nach ein paar Stunden.

Zu Tante Janice?, erkundigte Jessica sich, *Vielleicht. Vielleicht auch nicht. Er ist halt ein Sorgenkopf.*

Sorgenkopf war dabei noch die liebe Ausdrucksweise. Jedes Mal, wenn Jessica mit der Floris aufbrach, benahm er sich, als ob ihm das Herz herausgerissen werden würde. Und als sie ihn das erste Mal darum gebeten hatte, den Kontakt mit ihrer Hutantante aufrecht zu erhalten, hatte er sich in ein stotterndes Desaster verwandelt. Er hatte von Hinterhalten gesprochen. Von Gefahren. Gefahren aus der Welt des Krieges und der Welt der Hutan gleichermaßen. Erst als sie ihm klarmachen konnte, dass sie auch jenes Hutanblut in sich trug und sie beide Seiten ihrer Familie würdigen wollte, hatte er widerwillig eingewilligt.

Eingewilligt unter der Bedingung, dass der Phönix sie aus der Ferne begleiten würde. Dass sie Houo dann rufen musste, wenn sie etwas Absonderliches bemerkte. Dass sie stets wachsam bleiben musste.

Ich mein' ja nur ...

Nicole schickte ihr ein Bild von Sven. Von dem jungen Mann, dessen demente Großmutter im Pflegeheim vor sich hin vegetierte. Jedes Mal, wenn sie Tante Janice besucht hatte, war auch er aufgetaucht. Er lud sie immer ins *Sweet Paradice* ein. Es war ihr Ritual. Eine spaßige Atmosphäre, in der Jessica die Floris vergessen konnte.

Er ist nur ein Freund.

Ein Freund, an den du immer häufiger denken musst.

Weil das Leben bei den Hutan halt unbekümmerter ist. Blondie ist aus einer entspannteren Welt. Einer, in die ich mich mit jedem irren Tag mehr zurücksehne!

Funken stoben zwischen ihren Fingern auf. Funken, die dort nicht sein durf-

»JeNi!«, zischte der Auxilius von vorne.

»Verzeihung«, presste sie hervor. Sie spannte sich an. Atmete durch. Konzentrierte sich auf ihre Balance. Auf das Gefühl der Ruhe, das sie mit Nicole teilte, wenn sie in der Eisdiele saßen.

Sofort verschwand die Feuermanipulation.

Nici. Bitte. Bring uns nicht in Schwierigkeiten.

Wieso nicht? Dann wollen sie uns beim nächsten Mal vielleicht gar nicht erst mitnehmen, murrte ihre andere Seele, ehe sie sich zurückzog.

Obwohl die Diskussion beendet war, wandten sich ihre Gedanken wieder Sven zu. Jessica wusste, was Nicole eigentlich ansprechen wollte. Bestimmt konnte sie die Gefühle spüren, die sie für ihren besten Freund empfand. An sich war es ja etwas Gutes. Zumal sie, auf Befehl des Generalstabs, die Linie ihres Großonkels eh stärken sollte. Der Phönix würde nur auf ihr Blut hören. Sie habe daher für Nachwuchs zu sorgen. Das hatte sogar die alte Floris befohlen, ehe sie Jessica zu ihrem Großonkel gelassen hatte. Ehe dieser sie ins Herz schließen konnte …

Aber Sven war dafür nicht geeignet. Er war kein Macian. Er besaß keine Feuermagie. Und wenn sie behaupten würde, dass er sie nach den alten Bräuchen geraubt hätte, würde ihr Großonkel ihn persönlich umbringen, damit das Blut rein bliebe.

Sie konnte ihren Freund nur beschützen, wenn sie sich zwang, ihn nicht zu lieben.

Was, wenn wir einfach abhauen?, flüsterte sie Nicole zu, *Das nächste Mal, wenn wir zu Tante Janice gehen, warnen wir sie. Wir verschwinden einfach. Wir-*

Jessi, bitte. Das haben wir schon durch: Sie wird uns nicht glauben. Und Onkelchen würde eher ganz Havbolt abfackeln, als uns gehen zu lassen. Wir sind Gefangene unseres Lebens.

Und manchmal hasste Jessica dieses Leben zutiefst.

Hätten wir nur nicht diese elend blauen Augen seiner toten Schwester, mutmaßte sie.

Denn nur deswegen hatte er ihr eine Chance eingeräumt. Nur deswegen hatte er sie beschützt und am Ende sogar aufgenommen. So war sie nicht auf der Straße gelandet. So hatte sie die Regeln der Macian erlernen müssen. So konnte sie die Schwester ihres toten Vaters kennenlernen. Eine Macian, deren Feuer kaum durchschnittlich war. Die sich daher den Aufgaben einer Benimmdame hingegeben hatte. Die nichts mehr von ihren Wurzeln wissen wollte, nachdem sie sich von Jessica übertrumpft fühlte.

Wir wären tot, wenn Onkelchen uns nicht vor dem Wutausbruch der Calyx gerettet hätte, erinnerte Nicole sie.

Manchmal hasste Jessica die Ehrlichkeit in ihren Worten.

Kapitel 2: Das Pflegeheim der Normalität

Sobald sie sich dem Unterschlupf von JeNi's Großonkel näherten, machte sich Houo bemerkbar. Schimmernd kreiste er über ihnen durch den Himmel. Hutan hätten ihn kaum weiter beachtet. So heiß, wie er war, ähnelte er einer seichten Luftverschiebung. Doch für die Macian?

Für Jessica, die so wusste, dass ihr Sorgenkopf von einem Großonkel die Autokolonne erwartete?

»Die Floris wird bis zur nächsten Generalversammlung in Gallahain verweilen. Dennoch solltest du dich bereit halten«, murrte GreWo, als er auf ein Zeichen des ersten Wagens hin anhielt.

»Hm«, sie gab keine direkte Zustimmung.

Wenn er ahnte, dass sie ihre Hutantante besuchen wollte, würde gewiss irgendetwas Wichtiges dazwischenkommen. Irgendein Anliegen von Generälin LiJu, das nur dazu diente, JeNi's Zeit zu fressen.

Stumm stieg Jessica aus. Ihr Blick glitt über die anderen Macian, ehe sie die Tür schloss. Der Mann beachtete sie gar nicht. Die Frau jedoch schon.

Und in ihrer Miene lag purer Hass.

Ein Grund mehr warum sie froh war, nicht weiter nach Gallahain fahren zu müssen.

Erst als sich die Autos entfernt hatten, glitt der Phönix zu ihr herab. Er schüttelte sich. Das tat er immer, wenn die Floris in seiner Nähe war. Houo hatte gemeint, dass es an seinem Gegenpart liegen würde. An der Najade, die in der Floris lebte. Die Anwesenheit des Wassergeistes würde bei ihm Kopfschmerzen auslösen.

Das hatte er nicht verdient.

»Willkommen zurück«, grüßte Houo, »Wie geht es dir?«

»Zurück zurück? Super. Zurück, aber bis eben noch in den Sardinendosen?«, sie wies in die Richtung der Wagen, »Mäh«, lachend ließ sie Nicole raus.

»Wir haben dich vermisst«, offenbarte ihre andere Seele, während sie den Phönix in die Arme schloss.

»Nur ihn?«, fragte ihr Großonkel, als er aus den Tiefen des Feldes entstieg.

»Glaube. Weiß nicht. Gibt hier doch keinen«, zog Jessica den General auf, als sie wieder die Dominanz übernahm.

»Autsch!«, damit schloss er sie in seine Arme, »Bei Zangasha – hab Dank, dass du gesund zurück bist.«

Tajan Julius' Stimme war kaum mehr als ein Flüstern. Dennoch konnte Jessica die Sorge darin vernehmen. Die Angst, die sich in sein Gesicht fraß. Die tiefe Falten auf seine Stirn malte. Die ihn stets älter erscheinen ließ …

Er wirkt ausgelaugt.

Bestimmt wegen Generälin LiJu. Ich wette, dieses Biest steckt dahinter. Neben ihr sind die Hushen reinste Engel!

Jessi! Das kannst du nicht ernst meinen!

Doch! Und würdest du anders denken, würde unsere Magie ausbrechen. Also tu nicht so scheinheilig!

Abrupt zog sich Nicole zurück und so konnte Jessica sich wieder ihrem Großonkel zuwenden.

»Keine Sorge. Ich bin zu zäh für diese Welt«, entgegnete sie und befreite sich aus seinen Armen. Sie ließ sich nach hinten ins Feld fallen. Ließ sich vom Erdboden auffangen. Ließ sich verschlucken. Ihr Großonkel und Houo würden gleich nachkommen. Das taten sie immer. Sie mochten es nicht, zu lange unter freiem Himmel auszuharren …

Unten sah es genauso chaotisch, wie zu ihrer Abreise aus. Ihr Großonkel hatte seinen Generalsmantel erneut auf dem Boden liegen lassen. Eine stumme Kritik, wie er zu seiner Stellung unter der amtierenden Floris stand. Auch hatte er in ihrer Abwesenheit wieder getrunken.

»Ich hätte dir nie den Schnaps der Hutan mitbringen dürfen«, knurrte sie, als sie die leeren Flaschen beäugte.

»Er lässt mich meine Sorgen vergessen«, murmelte er.

»Du brauchst dich um nichts zu sorgen.«

»Auch nicht darum, dass ich dich beerdigen muss?«

»Pf!«, Jessica schlüpfte aus dem Maciankleid, das sie die Fahrt über tragen musste, »Die Floris hat es selbst gesagt: Sie will mich bis ans Ende meiner Tage leiden sehen, weil ich ihr ja meinen Vater gestohlen habe. Da sollte ich wohl vorerst sicher sein!«

Noch immer verfolgte sie der Tag, an dem ihre Welt zerbrochen war. Ihre Mom hatte sie in ein Niemandsland geführt. Um ihren Vater abzuholen. Sie hatte gemeint, dass alles geklärt wäre. Dass sie nun endlich zusammenziehen könnten. Und erst war auch alles gut gelaufen:

Die damalige Floris hatte sie begrüßt. Sie hatte JeNi und ihre Mom treffen wollen. Hatte gemeint, dass Jessica nach ihrem Vater käme. Sie hatte diesem sogar ein schönes Leben gewünscht und gestanden, dass sie ihren Auxilius vermissen würde! Und dann waren zwei Mädchen aus dem Gebüsch gestolpert.

Die Tochter der alten Floris war mit ihrer Spielgefährtin LaVi aufgetaucht. Sie hatte geschrien, dass es eine Lüge sein müsse. Dass Jessicas Vater doch geschworen hätte, mit auf sie aufzupassen. Sie hatte niemandem mehr zugehört. Sie hatte einzig JeNi und deren Mom der Lügen bezichtigt. Hatte behauptet, dass sie ihr den einzig wahren Vater stehlen wollten!

Dann war das Eis ausgebrochen. Jessica hatte diese Art der Magie noch nie zuvor gesehen. Fasziniert hatte sie auf die Zacken gestarrt, als sie auf sie zugerast kamen. Sie hatte sich nicht bewegen können!

Ihr Vater hatte sie gerettet. Er hatte sie fortgeschleudert. In Richtung der damaligen Floris. Er hatte sich gerade noch Jessicas Mom zuwenden können, ehe die beiden von der eisigen Magie durchbohrt wurden.

Ehe er seinen letzten Atemzug entließ.

Von Panik erfasst, hatte Jessica zum ersten Mal ihre Beherrschung verloren. Flammen waren ausgebrochen. Farbenfroh waren sie um sie herumgeschwirrt und hatten das Eis geschmolzen. Etwas, was anderen Macian bis zu diesem Zeitpunkt schwer bis unmöglich gefallen sein sollte. Aber irgendwie hatte sie, ein damals sechsjähriges verzweifeltes Kind, es bewerkstelligen können.

Ehe man sie für den Angriff auf eine Flora einsperrte.

Fast zwei Wochen hatte sie unter der Erde ausharren müssen. Schweigend hatte sich die alte Floris immer wieder zu ihr gesellt. Doch jedes Mal, wenn Jessica etwas fragen wollte, verschwand sie wortlos. Sie hatte gebrochen ausgesehen. Ausgelaugt.

Zuletzt hatte die Calyx sie in ihrer Zelle besucht. Sie hatte Jessicas Existenz verflucht. Hatte sie angeschrien, dass ihre Mama sie nun hassen würde. Dass sie nur wegen Jessica allein wäre. Sie hatte das Eis heraufbeschworen. Hatte Jessica durch die Erde nach oben gedrängt. Hatte verlangt, dass sie nun fliehen solle. Damit die Calyx es auf Notwehr schieben könne, wenn sie Jessica vernichtete!

Dann war General TaJu aufgetaucht.

Er war von der alten Floris gerufen worden und hatte die offene Magie bei seiner Ankunft als Gefahr erkannt. So hatte er unbeabsichtigt Jessicas Leben gerettet. Als er kurz darauf von ihrem Hutanblut erfuhr, hatte er sie erst abweisen wollen. Doch die alte Floris hatte erklärt, dass er JeNi zuvor in die Augen sehen solle. Dass er erst danach entscheiden *dürfe*.

Denn ihre tiefblauen Augen hatte sie von ihrem Vater geerbt. Sie hatten dieselbe Farbe, wie die von TaJu's toter Schwester. Die Farbe der Phönixflüsterin.

JeNi schlüpfte in Jeans und Shirt. Anziehsachen, die ihr Großonkel einst missmutig beäugt hatte. Die er ihr nun jedoch nach Jahren der Diskussionen mürrisch zugestand.

»Du darfst die Floris dennoch nicht herausfordern. Denk an LaVi. Sie war-«

»Ich weiß. Ich weiß. Ich war dabei«, unterbrach sie ihn.

»Ich würde es dir nicht sagen, wenn ich nicht deinen starken Willen kennen würde.«

»Du meinst jenen, der täglich durch ihre Drohungen in Schach gehalten wird. Super«, sie nahm sich eine Hand voll Weintrauben, »Das ist richtig aufbauend!«

»Du kannst ihre Worte gerne ignorieren. Solange Houo bei mir ist, passiert mir nichts. Dieser alte Mann ist hier schon in Sicherheit.«

Und was ist mit Tantchen?, fragte Nicole beleidigt, *Kann er nicht einmal auch an sie denken?*

Das würde er, wenn er in ihr einen Wert sähe, entgegnete Jessica, *Verdammter- das kam falsch rüber. Ich meine-*

Dass sie eine Hutan ist und er sie für austauschbar erachtet. Ich weiß.

Nicole war zu geduldig mit ihrem losen Mundwerk.

»Nun, da du ja klarkommst, kann ich die freien Tage bestimmt für einen Besuch nutzen«, erklärte sie schroff, »Per Anhalter wäre ich in ein bis zwei Tagen da. Wenn ich das alte Bike bekomme-«

»Das ist zu gefährlich!«, widersprach er sogleich.

»Genau. Im Gegensatz dazu ist jede Reise mit der Floris vollkommen bequem und ungefährlich.«

»Jessi …«

So leicht gab sie jedoch nicht auf. Das Motorrad war nicht so alt, wie ihr Großonkel es darstellte. Er benutzte es selbst immer, wenn er nach Gallahain eilen sollte. Aber ihr gegenüber stellte er es als Todesfalle dar? Niemals!

»Bitte! Ich bringe es auch in einem Stück zurück. Ich möchte nur nach Tantchen sehen. Ich muss herausfinden, ob Generälin LiJu ihr oder sonst wem aus meiner Familie wieder irgendwelche schiefen Briefe geschickt hat.«

»Hast du denn etwas angestellt?«

»Wann habe ich das nicht?«

»Jessica!«

»Sorgenkopf, bitte! Sie findet jedes Mal in meinem Benehmen irgendeinen Fehler. Zu behaupten, ich hätte mich perfekt benommen, würde nur bedeuten, dass ich die Apokalypse heraufbeschwören habe!«

Endlich sackte TaJu's Kopf zurück. Er schaute zu Houo herüber, der sie nur schweigend beobachtete. Der Phönix schien sich über das Gespräch zu amüsieren. Als hätte er lieber gewettet, wer zuerst nachgeben würde.

»Du bekommst das Bike. Aber Houo begleitet dich und du bist innerhalb von drei Tagen zurück. Eine Stunde nach der Zeit und ich schicke dieser Janice einen Brief, dass du ins Ausland ziehst«, erklärte ihr Großonkel.

Sie wussten beide, dass er das nicht tun würde.

Trotzdem zog Jessica einen Schmollmund, ehe sie ihm zustimmte. Nur so würde er sich entspannen.

Er musste ja nicht wissen, dass sie Houo immer vor dem Pflegeheim ihrer Tante parkte, während sie in Havbolt ihre Zeit mit Sven genoss.

***

Es war Mittwoch, als Sven sich in der Abteilung seiner Ma melden wollte. Zwei Tage nachdem sein Team für TJ's Einarbeitung aufgelöst wurde. Es war ein kurzer Urlaub gewesen. Einer, der nun eigentlich enden sollte. Immerhin musste er mal wieder seinen Pflichten nachkommen! Doch hielt ihn der Bannkreis über seinem Schreibtisch auf.

Grübelnd musterte er den leuchtenden Zettel, der neben einer zerknitterten Serviette hing. Er zog seine Clowa vor. Rechnete mit der Uhr die Ortszeit von Havbolt aus. Blieb mit den Augen an dem Logo von *Sweet Paradice* hängen.

Jessica war früher dran, als erwartet. Und eine Stunde, bevor ihre Tante im Pflegeheim ankommen würde, oder? Die Nachtschicht endete erst um sechs …

Wollten wir nicht los? , meldete sich Ryan.

Eigentlich schon, aber ... Noch haben wir Ma nichts gesagt. Wir könnten uns also ruhig einen letzten Tag Ruhe rausschlagen, oder?

Du willst ganz zufällig mitten in der Nacht ohne Auto in einer Hutanstadt aufschlagen?

Ach, wird schon. Wir hatten schon schiefere Zeiten.

Damit war die Diskussion für Sven beendet. Er zog sich eilig seine Hutansachen an und sammelte Tatakai mit einer Handbewegung ein, ehe er sich in den Park neben dem Pflegeheim blinzelte. Seine Hand strich über das Loch in seiner Hose. Sie war sehr viel abgetragener als die seiner Kollegen. Wenn man ihn je nach dem Grund dafür fragen würde, könnte er Probleme bekommen.

»Wann sagst du es FK?«, fragte Tatakai leise.

»Was?«, murmelte Sven nichtssagend.

»Der Bannkreis im Pflegeheim. Das Ubridmädchen mit der Macianmagie. Eure Freundschaft?«, wenngleich sein Vertrauter ruhig blieb, so klang er nicht begeistert.

»Sie muss es nicht wissen«, befand SR leise.

Der Desson widersprach nicht. Allerdings spürte Sven seinen Argwohn. Denn sie wussten beide, dass sie es eigentlich melden mussten. Dass sie es bereits vor Jahren hätten melden sollen. Dass sie es nur nicht getan hatten, weil sie das Mädchen als Mädchen sahen.

Nicht als Monster.

Es war bei ihrem zweiten Treffen gewesen, als Sven die Hitzewallungen aufgefallen waren. Sie waren von Jessica ausgegangen. Von diesem verweinten Mädchen, das sich immerzu in die Arme ihrer unschlüssigen Tante geworfen hatte. Sie war damals ein Wrack gewesen. So aufgelöst!

Sven hatte gar nicht klar denken können, so überfordert war er gewesen. Er hatte seine Ma später über Jessica informieren wollen. Wenn er besser verstand, wer oder was sie war. Dafür hatte er auch den Reaktionsbannkreis gezeichnet. Um Zeit zu schinden. Um herauszufinden, wann das Mädchen zurückkäme.

Er hatte ihn an ihre Tränen gebunden, die er an diesem Tag aufgefangen hatte. Salzwasser, das in einer Serviette von *Sweet Paradice* landete. Jedes Mal wenn Jessica sich nun im Pflegeheim aufhielt, löste sie so den Bannkreis in seinem Zimmer aus. Dann konnte er abwägen, ob er käme, ob er ihre Identität meldete oder ob er sie ignorierte.

Bislang hatte er sich immerzu fürs erste entschieden.

Nach einer knappen Stunde machte er sich auf den Weg zum Pflegeheim. Tatakai konnte er mittlerweile im Park zurücklassen. Svens Magie und Dominanz waren stabil genug. Er hätte den Desson sogar auf Kumohoshi lassen können, doch hätte das seiner Ma auffallen können, falls sie zur Mittagszeit nach Hause käme.

Nein. Besser wäre es, sich als eigenständig arbeitend oder notfalls als passiv zu präsentieren. Er müsste nur behaupten, mit den staubigen Theorien seines Großvaters gearbeitet zu haben. Es wäre nicht das erste Mal, dass die Tagebücher als Tarnung dienten. Und sie könnten sogar seinen Besuch beim Pflegeheim erklären.

Nickend ging er am Empfang vorbei. Seine Füße fanden den Weg von ganz allein. Diese Gänge, der Geruch der lebenden Toten und das Flackern der Röhrenlampen waren ihm vertraut geworden. Er kannte die Hutan hier alle mit Vornamen. Jene, die hier arbeiteten. Jene, die hier gelebt hatten. Und jene, die noch nicht dahingeschieden waren.

»Hey. Wach?«, grüßte er seine Großmutter.

Ihre Augen waren offen. Dennoch wirkten sie glasig. Sie hielt einen Anhänger in ihren runzeligen Händen. Einen, der dem Zentrip seiner Ma ähnelte. Denselben, den sie auch vor einigen Monaten umklammert hatte.

»Ma muss arbeiten«, erzählte er ihr, »Viel los. Kennst du sicher noch von Großvater.«

Sie antwortete nicht. Also bemühte er sich nicht weiter. Seine Großmutter hatte schon lange nicht mehr den Mund geöffnet. Es wäre besser, sie in ihrer Welt zu lassen. Er wäre sicherlich eh nicht lange mit ihr allein.

Damit versteckte er sich hinter der nächsten Zeitung. Sie war vom letzten Monat. Die Pflegekräfte hatten begonnen, seiner Großmutter die Papiersammlungen hinzulegen, weil sie sich diese manchmal nahm und zu lesen schien.

SR überflog die ersten Schlagzeilen. Er konnte förmlich spüren, wie der Hass aus dem Papier kroch. Hatten die Hutan keine besseren Themen?

Es dauerte nur eine halbe Stunde, ehe Janice den Raum betrat und seiner Großmutter ihr Frühstück brachte. Sie unterbrach ihn nicht beim Lesen. Da aber Jessica nur wenige Minuten später in der Tür auftauchte, wusste er, dass sie ihre Nichte informiert hatte.

»Du hier, Blondie?«, er konnte das Lächeln geradezu aus ihrer Stimme hören.

»Hm? Verfolgst du mich oder arbeitest du nun hier?«

»Ich wünschte!«, sie nickte hinaus in den Flur – es war ihre Einladung, ihr zu folgen.

»Also zu Besuch«, entgegnete er, als er aufstand.

»Hm. Schreibst du aus meinem Kalender ab?«

»Eher du aus meinem.«

Es war ihr übliches Hin und Her. Anfangs hatte SR sich befürchtet, dass sie ihn enttarnen könnte, wenn er eine falsche Antwort gab. Doch als er bemerkt hatte, dass sie diese Pingpong-Gespräche eher zum Entspannen nutzte, waren ihm die unwichtigen Antworten leichter gefallen.

Zumal Jessica ihn eh nie ernst zu nehmen schien.

»Wie läuft dein Reisejob?«, fragte er sie auf dem Weg zum *Sweet Paradice*.

»Frag nicht«, sie zuckte mit den Schultern.

Dann ist es immer noch Macianarbeit, murrte Ryan.

Als ob unsere Aufgaben für sie so viel angenehmer wären, schoss er zurück.

Stattdessen erzählte er ihr, dass er sich ein paar Tage Urlaub erschlichen hätte und seine Ma ihn nicht erwischen durfte. Das war am ehesten an der Wahrheit dran. Zumal seine Ma schon irgendwie sein Boss war, wenn er in ihrer Abteilung zugegen war. Er hatte ihr auch etwas von seinen Kollegen erzählt. Unter den Spitznamen Still-und-fort und Regelliebhaber konnte er sich ein paar wahre Geschichten erlauben, ohne die beiden Hushen in Gefahr zu bringen. So waren ihre Gespräche offener.

Offener und vor allem herzlicher.

»Oh, du wirst es nicht glauben: Mein Sorgenkopf von einem Onkel hat mir das Bike überlassen!«, offenbarte sie ihm, als sie sich auf die Außenbänke der geschlossenen Eisdiele niederließen.

»Bike?«

»Ja. So ein kleines Motorrad. Das da hinten«, sie wies über die Straße auf ein verbeultes, blaues Ding, »Ich habe zwar drei Anläufe gebraucht, um die Kiste anzufeuern, aber ich bin gut durchgekommen. Um Welten besser als die letzten Male!«

Es muss schwer sein, sich per Anhalter durchzuschlagen.

Und es könnte so einfach sein, ihren Rückzugsort zu finden, wenn wir die Maschine markieren …, mischte sich Ryan leise ein.

So etwas Ähnliches hatte dieser schon mal angemerkt. Sie müssten nur jenen Lastwagen folgen, die Jessica auf ihrem Rückweg mitnahmen. Doch hatte Sven sich nie dazu durchringen können. Denn das würde bedeuten, dass er sie aktiv verfolgen müsste. Dass er sich nicht mehr wie ein unwissender Hutanfreund benehmen konnte. Dass er ihr Vertrauen missbrauchte …

Ein neuer Gedanke verdrängte die Überlegungen.

»Moment. Wann hast du deinen Führerschein gemacht?«

»Den brauche ich nicht. Ist ja kein Auto.«

»Ja. Aber ein Motorrad.«

»Pf! Ein Fahrrad mit dickerem Motor. Warum sollte ich dafür diesen Wisch brauchen?«

»Hast du deiner Tante davon erzählt?«

»War noch keine Zeit«, sie kniff die Augen zusammen.

»Dann hör auf, mir etwas vorgaukeln zu wollen. Wenn du mit dem Teil fahren dürftest, hättest du es ihr erzählt. Du weißt, dass du einen Führerschein brauchst, Jessi.«

Beleidigt wandte sie sich ab. Dennoch nickte sie. Und SR spürte, wie Erleichterung in ihm aufflammte.

Ein Teil von ihm hatte sich gesorgt, dass sie Recht hatte. Dass seine Tarnung als einfacher Hutan auffliegen würde. Aber dank ihrer Reaktion war klar: Es wäre auffälliger gewesen, wenn er nichts gesagt hätte!

Was nicht hieß, dass sie das Motorradfahren in nächster Zeit sein lassen würde.

Der restliche Tag verging wie im Fluge. Sie trafen sich mit Jessicas Tante. Dann ging es zu SR's Großmutter. Der Eisladenbesuch mit ihren Lieblingskugeln am Nachmittag durfte nicht fehlen. Und Sven schaute sogar nach Tatakai, als sie durch den Park schlenderten.

Dieser hatte es sich in einigen Gebüschen gemütlich gemacht. Ungesehen von den Hutan. Aber stets in der Nähe, um notfalls agieren zu können.

»Tantchen meinte, deine Großmutter würde nicht mehr lange machen«, murmelte Jessica beim Abendessen.

Sven musterte sie. Sie waren wieder im Pflegeheim. Am selben Tisch des Gemeinschaftraumes, wie zwei senile

Hutan, deren Hörvermögen den Geist aufgegeben hatte. Diese Janice hatte ihnen etwas Essen besorgt. Das tat sie immer. Früher hatte sie es nur für Jessica gemacht. Doch als diese es dann immerzu mit Sven geteilt hatte, waren es plötzlich direkt zwei Portionen geworden.

»Kann sein. Sie ist zwar erst in ihren Sechzigern, aber ihr Kopf ist schon fort«, er zuckte mit den Schultern.

Das war es nicht, was sie wirklich meinte.

»Danach sehen wir uns nicht mehr?«

Und hier liegt der Desson begraben!

Ruhe, Ryan!

»Weiß nicht. Vielleicht suche ich mir ein neues Hobby. Ich könnte die gute Jackie besuchen«, er deutete auf eine Frau einen Tisch weiter, »Es fühlt sich hier zu entspannt an, um nicht mehr vorbei zu kommen.«

Erleichterung machte sich auf ihrem Gesicht breit. Sie sprang ihn geradezu an! Dann nickte sie nebensächlich. Sie wandte sich ab. Verbarg ihren Blick.

»Wenn du keine bessere Zeitverschwendung kennst.«

Es klang wie ein Danke in seinen Ohren.

»Du möchtest wirklich nicht bei uns übernachten?«, fragte Janice, als sie zu ihnen an den Tisch trat, »Casper ist auf Dienstreise. Wir hätten die Wohnung für uns und-«

»Tantchen. Beim letzten Mal ist dein lieber Mann fast durchgedreht, weil ich die Dusche benutzt habe. Ich mag es echt nicht herausfordern«, lehnte Jessica ab.

»Also gut. Ich habe mit Tino gesprochen. Raum 23 ist frei. Wenn du morgen alles wieder herrichtest, kannst du heute dort schlafen. Aber kein Männerbesuch!«, ihr Blick richtete sich bei den letzten Worten auf SR.

»Nah, ich muss eh bald los«, lehnte er ab.

»Gut. Und ehe ich es vergesse«, Janice beugte sich zu Jessica runter, »Ich bin nächste Woche nicht da. Mom hat wieder diese komische Werbepost bekommen. Sie ist mir gestern fast durchs Telefon gestiegen. Deswegen hatte ich mir spontan Urlaub nehmen müssen. Wenn es ihr noch schlechter geht, wird sie Unterstützung brauchen.«

Obwohl Jessica sich gelangweilt gab, konnte SR die Unruhe in ihren Augen erblicken. Sie überraschte ihn. Sie passte nicht zu der rauen Persönlichkeit, die sie anderen Hutan sonst präsentierte!

»Glaubst du echt, dass ich in ein solches Kaff ziehen könnte? Was ist mit dem Bengel, den sie vor ein paar Jahren aufgenommen hat?«

»Stevie? Hat von Monstern im Wald gesprochen und ist weggerannt«, murmelte die Pflegerin.

»Vielleicht, weil es in diesem Wald auch wirklich davon wimmelt?«, Jessicas Tonfall wurde scharf, »Das, was ihr mir alle nicht glauben wolltet, oder?«

Seufzend schüttelte Janice den Kopf.

»Ein Nein hätte gereicht, weißt du? Bis zum nächsten Mal …«, damit verschwand sie im Pausenraum.

SR blickte ihr nachdenklich hinterher. Doch wagte er es nicht, das Thema zu eilig zu vertiefen. Erst wartete er, bis Jessica ihren Frust an einer Kartoffel ausgelassen hatte.

»Monster?«, fragte er mit erhobener Augenbraue.

»Ja. Nein. Sie-«, seufzend legte sie das Besteck beiseite, »Als Kind musste ich mit zu meinen Großeltern. Die wohnen in Kriegsheim. Der absolute Popo der Welt. Als mir die Diskussionen zu nervig wurden, bin ich aus dem Garten raus und habe mich in den angrenzenden Wald verirrt. Dort-«, sie stockte, »Sagen wir einfach, dass es gruselig war, okay?«

»Du und gruselig?«, fragte er grinsend.

Doch insgeheim war ihm klar: Wenn jemand wie Jessica sich lieber als schwach darstellte, statt von ihrer Erfahrung mit den *Monstern* zu berichten, waren diese nicht aus der Hutanwelt. Desson vielleicht?

»Ja und?«, sie rümpfte die Nase und trank etwas Wasser, »Viel wichtiger ist doch dein Nah.«

»Nah?«

»Ja. Du meintest einzig *Nah*, als Tantchen mich auf Männerbesuch angesprochen hat«, damit wandte sie sich wieder ihrem Essen zu und stopfte sich die zerquetschte Kartoffel in den Mund.

»Und?«, obwohl er verstand, worauf sie hinaus wollte, stellte er sich unwissend.

»Dann hältst du mich für so unattraktiv?«

»Es ging um Männerbesuch«, er wählte seine Worte mit Bedacht, »Plural. Mehr als einer. Und ich mag dich für vieles halten. Flittchen steht jedoch nicht auf der Liste.«

Ihr Gesicht lief rot an. Sie knallte das Besteck auf den Tisch. Ihr Essen schien für einen Moment zu zerlaufen. Als würde es schmelzen. Selbst die Zacken der Gabel leuchten sachte. Als wären sie extremer Hitze ausgesetzt!

Dann atmete Jessica durch. Eilig rührte sie durch ihr Essen. Es zischte leise. Dennoch behielt sie das Besteck darin verborgen.

»Das-«, sie schüttelte sich.

»Ich habe nur von der Besten gelernt«, grinste Sven, »Du bist nicht die einzige, die mit ihren Worten tanzen kann, nachdem sie jedes davon auf die Goldwaage legt.«

Endlich entspannte sie sich wieder. Sie lächelte. Lachte sogar ganz leise.

»Nun, dann kannst du mir ja nachher vielleicht helfen, das Bett herzurichten?«

»Ich bin schon jetzt viel zu spät dran. Ma wird mich in der Luft zerreißen, wenn ich morgen nicht pünktlich aufschlage«, mit der Zeitverschiebung von Kumohoshi und den Alibiaufgaben hatte er eh eine kurze Nacht.

»Du bist langweilig, Blondie«, schwungvoll erhob sie sich und streckte ihm im Vorbeigehen die Zunge raus.

Wärme breitete sich in ihm aus, als er sie beobachtete. Auf dem Rückweg stoppte sie neben der Küche und bot an, den Abwasch zu übernehmen. Wahrscheinlich stand Dora dort. Oder Evelyn.

Wie kann sie immer noch so offen und hilfsbereit sein?, fragte Ryan ungläubig.

Hm? Ich dachte, du magst sie nicht so?

Das ist nicht- Gut. In Ordnung. Vielleicht ein wenig. Aber denk doch mal nach! Ihre Hutanmutter ist tot. Ihr Vater? Nirgends zu sehen. Ihr Onkelchen lässt sie für die Macian schuften. Wieso ist sie also immer noch so nett zu den Hutan? Sollte sie ihr Hutanblut nicht hassen?

Du meinst, wie wir früher?

Stille antwortete ihm. Er spürte, wie Ryan zustimmen wollte. Wie er es nicht konnte. Wie er sich immer noch unsicher war, ob er das Blut seiner Großmutter akzeptierte.

Ich glaube nicht, dass sie es freiwillig macht, offenbarte Sven daher nach einer Weile.

Was meinst du?

Die Arbeit für die Macian. Ihr Onkelchen. Ihre Eltern. Was weiß ich! Aber sie würde nicht so oft hierher kommen und immer mit hängendem Kopf abreisen, wenn sie die Welt der Macian genießen würde, oder?

Ehe Ryan antworten konnte, war Jessica zurück.

»Ich bringe dich noch raus, ja? Damit du nicht zu spät dran bist«, entschied sie.

»Danke«, er ließ es zu, dass sie sein Geschirr mitnahm, während er seine Jacke auflas, »Morgen kann ich nicht rumkommen. Ich hoffe, du erträgst es auch allein?«

»Ha ha«, sie boxte gegen seinen Oberarm, »Nun bist du wieder besonders komisch.«

»Nur ehrlich«, grinste er.

Ihr Lachen brachte sein Herz zum Hüpfen.

Dann verstummte es.

»Ich werde morgen Mittag wieder los müssen. So ist es besser«, flüsterte sie.

»Also bis in ein paar Wochen?«

»Ja …«, plötzlich schlängelten sich ihre Arme um ihn und drückten ihn sachte.

Sven spürte, wie sein Körper sich anspannen wollte. Wie Ryan erstarrte. Dabei mussten sie sich hier wie ein Hutan benehmen! Also zwang er seine Panik fort. Er erwiderte die Umarmung. Einen Körperkontakt, der so unter Hushen nie vorgekommen wäre. Der ihn komplett überforderte!

Aber als sie von ihm abließ, fühlten sich seine Arme leer an. Die Nachtluft wirkte kühler. Er vermisste ihre Wärme. Jessica war immer etwas heißer. Wie jemand, der dauernd Fieber hatte. Doch war es keine unangenehme Hitze. Eher eine wohlwollende.

Und nun lief diese zurück ins Pflegeheim.

Erde an Sven? Ist der Autopilot überwunden?

Ich- Verdamm- Was-

Du hast ihr eine gute Nacht gewünscht und abartig nett gelächelt. Sah klasse aus, erklärte Ryan, *Ehrlich. Das war so ein Steig-in-meinen-Wagen-ich-habe-Welpen-Lächeln.*

Beleidigt wandte SR sich ab. Er lief zur nächsten Straße, ehe er sich zu Tatakai blinzelte. Erschöpft fiel er neben dem Desson auf die Parkbank.

»Sven?«

»Wenn es nicht wichtig ist, kann es noch kurz warten«, murmelte er, den Blick in den Himmel gerichtet.

»Meinst du?«

Überrascht blickte er auf den weißen Wolfdesson. Fuyu. Die Vertraute seiner Mutter.

Er schluckte.

»Ma auch da?«

Kapitel 3: Die Angst einer Mutter

Fiona Katja massierte sich die Schläfen. Sie starrte auf die Zahlen vor sich. Finanzpläne und Rechnungen. Jene Tätigkeit als Chakrameisterin, die sie am meisten nervte. Doch musste sie sich da durchkämpfen. Die spärlichen Einnahmen und Forschungsgelder mussten alle Ausgaben abdecken. Ausgaben, die hauptsächlich durch die absurden Forderungen eines anderen Meisters angestiegen waren.

Dort, Katja leitete sie durch den Zahlenirrgarten, indem sie ihre Aufmerksamkeit auf die richtigen Werte lenkte, *Das wurde doppelt abgerechnet. Die Bereitstellungen der Ressourcen hat EB unterschiedlich zusammengefasst, um verschiedene Preise abzurechnen. Dadurch sind manche Punkte bis zu viermal enthalten.*

Danke, Fiona korrigierte die Rechnungen missmutig. Ohne ihre andere Seele wäre sie aufgeschmissen.

Er wird wieder behaupten, dass irgendein Neuling das Teil geschrieben hat, oder?, mutmaßte sie, als sie endlich am Ende ankamen.

Es ist nicht seine Handschrift, erwiderte Katja.

Vielleicht ein Plan Ragnaröks, um uns zu beschäftigen?

Das wäre nicht mal abwegig. Zumal sie den Meister des Muladhara bereits seit drei Jahren in der Vereinigung vermuteten. Und da sich jeder Seitenhieb auf sie auch auf LR auswirkte, musste sie immer das Wohl des Otou-san bedenken. Immerhin war sie die einzige, deren Rat er offen aufsuchte. Für ihn hatte sie ursprünglich sogar ihrer unliebsamen Ehe zugestimmt. Einer Ehe, deren Existenz damals nur diente, um ihre Beziehung mit LR als rein freundschaftlich zu deklarieren. Eine Ehe, die ihr SR schenkte. Eine Ehe, die alle Anschuldigungen des Tempels abwies und ihr so half, LR's Kinder zu unterstützen.

Im Austausch für FK's Loyalität hatte er sie zum Grab ihrer Schwester und deren Tochter gebracht. Er hatte ihrer

Ma ein Leben unter den Hutan ermöglicht. Er hatte dafür gesorgt, dass SR auf keine zu gefährlichen Missionen geschickt wurde. Hatte ihr Rückendeckung verschafft, als sie den Konzilposten erklomm.

Sie hatten immerzu aufeinander aufgepasst.

Wenn es ein Plan Ragnaröks wäre, haben wir ihn eben vereitelt, Katja sandte ihr ein Bild vom Kalender.

Ja. Das hier war erst in zwei Tagen fällig. Direkt vor dem nächsten Konziltreffen. Bis dahin …

Vielleicht sollten wir dennoch nach dem Rechten sehen?, fragte sie, als ihr mulmig wurde.

Es ist bestimmt nich-

Katja. Bitte. Du kennst mein Bauchgefühl.

Damit stimmte ihre andere Seele zu. Sie hielt sich bereit. Schaute Fiona über die Schulter, als sie ihr Büro verließ. Als sie Termine verschob und die neugierigen Blicke des Praktikanten zurückwies. Als sie Fuyu damit betraute, die anderen zu beaufsichtigen …

Ein Blinzeln später stand sie am Palast. Zwei Gänge später vor der Tür des Otou-sans. Ein Augenbraueheben später hatte sie die Aufmerksamkeit der dortigen Wachen. Es war jene Geste, die die beiden dazu veranlasste, einen Blick auszutauschen.

»Ich weiß nicht, ob das so passend ist«, murmelte die Frau mit der Augenklappe.

»Ich weiß nicht, ob du das entscheidest«, erwiderte sie.

Seufzend nickte diese. Alle Wachen im Palast hatten die Anweisung, FK's Anwesenheit sofort zu melden. Dass es nun gar eine Verzögerung gab, glich einer Beleidigung.

Ragnarök, dachte Fiona und endlich gab ihr Katja Recht.

»Einen Moment, bitte«, übernahm die andere Wache genervt. Da ihm die Unterarme fehlten, klopfte er mit dem Ellenbogen. Er öffnete die Tür. Nannte Fionas Namen. Wank sie durch.

Einen Moment später knallte sie die Tür hinter sich zu.

»Boah. Was ist denn mit denen los?!«, meckerte sie.

»Fio, bitte.«

Der Spitzname war ihre Warnung. Eine Anrede aus einer einfacheren Zeit. Eine Verniedlichung, die ihre Ma einst eingeführt hatte. Und eine, mit der der Otou-san sie stets anwies, erst die Lage auszuloten.

Ihre Augen legten sich auf den angespannten Musuko. Er biss sich auf die Lippen. Hatte die Hände geballt. Die Lippen schief zusammengepresst.

Er stand kurz vor einer Explosion.

»Alles gut?«, fragte sie direkt.

»Ja!«, presste der Jüngere hervor.

Der Otou-san schüttelte jedoch den Kopf. Sie erkannte, wie Ludwig und Renaldo kurz die Plätze tauschten. Wie sich dann die Maske auf sein Gesicht schlich.

»Wir mussten unsere Optionen abwägen. Wegen-«

»Der Tempel verlangt eine Ehe für SM. Dabei sind sie sehr von AC angetan«, mischte sich TJ ein, »Wenn wir keinen besseren Kandidaten-«

»SR«, warf LR ein, »Er hat mehrere Sahasrarakonzepte aufgeklärt und kennt SM genauso lange wie dich.«

»Die beiden hassen sich! Sie wären beide unglücklich. Du kannst von ihnen nicht denselben Fehler verlangen, der eure Leben geprägt hat, Vater!«, TJ deutete auf FK.

»Wer sagt, dass ich einen Feh-«

»Das ist kein Fehler? Ihr zwei seid Seelenverwandte! Aber ihr habt euch nicht getraut. Nur wegen ein paar Ignoranten, die das Blut reinhalten wollten. Du. Hättest. Uns. Dieses. Desaster. Ersparen. Müssen!«

»Tarek John«, die Stimme des Otou-sans senkte sich, »Du wirst nicht in diesem Tonfa-«

»Schluss!«, unterbrach Katja die zwei. Sie hatte Fiona fortgedrängt und sich zwischen die Streithähne gestellt. Je eine Hand vor einem der Kazokus erhoben. Dabei achtete sie darauf, keinen direkt anzusehen. Lieber richtete sie ihren Blick auf die Desson an der Bannkreistafel.

Deren Gesichter waren verzerrt. Gakumons genauso wie Arashis. Und nur sie konnte es den Hushen zeigen!

»Das ist-«

»Nein«, unterbrach Katja diesmal ihren Otou-san, »Du wolltest, dass ich dich aufhalte, ehe du etwas Bescheuertes sagst. Nun. Sieh mich in der Erfüllung meiner Pflicht und halte die Rübe geschlossen, ja?«

Er nickte müde. Viel zu langsam ließ er sich auf seinen Stuhl fallen. Er schaute aus dem Fenster. Lauschte in sich hinein. Auf Renaldos Worte, die Ludwig stets umsetzte.

Er würde sich fangen. Er würde erkennen, dass er seine eigenen Grenzen fast überschritten hatte. Grenzen, wegen derer er TJ's und SM's Erziehung ihr anvertraut hatte.

Als Ubrid wirkten die Worte der Kazoku nur wie eine Suggestion auf sie. Sie konnte ihre Befehle ignorieren. Sie konnte sie abweisen.

Und sie konnte an ihrem Nein festhalten.

»Sahasrarameisterin«, begann TJ mit ihrem offiziellen Titel, »Bitte. Ich wollte Euch nicht kränken. Ich glaube nur, dass mein Va-«

»Nein. Du wirst jetzt auch die Schnute halten und in dich gehen«, unterbrach sie ihn und wies auf die Vertrauten, »Zwei Minuten möchte ich keinen Mucks von euch hören. Danach können wir nochmal von vorne anfangen.«

Sie machte es sich derweilen auf ihrem Lieblingsplatz bequem. Ein Liegesessel vor einem großen Bücherregal. Von dort beobachtete sie, wie Vater und Sohn ihren stumm gehorchten. Ein Vorgehen, für das jeder von Ragnarök sie sofort hingerichtet hätte.

Und eines, das sie jeden Tag wieder in die Wege leiten würde. Für LR.

»Danke«, offenbarte dieser nach einer Weile.

»Schon gut«, sie wies zu TJ, »Er weiß Bescheid?«

»Deswegen hatte ich das Team aufgelöst«, erklärte der Otou-san, »Wir müssen eine Lösung für unser Dilemma finden. Seit gestern gehen wir alle Optionen durch.«

Das Team ist aufgelöst?, meldete sich Katja erneut, *Und wo ist dann unser Junge?!*

Ehe Fiona der Frage nachgehen konnte, riss der Musuko sie aus ihren Gedanken.

»Weiß SR Bescheid?«

»Seit Sonntag. Grob«, FK zupfte an ihrem Ärmel rum, »Er hatte es selbst angeschnitten. Also muss er es zuvor irgendwo gehört haben. Du warst nicht das Leck?«

»SM hat mir sonntags erst von AC's Werben berichtet, als wir bei euch raus waren«, erklärte er, »Danach habe ich ihn nicht mehr gesehen.«

»RT war auch da?«, riet der Otou-san.

»Ja, wir hatten über die Aufgaben gesprochen, die wir die Wochen übernehmen würden.«

FK musste sich zwingen, sich nicht nach ihrem Sohn zu erkundigen. Vielleicht hatte er die Situation mit SM schief aufgefasst und wollte nun in Ruhe darüber nachdenken? Oder er war in den Tagebüchern ihres Vaters versunken? Es wäre nicht das erste Mal, oder?

»Nun, dann muss er es von RT haben«, bemerkte sie.

»RT gehört nicht zu Ragnarök«, widersprach TJ sofort.

»Er nicht. Seine Eltern schon eher. Sieh dir nur an, wie altmodisch die Ajnaabteilung aufgebaut ist. Sieh dir ihren Eingang an. Die Trugbilder! Wenn das kein Lobgesang auf alle Hushen ist, weiß ich auch nicht.«

Dem hatte der Musuko nichts entgegenzusteuern. Also konnte sie sich wieder seinem Vater zuwenden.

»SR würde eine Verlobung mit SM verstehen. Nur weiß ich nicht, inwieweit er es durchziehen könnte. Ganz zu schweigen, dass ich nicht überzeugt bin«, gestand sie.

»Fiona, es ist unsere einzige Chance, damit alle heil aus der Sache rauskommen«, befand der Otou-san.

»Es ist die einzige Chance, die wir im Moment sehen«, bemerkte sie, »Dein Sohn hat nicht Unrecht: Wir haben unser Glück für eine bessere Zukunft weggeworfen. Aber das wollten wir nie unseren Kindern zumuten, oder?«

»TJ muss der nächste Otou-san werden. Er darf nicht-«

»Hast du mich je gefragt, ob ich es *will?*«

FK schloss die Augen. Sie kannte die Antwort. Auch wenn ihr Kindheitsfreund diese gern ignorierte. Sie kannte die Wahrheit, seitdem sie sein erstes Zögern beobachtet hatte: Im Leiten des Teams. In der Planung von Missionen. In der Ausführung von Eliminierungsmissionen …

»Mach dich nicht lächerlich. Wenn jemand anderes-«

»Ich weiß, dass weder EJ noch AC mit irgendeiner Form von Umsicht handeln würden. Und SM ist aufgrund ihres Geschlechtes raus. Aber das bedeutet nicht, dass *ich* die bessere Wahl wäre.«

»TJ, du musst-«

»Ich muss an die frische Luft«, er erhob sich abrupt und wank seinen Vertrauten heran, »Dringend.«

Einen Augenblick später war er verschwunden.

LR sackte zusammen. Er vergrub den Kopf in seinen Händen. Hauchte leise Worte aus. Schüttelte sich.

FK erlaubte sich, ihn nicht als Otou-san oder ehemaligen Kindheitsfreund zu sehen. Sie fokussierte sich wieder auf Ludwigs Züge. Auf Renaldos, die sich dahinter verbargen. Auf dessen Verzweiflung, die bis zu ihr durchdrang.

Dies war seine verwundbare Seite. Er gab sie nur preis, wenn sie allein waren. Wenn er ihre Hilfe brauchte.

Und bislang hatte sie ihm diese nie verwehren können.

»Wie lange ist das Team aufgelöst?«, fragte sie.

»Zwei Wochen. Hat SR es nicht angegeben?«

»Er hat sich nicht mal angemeldet.«

Hastig riss er den Kopf hoch. Seine Augen verschoben sich. Als würde er einen Angriff abwägen. Als würde-

»Renaldo«, sprach sie die wahre besorgte Seele an, »Es geht ihm gut. Das weiß ich.«

»Du …«, er runzelte die Stirn.

»Nach seinem Ausflug mit TJ in die Welt der Hutan, habe ich Tatakai einen Bannkreis verpasst. Dieser schlägt aus, sobald der Desson kein Vertrauter mehr ist. Das war die einzige Möglichkeit, mich nicht mehr ständig um den Rabauken zu sorgen, weißt du?«

»Und weiß SR Bescheid?«

Die Antwort blieb sie LR bewusst schuldig.

»Davon mal abgesehen: Meinst du wirklich, dass zwei Wochen reichen, um eine Lösung für diesen Schlamassel zu finden? Was ist, wenn beim Konzil in zwei Tagen die nächste Bombe hochgeht? Oder wenn die Floris wieder auf Hutanjagd geht?«

»Das hat sie erst«, seine Finger legten sich auf die Bannkreise seines Tisches und sofort erschien ein Stapel Berichte, »Sie ist wahnsinnig geworden. Keine Ahnung, warum. Ich hatte überlegt, Grenzen abzustecken und so einen seichten Frieden zu erwirken. Damit wir uns auch um den Wiederaufbau von Hyohoshi kümmern können. Aber seit letztem Jahr scheint sie durchgedreht zu sein.«

FK nickte ihm zu. Die Papiere unterstrichen jedes seiner Worte: Wieder waren Hutan hingerichtet worden wie Vieh. Wieder hielten die Nichtmagischen es für einen normalen Mörder. Wieder stellten sie Straßenblockaden auf oder fahndeten mit Phantomskizzen, bis die Überlebenden sich in ihren Beschreibungen widersprachen.

»Im dritten Ordner gibt es diesmal Aufzeichnungen einer Überwachungskamera«, bemerkte er, als sie die restlichen Berichte gerade ungesehen zurückgeben wollte.

»Bitte?«

»Wegen der erhöhten Kriminalität. Einer der Hutan hatte eine Kamera im Auto. Direkt vorne. Diese wurde nicht bemerkt und zur Abwechslung auch nicht niedergebrannt. Wir haben uns die Daten gezogen und ausgewertet.«

Eilig legte sie die anderen Ordner zurück und ging die ausgedruckten Fotos durch. Sie waren mit Anmerkungen versehen. Handlungsschritte, die aufeinander folgten. Erst waren zwei Männer zu sehen. Sie hatten sich umarmt und geküsst. Ihre Liebe war nicht exzessiv. Aber sie war gut sichtbar. Als die Autos neben ihnen hielten, hatten sie diese zuerst nicht einmal bemerkt.

Dann war die Floris an sie herangetreten. »Schämt ihr euch nicht?«, stand in den Anmerkungen.

Die Hutan hatten nicht antworten können, ehe das Eis ausgebrochen war. Es hatte die Männer an einen Baum gepinnt. Sie waren unter den zornigen Augen der Floris gestorben. Schreiend. Bettelnd. Alle restlichen Hutan hatte sie dabei nur wie nebensächliche Fliegen ausgelöscht. Als wären sie kaum einen Blick wert …

»Vermutlich wirft das aber etwas Licht auf das Ganze«, murmelte LR, als FK die letzten Bilder durchging, »Bei den anderen Tatorten waren auch jeweils zwei Männer oder zwei Frauen extrem zugerichtet gewesen. Als würde sie etwas speziell gegen diese Hutan haben.«

»Hm«, FK hörte nur mit halbem Ohr zu, ehe ihr Blick an einer jungen Frau hängen blieb. Sie war groß. Blond. Mit zotteligen Haaren und hängenden Schultern. Sie hatte den Platz der Floris eingenommen. Von dort brachte sie das Chaos wieder in Ordnung. Sie ließ das Eis tauen. Vergrub die Toten. Brannte die Häuser nieder.

Irgendwoher kannte Fiona sie …

»Wenn wir die richtigen Suggestionen unter den Hutan verbreiten, könnten wir-«

»Ihre Einstellungen ändern, damit sie nicht mehr als Zielscheibe dienen? Das ist nicht dein Ernst, Renaldo«, widersprach sie und betrachtete die letzten Bilder erneut.

Woher kannte sie dieses Gesicht?!

»Es könnte Leben retten.«

»Es könnte Leben zerstören.«

»Ja, aber-«

»Nein. Du hast mir einst versprochen, dich nicht in die Belange der Hutan einzumischen, erinnerst du dich? Du kannst ihrer Polizei gerne diese Verbindung näher legen. Damit sie ihre Leute warnen können. Aber du wirst dich nicht in ihre Politik einmischen, ja?«

Schwerfällig stimmte er ihr zu.

»In Ordnung …«

***

Ihr Gespräch zog sich noch drei Stunden hin, ehe Fiona sich von LR verabschieden konnte. Erst dann konnte sie sich nach Hause blinzeln, um nach ihrem Sohn zu sehen. Als sie allerdings niemanden vorfand, kehrten die Sorgen zurück. Sorgen, die sich diesmal in ihr festkrallten.

Was, wenn Ragnarök davon ausgeht, dass SR zustimmen wird? Wenn sie ihn verschwinden lassen, ohne ihn zu töten, bliebe Tatakai sein Vertrauter und wir würden nicht reagieren können. Wir-

Katja! Lass es!

Fiona schüttelte sich, um den Schwindel zu verdrängen. Sie musste sich konzentrieren. Sie musste Ruhe bewahren. SR war kein Kind mehr. Er konnte auf sich aufpassen …

»Wo bist du nur?«, murmelte sie, während sie durch sein Zimmer schritt.

Sie verharrte in der Mitte des Raumes. Da Platznot auf den Inseln herrschte, wurde den Hushen nahegelegt, erst bei ihren Eltern auszuziehen, wenn sie den Bund der Ehe eingingen. Dennoch hatte FK ihrem Sohn angeboten, das Zimmer umzugestalten. Ihr Junge war längst kein Kind mehr. Er brauchte keinen Kinderstuhl. Nur Tatakai zuliebe wollte er ihn behalten. Wenn er höher säße, könne er sonst nicht auf Augenhöhe mit dem Desson reden.

»Fiona? Alles gut?«, meldete sich Fuyu, als sie ins Haus trat – ob sie ihre Aufregung gespürt hatte?

»Sind meine Magien zu ungehalten?«

»Ungehaltener als sonst«, gab ihre Vertraute zu und schob sich mit in den Raum, »Ich habe für heute Schluss machen lassen. SK, dieser stotternde Praktikant hat mit dem Sahasrarachakra beinahe einen Stuhl entzweit. Nun, zumindest behauptet der Bannkreis das.«

»Ich sehe es mir morgen an«, murmelte FK und graste mit den Augen die Wand ab.

Ein Zettel fiel ihr dabei auf. Er war kurz aufgeleuchtet. Nein. Er leuchtete immer noch. Allerdings nur sanft. Als würde etwas um den Auslöser tanzen. Als würde-

Ihre Augen fielen auf die Serviette, die daran gepinnt war. Das Logo darauf war halb verblichen. Doch konnte sie immer noch das *Sweet Paradice* unten ausmachen. Ihr Sohn war mehrfach dort gewesen, während sie sich mit der Realität abfinden musste …

Wäre es falsch, nachzusehen?, fragte Katja still.

Ja. Es ist seine Entscheidung, mit wem er sich trifft und-

Obwohl er dadurch seine Zukunft wegwerfen könnte?

Fiona hielt inne. Sie hatte eigentlich nicht weiter darüber nachdenken wollen. Aber wenn ihre andere Seele sie so darauf hinwies, ließ sich die Bedeutung des Bannkreises nur schwer abweisen: Er lokalisierte jemanden. Und wenn es eine Person war, konnte es kein Hushen sein. Ihrer eins würde sich nackt fühlen, wenn ein solcher Ortungssensor erlaubt wurde. Dann musste also ein Hutan den Bannkreis auslösen. Und wenn SR für diesen Hutan sogar wortlos von Kumohoshi verschwand …

Es ist seine Entscheidung, ob er sein Blut für die nächste Generation weiter verdünnen will, behauptete sie.

Meinst du wirklich, dass das akzeptiert wird? Wenn der Sohn eines Ubrids das Blut weiter verdünnt? *Besonders von den Konzilmitgliedern, die fragen werden, ob unsere Familie überhaupt noch magisch ist, hm?*, Katja wurde leiser, *Ganz zu schweigen von seinen Kindern. Du weißt, wie schlimm es für uns war? Für JF? Willst du ihm und unseren Enkeln den Hass wirklich zumuten?*

Ich will ihm vertrauen, entgegnete Fiona.

Das will ich auch. Das tue ich auch. Deswegen erzählen wir ihm ja von Ragnarök. Doch wir sind auch seine Ma. Wir machen uns Sorgen. Und das ist okay so.

Dass Katja ein Wort wie okay nutzte, überraschte sie. Es erinnerte sie an ihre Kindheit. An ihre Großeltern. An die Hutan. An die Sommer, in denen sie Kumohoshi entflohen waren, um Zeit mit ihrer anderen Familie zu verbringen. Um sich wieder wie Kinder zu benehmen.

Kinder, die sie damals schon nicht mehr waren.

»Wir gehen Ma besuchen«, befand sie an Fuyu gerichtet, »Ich möchte, dass du dort Tatakais Fährte aufnimmst. Ich erledige noch was und komme nach.«

Ihr Desson antwortete nicht, als sie sich an FK lehnte. Einen Moment später befanden sie sich in dem alten Abstellraum des Pflegeheims. Spinnenweben zierten die Decke. Staubbüschel tummelten sich in den Ecken. Hier war schon länger niemand gewesen. Für einen Augenblick glaubte Fiona, dass sie sich geirrt haben musste. Dass sie falsch wäre. Dass dies ein verlassenes Gebäude war!

Dann hörte sie die Stimmen von nebenan.

Angespannt webte sie eine Illusion um sich. Sie öffnete die Tür. Führte Fuyu den Gang entlang. Vor der Tür zum

Garten blieb sie stehen und bedeutete ihrem Desson, dort mit der Suche zu beginnen. Anschließend wandte sie sich dem Zimmer ihrer Ma zu.

Sie wollte ihre Ma sehen. Sie konnte nicht. Sie vermisste die Frau. Sie hatte Angst, dass ihr der Anblick nur noch mehr Kummer bescherte. Dass es sie zerbräche.

Also drehte sie sich um. Sie zwang ihre Beine voran. Ein Schritt nach dem anderen. Zur Eisdiele. Zu diesem *Sweet Paradice*. Dort würde sie anfangen.

»Guten Abend«, grüßte sie.

Der stämmige Verkäufer nickte ihr ohne aufzusehen zu: »Was darf's sein?«

»Einmal …«, sie überflog die Sorten. Eigentlich hatte sie Vanille bestellen wollen. Oder Erdbeere! Gewöhnliche Geschmäcker eben. Doch schienen die hier nicht auf der Speisekarte zu stehen.

»Limette-Minz, bitte. Im Becher«, entschied sie nach kurzem Abwägen und legte einen Schein auf den Tresen, »Eine Kugel. Obwohl ich dafür anscheinend ein bisschen zu viel Geld eingesteckt habe.«

»Das kann ich nicht wechseln«, murrte der Mann.

»Nicht direkt«, sie verschränkte die Arme hinter dem Rücken und lächelte ihn aus der Illusion heraus an, »Aber vielleicht könnten Sie mir sagen, ob sich mein Spiegelbild hier heute rumgetrieben hat. Ich suche ihn schon den ganzen Tag.«

Endlich schaute er sie an. Er musterte sie. Nun. Nicht ihr Erscheinungsbild. Seine Augen glitten über SR's Züge. Eine Illusion, die sie ihm präsentierte. Das war leichter, als ihren Sohn mit Worten zu beschreiben. Immerhin besaß sie, dank des Aberglaubens der Hushen, eh kein Foto ihres Jungens. Alle Fotos galten als Seelenräuber!

»Ja«, der Mann nickte, während er das Eis fertigmachte, »Er war heute mit seinem Mädel hier. Sie kommen schon seit Jahren. Ein oder zweimal im Monat. Sitzen immer da drüben. Sie küssen sich zwar nicht, aber viel fehlt da nicht. Es sei denn …«, er stockte, »… es sei denn, das bist normalerweise du. Dann wäre das etwas schräg.«

»Keine Sorge. Ich habe keine Freundin«, beruhigte sie seine angespannte Miene.

Das war nicht einmal eine Lüge. FK war nie mit den anderen Hushenmädchen in der Akademie klargekommen. Nur mit ihrer Schwester hatte sie Kontakt gepflegt. Die anderen Mädchen auf Kumohoshi waren ihr zu steif, zu unsensibel erschienen.

Fast schon tot.

»Gut«, der Verkäufer schien ihr nicht zu glauben, »Wenn aber doch was ist – keine Schlägerei in meinem Laden, ja? Das ist schlecht fürs Geschäft.«

»Natürlich«, stimmte sie zu und verabschiedete sich.

Eine Seitenstraße später tauschte sie ihre Illusion aus. Sie sah wieder aus wie sie selbst. Aber das Eis hatte sie in einen Joghurt verwandelt. Das wäre unauffälliger.

Immerhin musste sie das Pflegeheim beobachten.

Ihre Observierung dauerte zwei Stunden. Zwei Stunden, in denen sie immer wieder ihren Aussichtspunkt und ihr Erscheinungsbild wechselte, um keine Aufmerksamkeit zu erregen. Dann endlich erblickte sie SR. Er kam aus dem Pflegeheim. Lächelnd. Eine junge Frau neben ihm.

Dieselbe junge Frau, die sie auf den Fotos im Büro des Otou-sans gesehen hatte.

Wir müssen sofort hin. Wir müssen ihn-

Nein!, es kostete sie alle Kraft, Katja zurückzuhalten, *Kein Eingriff ohne ausreichende Informationen*, erinnerte sie ihre andere Seele an eine der Akademieregeln.

Aber was, wenn sie ihn umbringt? Wenn sie ihn-

In diesem Augenblick umarmte die Macian ihren Sohn. Fiona spürte, wie ihr Herz einen Schlag aussetzte. Sie rang mit ihrer Furcht. Glaubte, SR tot zu sehen. Ihn begraben zu müssen. Verabschieden zu müssen!

Da lösten sich die Arme von ihm.

Zitternd umklammerte sie ihr Zentrip. Sie lauschte in die anbrechende Nacht. Doch einzig Rauschen durchflutete ihre Ohren. Sie rieb über die Ecken ihres Anhängers. Eine war etwas runder als die anderen. Diese fuhr sie jedes Mal nach, wenn sie mit der Angst zu kämpfen hatte. Wenn Katjas Sorgen sie überwältigten!

Erst als beide aus ihrem Blickfeld verschwanden, ließ sie ihre Illusion fallen. Sie atmete durch. Tastete nach Fuyu. Konnte eine innige Ruhe von ihrer Vertrauten spüren.

Dann war SR sicher bei den Desson angekommen.

Nun musste sie nur noch dieses Macianmonster richten!

Kapitel 4: Der zerplatzte Traum

Kam es nur mir so vor oder war er von der Umarmung überfordert?, fragte Jessica ihre andere Seele, als sie ins Pflegeheim zurückkehrte.

Hm?, Nicole gähnte, *Weiß nicht. Ist es so wichtig?*

Nun führ dich nicht so auf, sie setzte ein Lächeln auf, als ein seniler Mann sie zum vierten Mal grüßte, *Sobald Houo da ist, wirst du wieder hellwach sein!*

Weil er sich mehr wie Familie anfühlt!

Tantchen nicht?

Ja. Nein. Er ist halt angenehm warm.

Und er erinnerte sie an ihren Vater.

Als ihr dieser Fakt bewusst wurde, ließ sie das Thema fallen. Lieber kontrollierte sie den Raum 23 zügig auf verirrte Hutan, ehe sie die Tür schloss. Dann trat sie ans Fenster, öffnete es, pfiff einmal lang, zweimal kurz.

Sogleich hüpfte der Phönix auf den Fenstersims.

»Das war ein langer Tag«, murmelte er, während sie die Vorhänge hinter ihm schloss.

Das musste Jessica ihm abnehmen. Es kostete Houo schon enorme Kraft, sein Feuer in ein tiefrotes Glühen zu verwandeln, um nicht aufzufallen und nichts anzukokeln. Zumal er sich den ganzen Tag versteckt halten musste. Da wollte sie ihm hier etwas mehr Freiraum lassen.

Solange er nichts kaputtmachte.

»Wir haben viel geredet«, offenbarte sie, »Es ist nett, mit jemandem zu reden, der mich nicht als fehlerhaft sieht.«

»TaJu würde dich nie als fehlerhaft sehen.«

»Jein. Er ist Familie. Da herrschen andere Maßstäbe«, damit plumpste sie aufs Bett, »Es ist nicht das Gleiche.«

Sie ließ Nicole raus, um mit Houo zu reden. Ihre andere Seele hatte einen besseren Draht zum Phönix. Sie war diejenige, die den brennenden Vogel dazu überredet hatte, ihre Freundschaft mit Sven geheim zu halten. Und sie war es auch, die die Wogen glättete und ihm etwas Körnerbrot vom Abendessen anbot.

Dem konnte das Wesen nicht widerstehen. Dankend nahm er es an und ließ das Thema fallen. Das wäre eh besser. Immerhin musste sie ihn gleich noch allein lassen, um in der Küche auszuhelfen. Als Dank, damit-

Klopfen.

Verdutzt blickte sie auf. Sie hob den Vorhang an und wies Houo stumm an, mit dem Brot hinaus zu fliegen. Erst dann ging sie zur Tür.

»Ja?«

»Ich habe was vergessen«, antwortete Svens Stimme, »Hast du einen Moment?«

Sie drückte die Klinke runter und musterte den anderen überrascht. Er sah genauso aus, wie vor wenigen Minuten. Nur irgendwie …

Wieso erreichte das Lächeln seine Augen nicht?

»Klar«, sie gab sich entspannt, konnte aber das unsichere Gefühl nicht abschütteln, »Dabei dachte ich, dass einer zu wenig für den Männerbesuch ist.«

Jessica wandte sich bei den Worten ab. Jedoch ließ sie Nicole ihren Besucher beobachten. Ihren Besucher, dessen Miene sich laut dieser verzog. Als wäre er angewidert? Nein. Das passte definitiv nicht zu Sven! Sven kannte ihre Späße. Und er konterte fast jeden davon mit Bravour. Er-

Das. War. Nicht. Sven.

Sollen wir etwas tun? Sollen wir-

Nein! Einen Gang weiter liegt seine Großmutter. Und Tantchen arbeitet hier! Wenn es zum Kampf kommt, wird Houo mitmachen. Dann brennt der ganze Schuppen und die Hutan sind alle in Gefahr!

Und wenn dieser falsche Sven uns angreift?

Jessica ließ sich auf einen Stuhl fallen. Sie kratzte sich am Unterschenkel. Tat so, als würde sie sich nicht ganz fit

fühlen. Um ihren Besuch zu begutachten. Um Schwäche vorzuspielen. Um ihre Chancen abzuschätzen und-

»Sven!«, eine Frau tauchte in der Tür auf. Sie war groß. Dunkelblond. Mit Lachfalten und Grübchen im Gesicht. Obwohl Jessica sie das letzte Mal vor mehreren Jahren gesehen hatte, erkannte sie diese sofort wieder.

Sie war ihrem Sohn zu ähnlich.

»Mrs. Louis«, grüßte sie lächelnd, »Das ist schon eine Weile her, oder?«

Bitte sag mir nicht, dass wir einen potenziellen Hushen hier haben, der nun von einer Hutan angesprochen wird! Verdammter. Wenn Svens Mom etwas passiert, weil sie in was Magisches stolpert, ist das unsere Schuld! Wir müssen sie hier rausbekommen. Sofort!

»Jessi, oder?«, die Frau lächelte, »Sven hat mir viel von dir erzählt. Danke, dass du meinem Knöpfchen so gut zuhörst. Daheim redet er mir zu viel.«

Warum schaut dieser Sven-verschnitt so verwirrt aus? Sollten wir-

Ehe Jessica sich einen Reim daraus machen konnte, überwand Svens Mutter die Distanz zu ihrem falschen Sohn und boxte ihm spielerisch gegen den Oberarm: »Also wirklich. Ich habe dich nur gefragt, ob du mir diejenige vorstellst, wegen der du deine Arbeit geschwänzt hast. Es hätte auch gereicht, wenn du mir Jessis Namen genannt hättest. Obwohl es mir lieber wäre, wenn du sie heute nicht meiner Gegenwart vorgezogen hättest.«

»Ich wollte ni-«

Die Frau wartete Jessicas Worte nicht ab – es war, als wolle sie das Gespräch allein führen: »Nicht doch. Es war mein Fehler. Daher hat sich mein Sohn wohl auch hierhin zurückgezogen. Als ich ihn eben gefunden hatte, haben wir uns zerstritten. Ich hätte das nicht sagen sollen«, sie wandte sich Sven zu, »Verzeihst du mir?«

Das- Sehen wir Gespenster? Vielleicht ist das doch Sven? Vielleicht ..., überlegte Jessica still.

Aber so angewidert hat er uns noch nie angeguckt! Das passt nicht, das-

Ich weiß. Vielleicht lag das an seiner Mom?

Und wenn nicht? Wenn man beide ausgetauscht hat?

Nicoles Überlegung ließ sie stocken. Es rann ihr kalt den Rücken runter. Was, wenn ein Hushen sie enttarnt hatte? Wenn man Sven und dessen Mom nur benutzte, um sie abzufangen? Das wäre nicht allzu unwahrscheinlich. Es waren schon erschreckende Szenarien vorgekommen!

Dann lass uns Sven testen. Mit etwas, was nur er weiß, Nicole sandte ihr mehrere Vorschläge. Alle als Bilder. Erinnerungsschnipsel, die sich über die Jahre angehäuft hatten. Die sie nun nutzte, um die Wahrheit zu finden.

»Natürlich doch«, Jessica wandte sich an den anderen, »Du allerdings- Erst, wenn du mir einen Drink für meinen Führerschein spendierst. Das schuldest du mir jetzt!«

Wieder stoppte das Lächeln vor seinen Augen. Er nickte leicht. Hielt inne. Fast als würde ihn etwas zurückhalten. Dann zuckten seine Schultern kurz auf.

»Du musst ihn nur noch bestehen.«

Etwas an seiner Reaktion sah falsch aus. Verwaschen. Dennoch hatte er annähernd wie jener Sven reagiert, den sie kannte. Sie nickte, als die beiden sich verabschiedeten und den Raum verließen.

Ich bin nicht richtig überzeugt, gestand sie vor Nicole.

Und da lässt du sie ziehen? Was, wenn sie nun alle mit reinziehen! Jessi! Das kann nicht dein Ernst sein! Das-

Nur mit Not konnte Jessica die Angst ihrer anderen Seele ausgleichen. Sie musste etwas tun. Oder Nicole würde ein Beben auslösen!

»Warte!«, sie eilte in den Flur und sah Mutter und Sohn ein paar Schritte entfernt, »Sven? Ganz kurz?«

Er wechselte ein paar stille Worte mit seiner Mom. Worte, die diese mit einem steifen Nicken kommentierte. Dennoch hielt sie den Mund nun geschlossen.

»Alles gut?«, fragte Sven sie, als er vor ihr stehenblieb.

»Das wollte ich dich gerade-«, sie schüttelte den Kopf, »Du warst irgendwie anders.«

»Entschuldige«, er senkte die Stimme bei dem Wort, als wolle er auf keinen Fall von seiner Mom gehört werden, »Es ist kompliziert. Wir hatten einen üblen Streit. Ma ist immer noch fuchsig. Das hat mich auch aufgewühlt. Geht aber schon.«

»Wirklich?«, sie umarmte sich selbst, »Du hast für einen Moment so ausgesehen, als ob du …«

Jessica konnte es nicht beschreiben. Oder wollte sie es nicht? Nicole schlug ihr verschiedene Phrasen vor. Aber alle davon klangen so hasserfüllt in ihren Ohren.

Sven konnte sie nicht ansehen, als ob sie Abschaum war, oder? Für ihn war sie kein Ubrid. Kein Monster …

Nicht für ihn.

»Ich war gerade nicht ich selbst«, offenbarte er und senkte die Stimme noch weiter, »Wenn ich jemals wieder so wirke – verschwinde, ja? Das bin nicht ich.«

Etwas in ihrem Inneren ließ die Alarmglocken ringen. Dennoch zwang sie sich und Nicole zur Ruhe. Sie wollte es nicht glauben. Konnte es nicht!

»Was meinst du?«

»Das weißt du«, er lächelte traurig.

Damit wandte er sich ab und ging zu der Frau zurück. Dabei blieb er stets zwischen ihr und seiner Mutter. Es war, als wollte er ein Puffer sein. Ein Puffer, der den angewiderten Blick seiner Mom nicht verbergen konnte.

Einen Blick, der zuvor auf Svens Gesicht geprangt hatte.

Sie sind Hushen, beschrieb Nicole das Offensichtliche, *Und er- Er hat von uns gewusst! Er hat-*

Nici. Bitte. Ich-

Jessica fehlten die Worte.

Er hat es gewusst! Sonst hätte er uns nicht so angesehen. Gerade eben- Die Frau hat ihn nachgeahmt! Und er hat die Frau gespielt. Als sie raus auf den Flur sind, müssen sie wieder zurück getauscht haben. Sie müssen-

Nici ...

Mach dir nichts vor, Jess! Er ist ein Mons-

Sven ist kein Monster!

Er ist ein Hushen!

Ihre Finger kribbelten. Eilig huschte sie in ihr Zimmer. Sie schlug die Tür zu. Rieb ihre Finger aneinander. Ein kläglicher Versuch, ihre Kontrolle wieder einzufangen.

»Jessica?«, der Phönix glitt erneut durchs Fenster und schmiegte sich an sie, »Was ist los?«

Durch seine Nähe wurden ihre Flammen etwas ruhiger. Sie lehnte sich an ihn. Sammelte sich.

»Moment noch«, murmelte sie Houo zu.

Ein Hushen zu sein, macht ihn nicht automatisch zu einem schlechten Menschen, sie entspannte ihre Finger, als sie Nicoles widerwillige Zustimmung verspürte, *Bitte. Ich spüre, wie sehr dich die Erkenntnis verletzt hat. Das kann sie nur, wenn du in ihm einen Freund gesehen hast und dich nun verraten fühlst.*

Weil er uns verraten hat ..., Nicoles Stimme schwankte.

Nein. Er hat uns vor seines Gleichen geschützt. Auch wenn das bedeutete, uns die Wahrheit zu gestehen, Jessica atmete durch, *Nichts anderes hätte ich von einem wahren Freund erwartet, Nici.*

Müde schloss sie Houo in ihre Arme und entschuldigte ihr Verhalten mit Aufregung. Sie hätte etwas vorhin falsch verstanden. Etwas, was Nicole aufgeregt hätte.

Svens wahre Natur behielt sie jedoch für sich. Wenn der Phönix davon erfuhr, würde er es auch ihrem Großonkel erzählen. Dieser müsste es dann den restlichen Generälen offenbaren. Und so wäre die Floris im Bilde.

Und diese war das wahre Monster, das sie auf keinen Fall in der Nähe ihrer Tante wissen wollte!

***

Sven gab sich gelassen, während er sich erneut von einem Pfleger verabschiedete, der sie beim Hinausgehen traf. Dennoch hielt er sich knapp. Er musste. Ehe es sich seine Ma anders überlegte. Dabei musste sie ihm doch erst zuhören!

Sobald er in der verlassenen Seitenstraße ankam, ließ er seine Maske fallen – und sie ihre.

»Fuyu und Tatakai«, befahl sie.

SR stimmte sofort zu. Er spürte geradezu, wie sie vor Zorn kochte. Wenn das so weiterginge, würde ihre Magie durchdrehen. Und er wollte sich gar nicht vorstellen, was seine Ma dann mit ihm anstellen würde …

Als er sich zu seinem Vertrauten blinzelte, grüßte ihn der Desson genauso ruhig wie beim letzten Mal. Es fühlte sich an, als wäre Sven in der Zeit zurückgereist. Hier hatte er Fuyu bemerkt und erfahren, dass seine Ma am Pflegeheim nach ihm Ausschau gehalten hatte. Das hatte ein mulmiges Gefühl in ihm ausgelöst. Eines, bei dem er sich wieder wie ein kleines Kind fühlte. Ryans Kommentare zu Jessicas Umarmung und Svens Überforderung hatten auch nicht dazu beigetragen, ruhig ausharren zu können.

Deswegen hatte er sich ins Pflegeheim geblinzelt. Er hatte sich hinter dem Gesicht von Jackie, der alten Mrs. Semmelbeck, versteckt. Aber als er seine eigene Stimme hörte, hatte er die Illusion abgewandelt. Er hatte seine Ma nachgeahmt. Hatte sie stumm vor der Fangfrage gewarnt. Hatte seine Illusion sofort fallen gelassen, als sie außer

Sicht waren. Hatte so auch seine Ma dazu gezwungen, ihre Illusion an sich selbst anzupassen.

Und er hatte Jessica gewarnt.

Seine Ma würde ihn zu Shingasha befördern!

»Ich kann's erklären«, murmelte er, sobald sie ein paar Mal vor ihm auf und ab gelaufen war.

»Nun? Wieso höre ich noch nichts?«, giftete sie ihn an.

Ehm, ich lass dich das regeln, ja? Deine Idee!

Damit machte sich Ryan aus dem Staub. Er hatte nicht Unrecht. Dennoch fühlte sich Sven alleingelassen.

»Sie ist ein Ubrid. Ihre Mutter war vor ein paar Jahren mal hier. Kurz darauf hat Jessi ihre Eltern verloren und musste zu ihrem Onkel. Ich habe damals nur vermutet, dass etwas nicht stimmte. Allerdings war es in der Zeit, als du die Abteilung übernommen hast und dich allein dieser Ort hier ausgelaugt hat. Ich wollte nicht-«

»Du wolltest nicht was? Mich überfordern? Oh, aber die schlechten Noten und dein Aus-dem-Staub-machen mit dem Musuko, das ist vollkommen in Ordnung?«, sie glitt mit dem Daumen die runde Kante ihres Zentrips entlang – eine Stressreaktion, die Sven zuletzt gesehen hatte, als sie sich mit seinem Vater gestritten hatte.

»Ich war mir anfangs ja nicht mal sicher!«, er schüttelte sich und plumpste auf eine Sitzbank im verlassenen Park. Hoffentlich würde seine Ma es ihm gleichtun. Hoffentlich würde sie sich so besser beruhigen. Hoffentlich-

Nein. Er musste es anders angehen.

»Ihr wart euch so ähnlich. Sie hatte ihre Eltern verloren. Du hast deine Ma Tag für Tag mehr aufgegeben. Dass ihre Eiscreme immer schneller als meine schmolz, hätte auch nur ein Zufall sein können. Außerdem hat sie sich nicht so wie die Macian verhalten, gegen die wir in der Ausbildung gekämpft haben. Sie hat zu viele Witze gemacht. Hat offen gesprochen. Hat stets Hosen getragen. Sie ist mehr Hutan als Macian. Nur halt mit Magie. Magie, die sie sich nicht ausgesucht hat. Ich glaube, sie hat sich nicht einmal diesen Onkel ausgesucht. Sonst würde sie nicht so oft ihre Tante besuchen, weißt du?«

Sven spürte, wie ihm die Worte immer schneller kamen. Aus Sorge, dass er seine Ma verlor, wenn er langsamer spräche. Sie musste es doch verstehen. Sie musste Jessica für Jessica sehen.

Sie selbst war ein Ubrid!

»Sven …«, gebrochen ließ sich FK neben ihm nieder, »Weißt du überhaupt, von wem du da sprichst?«

»Ja«, er legte seine ganze Entschlossenheit in das Wort, »Ich kenne Jessica.«

»Aber nicht ihre andere Seele. Nicht die Arbeit, die sie für die Macian erledigt.«

Etwas an ihren Worten ließ ihn innehalten. Er musterte sie. Hob eine Augenbraue. Wartete.

FK sprach nicht sofort. Sie blickte gen Himmel. Zu den Wolken. Wolken, die Kumohoshi verbargen. Ein Ort, an dem alles genormt und geordnet zugehen musste …

Dann klopfte sie einmal gegen ihren Oberschenkel, um Tatakai und Fuyu zu sich zu rufen.

»So, wie du von ihr sprichst, befürchte ich, dass du mir nur glaubst, wenn du es siehst. Du …«, sie seufzte, »Ich versichere dir, vorerst keinem von dem Ubrid zu erzählen. Aber dafür musst du dir etwas ansehen. Etwas, was ich nicht einmal anfassen werde, ehe du es in die Finger bekommst. Damit du mir nicht vorwerfen kannst, ich hätte es manipuliert. Danach entscheidest du, wie viel du sagst. Solange sie keine Gefahr darstellt, wohl bemerkt.«

Sven runzelte die Stirn: »Das klingt wie eine Falle, Ma.«

»Es ist keine Falle. Es ist eine Wahl. Und es ist deine.«

Obwohl SR die Aussicht nicht gefiel, willigte er ein. Er hakte sich bei ihr unter, als sie ihn heran wank. Ließ sich von ihr fortblinzeln. Zurück nach Kumohoshi. Erst nach Hause, wo seine Ma ihre Vertrauten absetzte. Dann in den Palast, wo FK ihn zielsicher durch die Gänge führte.

Direkt zum Nachtlager des Otou-sans.

»Ma, du kannst nicht-«

»Still!«, befahl sie, als sie sich den Wachen näherten.

»Der Otou-san hat sich für heute mit seiner Okaa-san zurückgezogen«, grüßte sie der Kleinere grinsend.

»Oh, dann wollt ihr mir also verwehren, dem Otou-san jene Information zu überbringen, die er die letzten Wochen gesucht hat? Wie sind Eure Namen, werte Herren? Ich frage nur, damit Shingasha sich auf Eure baldige Ankunft vorbereiten kann«, ihr Lächeln hatte etwas Drohendes, als sie auf jene Hushen anspielte, die wegen ihrer falschen Arbeitsmoral zu früh das Zeitliche segnen mussten. Dass sie so dick auftrug …

Sven hoffte nur, dass die Wachen nicht zu schnell auf Rache aus wären.

»Einen. Moment.«, der Größere klopfte und trat direkt ein, um ihre Ankunft auszurichten.

Kurz darauf erschien der Otou-san halb nackt in der Tür.

»Alles gut?«, fragte er FK sofort.

Während sie erwiderte, dass das Gespräch in seinem Büro fortgesetzt werden müsse, verneigte sich SR eilig. Er rüttelte Ryan zurück in die Realität. Wies diesen an, die Umgebung zu beobachten. Vor allem die Okaa-san, die FK zornig anstarrte, als sie den Otou-san verabschiedete.

»Komm schon, Junge«, wank dieser SR mit, als er den Flur durchquerte, »Arashi?«

Sein gewaltiger Desson gesellte sich zu ihnen. Er hatte die Form eines weißen Tigers. Mit Schuppen statt Fell. Er sprang als erstes ins Büro. Zum Bannkreistisch. Sobald die Türen zu waren, verschob er die Steine darauf mit der Schwanzspitze. Nickte.

»Vorneweg. Es geht nicht um SM. Auch wenn es so wirkt«, begann SR's Ma, als sie sich setzte, »Du musst SR die Akte von vorhin zeigen. Die mit den Aufnahmen.«

»Hast du ihm davon erzählt?«, fragte er nachdrücklich.

Sven schluckte. Er wusste nicht einmal, worum es ging und bekam bereits Ärger. Super. Dieser Otou-san mochte ein Freund seiner Ma sein, aber für ihn war der Mann ein autoritärer Alptraum!

»Das glaubst du doch selbst nicht«, murrte sie, »Bitte. Es ist kompliziert. Lass ihn die Aufnahmen durchblättern. Gib sie ihm direkt. Ich will nicht, dass er glaubt, dass ich irgendwie meine Finger im Spiel habe und irgendetwas verändere oder dir zustecke oder-«, sie seufzte, »Bitte. Du schuldest mir das. Für JF.«

Verwirrt runzelte SR die Stirn. JF? Das war seine Tante gewesen, oder? Aber was hatte der Otou-san mit einer weggelaufenen Hushen zu schaffen? Zumal diese tot war, oder? Das hatte seine Ma ihm doch erzählt!

»Du-«

»Wenn du es ihn sehen lässt, ohne Antworten zu fordern, ist es genauso viel wert. Und *das* schuldest du mir.«

Der Otou-san starrte aus dem Fenster und verschränkte die Arme: »Einmal durchsehen und keine Fragen?«

»Genau«, bestätigte seine Ma.

Kommt es nur mir so vor oder schwingt da noch etwas anderes zwischen den Worten mit?

Die Akte wird wohl noch unter Verschluss sein, überlegte Ryan, *Vielleicht sieht er uns als mögliches Leck, das-*

Nein. Ich meine wegen JF.

Wenn es ihr Zahlungsmittel ist, sollten wir nicht weiter nachfragen, ja? Ich fühle mich schon unwohl genug, mit dem Kerl im selben Raum zu hocken. Da will ich kein böses Blut auslösen!

Ehe Sven seiner anderen Seele antworten konnte, wurde

ihm eine Akte vor die Nase gehalten. Der Otou-san ragte dahinter auf. Sein Blick lag starr auf SR.

Schluckend ergriff SR die Zettel und wartete, bis der Mann sich abgewandt hatte, ehe er zu seiner Ma sah.

»Standbilder einer Kamera. Kurz bevor es mit den Hutan darauf zu Ende ging«, erklärte sie.

Will sie uns zeigen, zu was Jessica fähig ist, oder was?, mutmaßte Ryan, als er die Zahlencodes auf dem Ordner für multiple Tote und Hutan wiedererkannte.

Das ist doch Schwachsinn! Jessi würde keinen Hutan wissentlich verletzen, entgegnete er.

Dennoch schaute er sich jedes Bild genaustens an. Die Floris erkannte er sofort wieder. Es gab genug Fotos und Skizzen, die man über die Jahre von ihr besorgt hatte. Er wusste nicht, warum seine Ma es für so wichtig hielt, ihm die Grausamkeiten dieses Monster zu zeigen. Sie war oft genug an den Fronten aufgetaucht. Die ersten Male in Begleitung ihres Vaters. Dann mit ihrem Bruder. Jedes Mal waren endlos viele Hushen gestorben. Beinahe hätte sie SR in eine Halbwaise verwandelt!

Gedankenversunken blätterte er um und stockte. Jessica war auf dem nächsten Bild erschienen. Zum ersten Mal las er die Transkription. Die Worte, mit denen die Floris sie anwies, aufzuräumen. Er erkannte, wie Jessica gehorchte. Wie sie jedoch unglücklich wirkte. Wie sie Mitleid mit den ermordeten Hutan hatte.

Wie sie aber auch problemlos das Eis schmelzen konnte.

Das war möglich? Klar, in der Theorie konnte man jedes Eis schmelzen. Nur hatte man bislang behauptet, dass es schwierig bis unmöglich wäre, den Frost der Floris zu verdrängen! Seitdem sie an der Front gewesen war, sollte ihr Eis noch kälter geworden sein. Einzigartig gar! Kein anderer Macian konnte eine solche Kraft lenken und kein Hushen schien zu wissen, wo dieses Element herkam.

Dennoch. Jessica, ein Ubrid, diese warmherzige Seele, die nie die Tode der Hutan gewünscht hätte – sie konnte das Eis mit wenigen Handbewegungen verrinnen lassen?

»Wisst-«, Sven stoppte abrupt und blickte zu seiner Ma, »Du hältst dich an dein Wort?«

»Habe ich dich je angelogen?«

»Das ist keine Antwort, Ma.«

»Knöpfchen«, nutzte sie denselben alten Kosenamen, mit dem er sie vorhin zum Innehalten bewogen hatte, »Es ist deine Wahl, solange ich es zulassen kann.«

Also würde sie es nur bedingt für sich behalten. Für eine Woche? Zwei?

Nachdenklich blickte er zum Otou-san. Der Mann hatte ihm den Rücken zugewandt. Aber das hieß nicht, dass er ihn nicht beobachtete – oder eigene Rückschlüsse zog.

Wir sollten gehen, drängte Ryan, *Bitte. Jeder Moment in seiner Gegenwart ist eine Gefahr für Jessica. Was, wenn er erkennt, dass wir sie erkannt haben. Wenn er-*

Ma wird es ihm früher oder später sagen. Wir müssen auch verhandeln. Genau wie Ma eben.

Bitte?!, Ryans Stimme überschlug sich, *Warte! Du willst ihm eine Lösung anbieten? Für SM? Das kann nicht dein Ernst sein! Das-*

Das ist die einzige Lösung!

Nein. Es muss noch-

Ryan. Du kannst es in jedem Bild sehen: Jessica wollte nie da sein. Wir kennen sie. Sie- Ich bin mir sicher, dass sie der Floris nicht freiwillig folgt. Sie-

Wir können sie da nicht rausholen!

Aber wir können darum bitten, dass sie im Notfall wie eine Hutan behandelt wird. Dann könnte sie verschont werden. Sie müsste nur zu ihrer Tante und-

Aber will sie das?

Die Alternative wäre der Tod, Ryan.

Schweigen antwortete ihm. Schweigen, in dem sich die Erkenntnis bildete. In dem er die Gefühle seiner anderen Seele spürte. Und somit wusste Sven, was er zu tun hatte.

Für das Mädchen, dass so verdutzt darüber gewesen war, als ihr erstes Eis wegschmolz …

»Otou-san? Ich habe einen Handel für Euch«, erklärte er.

»Knöpfchen, du-«

»Nein, Ma«, unterbrach er sie sachte, ehe er sich wieder an den Anführer der Hushen wandte, »Ihr sucht jemanden, der nichts mit Ragnarök zu schaffen hat und von deren Spielereien unberührt bleibt. Jemanden, an den ihr SM überreichen könnt und der somit auch TJ schützen kann. Ich kann Euch damit dienen.«

»Wenn?«, fragte der Otou-san vorsichtig.

Sven sammelte seinen Mut. Nun musste er einen Teil seines Wissens offenbaren. Nur so konnte er sichergehen, dass der Otou-san sich später nicht betrogen fühlte.

»Die Frau, die die Spuren der Floris verwischt hat«, er wank mit dem Ordner, »Sie ist ein Ubrid. Und sie würde nie freiwillig zulassen, dass irgendein Hutan leidet. Wenn sie gefasst oder gefunden wird, will ich, dass man sie als Hutan behandelt. Ich will, dass man sie ziehen lässt. Sie würde nicht von sich aus angreifen. Sie-«

»Du kennst sie.«

Es war keine Frage. Dennoch schaute FK wütend auf. SR sah, wie ihre Finger über ihren Anhänger glitten. Doch durfte sie sich nicht einmischen.

Das hier war seine Verhandlung!

»Ma«, belehrte er sie sachte, ehe sie etwas sagen konnte, »Ich weiß, was ich tue.«

»Wie du meinst«, sie nickte schroff und so konnte sich Sven wieder an den Otou-san wenden.

»Ja. Ich kenne sie. Ich habe anfangs nicht gewusst, was sie war. Über die Zeit ist es mir zwar aufgefallen, doch wirkte es nicht mehr bedeutsam genug. Vor heute hat sie wahrscheinlich nicht einmal geahnt, dass auch ich magisch bin«, er trat an den Otou-san heran, »Ihre wackelige Sicherheit ist das einzige, was mich an SM binden wird.«

»Hohe Worte«, murrte der Mann.

»Niedrigere wären Euer eins unwürdig«, versuchte Sven die Wogen zu glätten.

Das kommentierte der Otou-san mit lautem Gelächter: »Fiona! Dein Junge weiß, was er will, oder?«

»Ich wünschte, dem wäre nicht immer so«, gab sie zu.

»Nun denn«, er grub seine Finger in Svens Schulter und lenkte ihn in einen Stuhl vor den Tisch, ehe er sich ihm gegenüber niederließ, »Für diese Abmachung fehlen nur noch zwei Dinge«, erklärte er, als er einen vorgefertigten Vertrag hervorzog, »Ich bin kein Rabenvater. Du musst also versichern, dass du stets dein Bestes tätest, um meine Tochter nicht nur zu beschützen, sondern auch glücklich zu machen. Kein Ausgehverbot. Keine Gewalt. Weder offen noch verdeckt. Höre sie an, wenn sie etwas zu sagen hat und achte darauf, respektvoll zu bleiben.«

»Natürlich«, bestätigte er sofort.

»Und zuletzt«, der Hushen hielt ihm Stift und Vertrag hin. Erst nun erkannte SR, dass der eigentliche Ehevertrag bereits fertig gewesen war. Der Otou-san hatte einzig SR's Namen und die Bedingung notiert.

Mit einer Lücke, auf die er ihn nun hinwies.

»Der Name des Ubrids. Ich muss ihn wissen. Damit du nicht behaupten kannst, ich hätte die Falsche beschützt«, erklärte der Otou-san.

»Und wenn ich nur den ihres dominanten Ichs kenne?«, fragte Sven zögerlich.

»Wichtig ist der Name, den sie unter den Hutan nutzt, wenn sie wie eine Hutan behandelt werden soll. Von da an übernehme ich.«

Sven nickte. Dennoch trug er ihn nicht sofort ein. Er las sich erst den Rest durch. Regelungen, Erwartungen und Verpflichtungen wurden in diesem Vertrag geklärt. Sein Leben würde sich komplett auf den Kopf stellen.

Würde ihr Team final aufgelöst werden? TJ musste aufs Feld, um Kampferfahrungen zu sammeln. Aber sobald SR dessen Schwester ehelichte, würde der Konzil den Gatten der Kodomo auf Kumohoshi festketten wollen. Er hatte bei SM zu bleiben. Er hatte für den Ersatz der Nachfolge zu sorgen. Falls TJ eines Tages nicht heimkehrte.

Und was wäre mit RT? Der Otou-san hatte den Musuko bislang nie allein mit RT auf eine Mission gelassen. Sicherlich müsste sein anderer Kollege also final in die Ajnaabteilung wechseln. Jener Ort, in dem Ragnarök am ehesten Fuß gefasst hatte …

Schuldgefühle überkamen Sven. Seine Freunde würden in die Ecke gedrängt werden. Vor allem RT! Dieser hatte in den letzten zwei Jahren genug Stress gehabt, nachdem seine kleine Schwester verstorben war …

»Darf ich noch eine Bitte äußern?«, fragte er.

»Eine Bitte nach der Verhandlung?«

»Es ist nichts Großes«, erklärte Sven eilig, »Ich möchte diese Verlobung meinen Kollegen nur selbst bekannt geben können. Damit es keinen Streit gibt. Gebt mir einen Tag, um alles in die Wege zu leiten. Danach könnt Ihr mich herumscheuchen, so viel Ihr wollt.«

Nachdenklich schloss der Otou-san die Augen. Er schien von der Bitte positiv überrascht zu sein. Ob er sich um TJ sorgte? Er meinte ja, dass er kein Rabenvater wäre.

Langsam nickte er.

»Du hast nicht nur einen Tag. Ich gebe dir eine Woche.«

»Ich brauche nicht-«

»Sven. Da folgt eine Bedingung«, warnte ihn seine Ma und verwirrt nickte er.

Er hatte keine gehört.

»Eine Woche, aber du musst in dieser Zeit offen und gut sichtbar um SM werben.«

Uh, müssen wir?!

Sven schob Ryan zügig fort. Es war das geringere Übel. Und vielleicht konnte er sich so auch ein letztes Mal von Jessica verabschieden.

Wenn er seine Ma überzeugte.

Damit vermerkte er den Namen Jessica Naar auf dem Vertrag und unterschrieb mit seinem Blut. Er schob dem Otou-san den Zettel zu. Beobachtete, wie der Mann den Namen las. Wie er nickte, als er die Abmachung mit seiner Unterschrift bestätigte. Wie er sein Siegel darunter setzte. Wie er FK bat, als Zeugin zu unterzeichnen.

Gratulation zu unserer hastigen Verlobung, verkündete Ryan freudlos, als Sven diesen wieder losließ.

Denn er hatte keine Kraft mehr, seine andere Seele zurückzuhalten. Er fühlte sich gedanklich leer. Sein Hals war zu trocken. Er wusste, dass dieser Zettel die beste Lösung darstellte. Für ihn. Für TJ und SM. Für Jessica.

Dennoch fühlte es sich so falsch an.

Kapitel 5: Abschiedsschmerz

Schwerfällig kam SR wieder daheim an. Er ließ sich aufs Sofa plumpsen. Atmete aus. Kraulte Tatakai zwischen den Ohren. Fühlte sich, als ob jede Bewegung unendlich viel Energie kostete. Stoppte daher und sackte zusammen.

Wie hatte er sich nur in dieses Schlamassel geritten? Selbst Ryan konnte nicht mehr mit ihm schimpfen! Am liebsten wäre er direkt abgehauen. Irgendwo unter Hutan.

Aber das würde seine Ma nie zulassen. Denn es würde die Abmachung mit dem Otou-san gefährden. Etwas, was dieser als Hochverrat ahnden konnte …

»Es hätte auch andere Möglichkeiten gegeben«, flüsterte FK und stellte ihm ein Glas Wasser hin, »Für die Kodomo. Und für … die andere.«

»Du hättest sie vorhin fast getötet«, bemerkte er trocken.

Das entlockte ihr eine schuldbewusste Miene. Es war, als würde sie erstmalig ruhig über die Ereignisse des Abends nachdenken. Als würde sie dadurch verstehen, dass Jessica nicht angegriffen hatte. Dass sie sogar friedlich geblieben war, nachdem sie von SR's wahrer Natur wusste!

»Ihr Tod würde für mehr Sicherheit auf beiden Seiten sorgen«, erklärte sie nach einer Weile.

»Und ihr Überleben bereinigt das Chaos des Monsters.«

Als sie still blieb, fiel Sven auf, dass er gedanklich in der Welt der Hutan feststeckte. In jener Welt, in der er diese Pingpong-Gespräche mit Jessica führte. Wo er einfach schnell eine Antwort parat haben musste. Wo ein Zögern fatal wäre. Wo er sich keine Gedanken über Respekt, Normen und Anstandsregeln machen musste. Wo er einzig das sagen musste, was ihm durch den Kopf ging!

Doch auf Kumohoshi musste er durchdachter bleiben. Er musste jedes Wort genauso meinen, wie er es sagte. Er musste akkurat und präzise erscheinen und er musste den Mund halten, wenn er nicht mithalten konnte.

»War nicht so gemeint«, lenkte SR ein, »Es ist nur- Die Treffen waren eine Art Ritual geworden. Etwas, wo ich abschalten konnte. Wo ich nicht gezwungen war, ständig alles überdenken zu müssen, aber dennoch wurde es nie langweilig. Klingt das zu schräg?«

»Nein«, ihre Schultern sackten ab, »Mir geht es genauso, wenn ich mit Ludwig und Renaldo allein bin.«

Der Fakt, dass sie die Namen des Otou-sans nutzte, um über diesen zu sprechen, ließ ihn innehalten. Er wusste, dass seine Ma ein enges Verhältnis mit dem Mann pflegte. Deswegen waren TJ und SM als Kinder auch so oft bei ihnen gewesen. Stets hatten sie ihre freien Nachmittage bei SR verbracht. Bis die Okaa-san darauf bestand, dass SM bei ihr bleiben müsse. Seither hatte die Kodomo auf SR und seine Ma herabgesehen. Sie hatte ihre Familie als dreckig bezeichnet. Behauptet, dass sie keinen Platz auf Kumohoshi hätten.

Nur weil seine Ma und der Otou-san laut den Gerüchten Seelenverwandte waren …

»Das ist doch albern«, platzte es aus ihm heraus, »Wir sind keine Seelenverwandten. Nur Freunde. Nur-«

»Du hast dich, ohne zu zögern, für sie eingesetzt. Du hast dem Vertrag ohne Anfechtung zugestimmt. Ohne über die Details zu verhandeln. Und da willst du mir erzählen, dass ihr *nur* Freunde seid?«, schoss sie zurück.

»Der Vertrag war zu gut, um ihn weiter zu verhandeln«, behauptete er gelassen.

»Genau«, sie rollte mit den Augen, »Wie du meinst.«

Ich muss ihr leider Recht geben. Wir beide hatten nur Augen für die Bedingung Jessi betreffend. Wir hätten alles unterzeichnet, um ihr eine Chance einzuräumen, oder?

Ryans Einsicht passte nicht ins Bild. Und dennoch fühlte sie sich richtig an. Es ging immerhin um Jessica. Um das Mädchen, das von ihrer zerlaufenden Eiscreme überfordert war. Um das Mädchen, mit dem er sich darüber gestritten hatte, ob Nüsse in Schokolade gehörten. Das Mädchen, das zu dieser starken Frau herangewachsen war, die sich vor keinem Wortgefecht drückte. Sie vertrat jederzeit ihre eigene Meinung. Scheute nie davor zurück, anderen Hutan Kontra zu geben, wenn sie sich daneben benahmen. Bot stets ihre Hilfe in der Küche an. War sich nie zu fein-

Sven schob die Erinnerungen fort. Sie schmerzten zu sehr. Sie waren nicht hilfreich. Nicht zielführend. Es gab zu viele offene Baustellen …

»Was machen wir mit deiner Ma?«, fragte er leise.

»Ich werde der Vereinbarung nachkommen und ihr einen schnellen Tod gewähren. Noch heu-«

»Bitte erst morgen früh«, unterbrach er sie.

Sie musterte ihn einen Moment. Wank mit der Hand. Es war ihre stumme Aufforderung, dass er fortfahren solle.

»Ich möchte Lebwohl sagen. Sonst wird sie von einem Hinterhalt ausgehen. Dann wäre sie auf der Rückfahrt zu angespannt und- Das hat sie nicht verdient, Ma«, erklärte er, als Tatakai seinen Kopf auf seinem Schoß ablegte.

Er wollte nicht zugeben, dass er sich um Jessica sorgte. Dabei wäre sie bestimmt zu abgelenkt, um ordentlich auf den Verkehr zu achten. Und so wackelig, wie sie ihm das Bike zuvor vorgeführt hatte, bezweifelte er, dass sie sehr affin mit der Maschine umgehen konnte. Wenn sie damit einen Unfall baute, konnte es nur unschön enden!

Schweigend trank seine Ma ihr Wasser aus. Sie stellte das leere Glas auf dem Tisch ab. Schloss die Augen.

»Fünf Minuten. Keine Sekunde mehr. Kannst du das?«

Erleichtert nickte er und ergriff sein eigenes Glas. Er fühlte sich ausgetrocknet. Eine Schwere erfasste ihn. Eine Schwere, die nicht existieren sollte, weil er sich eigentlich viel zu leer fühlte. Als würde dieses Nichts mehr als die komplette Welt wiegen!

»Danke«, murmelte er und lenkte seine Gedanken aktiv von Jessica weg, »Dann bliebe nur noch zu klären, wie ich diese Werbungen angehe.«

***

Jessica war nicht mehr in die Küche gegangen, um beim Abspülen zu helfen. Sie hatte nicht einmal abgesagt. Schuldbewusst tanzte sie der Frühschicht aus dem Weg. Vor allem Tino. Denn dieser war die Schnattertasche des Pflegeheims. Gewiss würde er ihrer Tante sonst sofort berichten, wie geschwollen ihre Augen aussahen. Und ihrem Tantchen wollte sie keinen Kummer bereiten. Sie hätte eh noch eine lange Fahrt vor sich, bis sie bei Jessicas Großmutter in Kriegsheim ankäme.

Denn Jessica wusste genau, von welcher Art Post Janice gesprochen hatte. Schließlich hatte sie sich am Shanai zweimal vor der Floris im Ton vergriffen. Das nahm diese stets zum Anlass, um Jessica an ihren Platz zu erinnern. Um ihr klarzumachen, dass ein Teil ihrer Familie aus Hutan bestand. Unwichtige, verletzliche Hutan, die sehr leicht ausgelöscht werden konnten …

Still schlich sie sich an einer offenen Tür vorbei. Sie wandte den Blick ab, als ihr Jackie entgegenkam. Dann nahm sie die Abkürzung der Pflegekräfte zum Eingang. Damit sie direkt hinter dem Empfangstresen rauskam.

Unwillkürlich musste sie innehalten. Sie starrte auf den Automaten. Auf dieses alte Ding, vor dem sie Sven das erste Mal getroffen hatte. Ihre Mom hatte damals panische Angst gehabt. Wie immer, wenn Jessica sich mit einer fremden Person unterhalten hatte.

Zum ersten Mal wurde ihr wieder bewusst warum.

Eilig zog sie den Kopf ein, als sie die Empfangsdame bemerkte. Neugierig musterte diese Jessica. Also presste sie eine Verabschiedung hervor. Floh aus dem Gebäude. Das alte blaue Bike wartete an der Straße. Es war nur ein Katzensprung bis dahin. Sie würde damit aus der Stadt fahren, um es ungesehen auf Bannkreise untersuchen zu können. Notfalls konnte Houo es sonst abfackeln. Dann würden sie keine Spuren für die Hushen hinterlassen. Das wäre vielleicht besser, als ihrem Sorgenkopf von einem Onkel alles zu gestehen. Den Phönix hatte sie ja bereits mit einer halben Lüge abgespeist. Sie hatte behauptet, dass Sven wegzog. Kein Ton über sein Hushendasein. Damit Houo sich nicht sorgte. Damit er an der Stadtgrenze auf sie wartete. Damit er sich nicht versehentlich zeigte. Damit-

»Morgen.«

Jessica sprang. Sie riss den Kopf rum. Starrte auf den Hushen, der seelenruhig vor dem Pflegeheim wartete. Der die Hände wie ein Friedensangebot erhoben hatte. Die Handflächen in ihre Richtung zeigend. In seiner linken steckte jedoch etwas Weißes. Ein Zettel?

»Du-«, obwohl Jessica sich vorgestellt hatte, dass er sie abfangen könnte und dass sie ihn dann zusammenschreien würde, so blieben ihr nun alle Worte im Hals stecken.

Sie schluckte. Zitterte. Spürte das Gefühl des Verrats in sich aufsteigen. Wollte erneut brüllen!

Und bekam dennoch keinen Ton raus.

»Ich mach schnell, ja?«, seufzte Sven, »Wenn du magst, bleibe ich hier hinten. Ich wollte nur- Ich werde nicht wieder herkommen. Und-«, er stockte, »Ich glaube, ich will mich entschuldigen, obwohl ich es laut den sozialen Normen nicht sollte. Komisch, oder?«

»Was. Soll. Das?!«, kämpfte sich Nicole aus ihr raus und ballte die Hände zusammen, »Du wusstest, was wir waren. Du hast nie-«

Ehe sie weitermachen konnte, zerrte Jessica sie zurück.

Lass das, Nici, befand sie.

Aber du warst so traurig wegen ihm! Du solltest ihn auseinandernehmen. Anbrüllen, bis seine Ohren klingeln! Er hat uns angelogen, Jess!

Hat er das?, fragte sie müde, *Oder sind wir nur davon ausgegangen, dass er eben ein Hutan ist?*

Das brachte Nicole zum Schweigen. Jessica fokussierte sich auf ihre Magie. Spürte, wie ruhig diese blieb. Wie traurig und verraten sich ihre andere Seele demnach fühlen musste. Sie wusste, dass sich dadurch ihr Leben in einen erneuten Alptraum verwandelt hatte.

Sven war für sie beide ein unersetzbarer Freund.

Und nun hatte ihr Maciandasein ihr schon wieder etwas Wertvolles genommen …

»Ihr habt jedes Recht, wütend auf mich zu sein«, gestand Sven sachte und hielt ihr den Zettel hin, »Es war nicht richtig von mir, euch im Unklaren zu lassen und-«, er schüttelte den Kopf, »Dafür reicht die Zeit nicht.«

»Zeit?«

Nickend deutete er auf das Pflegeheim: »Ma. In drei Minuten muss ich weg sein. Länger und sie würde mich auseinandernehmen. Sie … Sie wird dich nicht verraten, solange ich nicht wieder herkomme. Also kannst du deine Tante weiter besuchen. Du und Ma, ihr seid beide Ubride, weißt du? Ich denke, dass es ihr dadurch leichter fällt, dich und deine Tante in Ruhe zu lassen …«

Etwas an seinen Worten klang falsch. Sein Lächeln wirkte zu traurig. Als würde er etwas zurückhalten.

Es entfachte neue Wut in ihr.

»Das ist nicht alles, du-«, sie trat näher und stocherte mit dem Finger in seine Brust. So, wie sie es unzählige Male zuvor getan hatte. Es war wie ein natürlicher Reflex.

Und es war etwas, was kein Macian je tun sollte. Aus Selbstschutz. Um auf Abstand zu achten. Abstand vor den Hushen. Damit man nicht ungefragt weggeblinzelt wurde.

Weil Hushen gefährlich waren. Weil sie der Feind waren. Weil Sven ein Feind war!

Nur fühlte sich allein der Gedanke so falsch an.

»Dafür reicht die Zeit nicht«, wiederholte er und legte ihr den Zettel in die Hände.

Nein. Kein Zettel. Das war eine Serviette. Von *Sweet Paradice*! Aber sie war so ausgeblichen. Und mit einem alten Logo … Die musste mindestens ein paar Jahre alt sein! Wieso gab er ihr das Teil?

»Du solltest sie zerstören«, erklärte er und ließ endlich seine Hände sinken, »Als du bei unserem zweiten Treffen so geweint hattest – ich habe deine Serviette mit den Tränen mitgenommen. Für einen Reaktionsbannkreis, so wusste ich, wann du im Pflegeheim warst. Ohne das alte Ding funktioniert der Detektor nicht mehr. Deswegen-«

Endlich macht sein spontanes Vorbeischauen Sinn! Er hat uns ausspioniert. Er hat-

Nici. Bitte.

Das ist falsch auf so vielen Ebenen!

Und doch ist er immer allein gekommen, oder? Er hat uns nie angegriffen. Nie verpetzt, gab Jessica zu bedenken.

Was soll das? Sonst meckerst du über alles! Warum bist du so ruhig? Warum-

Weil ich so wütend und dankbar zugleich bin!, schrie sie ihre andere Seele an, *Und ich will jetzt nicht in dumme Streitigkeiten versinken! Er hat uns damals getröstet, als wir Mom* und *Dad verloren haben! Er blieb bei uns, als sich die Welt in dieses endlos schwarze Loch verwandelte! Er hörte zu und lachte mit uns. Er- Er war da.*

Das brachte Nicole ins Stocken. Jessica atmete tief durch. Sie spürte, wie ihr die Tränen entkamen. Sie sah nun erst, wie verzerrt Svens Miene war. Als würde er mit Vorwürfen kämpfen. Vorwürfe, die er sich selbst machte. Die er nie ablegen könnte.

»Die jetzige Floris hatte damals meine Eltern getötet und mir die Schuld an allem gegeben«, erzählte sie, als ihre Gedanken nicht mehr funktionierten – ihre Finger gruben sich in die Serviette, »Ich hatte es keinem sagen können. Selbst jetzt- Tantchen weiß von nichts. Sie denkt, dass Mom überfahren wurde. Dass Dad eh nie da war. Und mein Großonkel ist den Floras vollkommen loyal. Es-«

»Ich verstehe schon«, er streckte eine Hand nach ihrer Schulter aus, »Ich-«

»Sven!«

Er zuckte zusammen. Jessica folgte seinem Blick. Auf seine Mom, die aus dem Pflegeheim trat. Die nur Augen für die Hand hatte, mit der er Jessica trösten wollte. Die sich viel zu langsam wieder entfernte.

»Wir haben das Bike nicht angerührt. Meine Großmutter wird bis Ende der Woche eingeäschert sein, ihre Sachen sind jetzt schon weg. Du wirst nichts mehr von ihr finden können«, ratterte er runter, als hätte er den Text die ganze Nacht geübt, »So ist es besser. Und … Wenn du dich von Hushen überrannt oder in die Ecke gedrängt fühlst, gib dich als Hutan aus. Nenne deinen Hutannamen, ja? Jessica Naar. Das ist am sichersten.«

»Ich-«, ehe sie sich erkundigen konnte, was er meinte, ging er bereits zu seiner Mom, »Sven! Stopp!«

Einen Schritt vor seiner Mutter blieb er stehen. Dennoch drehte er sich nicht um.

»Was meinst du?«, fragte Jessica nachdrücklicher, »Du-«

»Die Zeit ist um, Jessi«, erinnerte er sie, »Möge der Tod dich verschonen.«

Damit verschwanden sie.

Jessica starrte auf die leere Luft. Dann schaute sie hastig zur Empfangsdame. Zum *Sweet Paradice*. Aber nirgends reagierte jemand. Als hätte niemand die Hushen bemerkt. Ob es wieder eine Illusion gewesen war?

Wenn nicht für sie, dann für die Hutan?

Und was ist, wenn wir uns nur noch den Tod in dieser elenden Hölle wünschen?, fragte sie an Nicole gewandt, als ihr Blick wieder auf die Serviette fiel.

Ich weiß nicht ... Ich ...

Sie fühlte sich so verloren an.

Genauso wie Jessica.

Wie in Trance steckte sie die Serviette ein. Sie konnte den Papierfetzen nicht zerreißen oder gar verbrennen. Er fühlte sich zu schwer an. Zu bedeutsam.

Wir sollten ihn loswerden, Jess.

Hm ...

Und dennoch würde sie es nicht tun.

***

»Es waren sieben Minuten«, bemerkte seine Ma, als sie in ihrer Sahasraraabteilung ankamen.

»Kann sein. Ryan hat irgendwann vergessen, Stoppuhr zu spielen«, behauptete er.

Denn eigentlich hatte Ryan ihre Zeitvorgabe komplett ignoriert. Stattdessen war er es gewesen, der noch bleiben wollte. Der einen Blick auf Jessicas zweite Seele erhascht hatte. Der sich unbedingt entschuldigen wollte. Der ihr eine gemeinsame Flucht anbieten wollte!

Aber sie hatten einen Vertrag abgeschlossen. Sie hatten Verpflichtungen. Als einziger Sohn einer Chakrameisterin. Als Zukünftiger der Kodomo. Als Freund des Musuko.

Deswegen musste er ihr einen späten Tod wünschen. Es war eine Verabschiedung nach den Regeln Shingashas. Damit sie final wäre. Damit Jessica aber wusste, dass er an sie denken würde. Damit sie auf sich aufpassen solle …

Sie würden sich nicht wiedersehen.

Wir hätten mehr Zeit aus Ma herauskitzeln können. Wir-

Nein. Es hätte sich nur noch schlimmer angefühlt, lenkte Sven missmutig ein.

»Ich werde erst mit RT reden. Für TJ oder SM habe ich heute keine Nerven«, erklärte er.

»Weil das gleich beide zusammen auf den Plan ruft?«, vermutete FK.

»Hm«, nickend schob er sich aus ihrem Büro und stieß beinahe in den Praktikanten, der davor entlang hastete.

Dass der Kerl sich auch immer im Weg rumtrieb!

»Aus Muladhara?«, der Praktikant hielt Papiere hoch.

Sven deutete nur auf seine Ma, die nach ihm aus dem Büro schritt und die Zettel im Vorbeigehen annahm, ehe sie den Hushen fortschickte.

Dafür beobachtete Fuyu den anderen. Dann vertraute sie dem Neuen also noch nicht. Super. Noch eine Baustelle!

»SR«, begann FK, als er sich eine Wasserflasche aus der Küchenzeile nahm, »Komm danach her und berichte, wie es gelaufen ist, ja?«

»Kann ich machen«, er hob die Hand zum Abschied, ehe er Tatakai zu sich wank.

Dieser hatte mit Fuyu auf Kumohoshi ausharren müssen. Seine Ma hatte darauf bestanden. Als Absicherung. Falls es doch zu Kämpfen mit Jessica käme. Dann hätten die Desson für Verstärkung sorgen können.

Ha! Wie lachhaft!

Wie überaus lachhaft …

Erschöpft lehnte er sich zwei Straßen weiter an das Gemäuer eines Hauses. Er fühlte sich so leer. Als wäre etwas aus ihm herausgerissen worden. Warum? Jessica war doch nur eine Freundin gewesen!

Und wenn sie unsere Seelenverwandte war? Genau wie Ma gesagt hatte?

Ryans Gedanken überraschten ihn. Sie passten nicht zu dem Störrischen. Dennoch schob er sie fort. Sie waren zu albern. Ein schlechter Witz! Warum sollte die Person, die ihm am meisten bedeuten würde, jemand von der Seite der Monster sein? Von-

Er dachte wieder daran, wie sie zum Abschied geweint hatte. Wie sie über ihre Worte gestolpert war. Hatte sie deswegen erzählt, dass ihre Eltern von der Floris ermordet worden waren? Dass man sie für die Tode verantwortlich machte … Es klang, als ob sie sich nicht dagegen wehren konnte. Als ob sie am liebsten weg wollte!

Das würde auch ihre Mimik auf den Fotos erklären …

»Sven?«, Tatakai presste sich gegen ihn, »Alles gut?«

Die Schnauze des Desson war oben gekräuselt. Das Fell aufgestellt. Er sah angespannt aus. Aber nicht, als würde er mit Schmerzen zu kämpfen haben. Es wirkte eher wie ein seichter Magieüberschwung.

»Es wird schon«, behauptete SR, »Es muss.«

Damit streichelte er seinen Vertrauten zwischen den Ohren und blinzelte sie zur Ajnaabteilung. Jene Abteilung, in der RT aushalf. Und jene, die gut zwanzigmal größer als die seiner Ma war.

»Haben Sie einen Termin?«, fragte ein Desson in Gestalt einer Schildkröte mit Brille, sobald er eintrat.

»Bin als Bote hier. Soll meinen Kollegen über vorzeitige Änderungen informieren«, behauptete er.

Der Desson schob ihm Zettel und Stift zu: »Notieren, wir leiten es weiter.«

»Geht nicht«, widersprach SR mit verschränkten Armen, »Ich brauche eine sofortige Zu- oder Absage.«

Der Desson verengte die Augen zu Schlitzen. Er schien nicht darauf eingehen zu wollen. Das kannte Sven nur zu gut. Die Hushen und ihre Vertrauten beim Ajna waren sehr auf ihre Privatsphäre bedacht. Vor allem, wenn jemand von einer anderen Abteilung kam. Deswegen vermutete seine Ma schon seit Jahren Ragnaröks Hauptsitz in genau diesen Hallen. Ohne einen direkten Verstoß konnte aber niemand etwas gegen diese Leute unternehmen.

Sie tanzten durch die Grauzonen des Systems. Und das machte sie gefährlich.

»Leider habe ich keinerlei Befugnis, unangekündigten Besuchern Zutritt zu gewähren und-«

»Aber du kannst RT herholen lassen. Was eh besser wäre, da ich mich dann nicht in Eurem Irrgarten von Gängen verlaufen müsste.«

»Nicht jede Abteilung ist so winzig wie die Eurer Mutter«, grinste der Desson, »Wie traurig es doch sein muss, seine eigene Unfähigkeit täglich neu zu erleben …«

Ehe SR auf die Beleidigung eingehen konnte, gab der Vertraute eine Anweisung in ein Sprechrohr. Es waren Zahlencodes. Einige davon kannte Sven dank RT. Andere waren ihm gänzlich fremd. Zuletzt wies der Desson auf die unbequemsten Stühle im Wartebereich.

Dieses unverschämte-

Ryan, bitte, er hatte keine Nerven, sich über das Wesen aufzuregen, *Wenigstens hat er RT informiert. Wir bringen das hier einfach zügig hinter uns und dann geht's weiter.*

Svens Blick fiel auf ein Trugbild an der nächsten Wand. Auf die Abbildung von Kumohoshi, die die Hutanwelt unter sich in den Schatten stellte. Er musterte das Bild, bis RT auftauchte. Stehend. Neben jenen Stühlen, die eher einem Folterinstrument ähnelten.

»War Kame wieder freundlich?«, grüßte RT ihn.

»Hätte schlimmer sein können«, SR streckte die Hand nach seinem Kollegen aus, »Bring mich an einen Ort, an dem wir mal allein waren, ja?«

Mit gerunzelter Miene kam dieser der Aufforderung nach. Auch ihre Vertrauten nahm er dabei mit. Mit zu einer geschlossenen Fabrik, die Sven sofort erkannte. Hier hatten sie sich einst verstecken müssen, als sie von Macian überrascht wurden. Damals hatten sie sich von TJ trennen müssen. Der Musuko hatte die Hutan eine Straße weiter aufgescheucht, um eine Ablenkung zu organisieren. So waren sie an den Macian vorbeigekommen und hatten ihnen sogar ein paar Bannkreise unterjubeln können, um ihre Route zu verfolgen. Es war heikel gewesen. Und am Ende hatte es nichts gebracht, da diese ihre Fahrzeuge ausgetauscht hatten. Aber sie hatten ein paar freie Desson gefunden, die ihnen nach Kumohoshi gefolgt waren, um Vertraute zu werden. Somit war es vom Otou-san als stiller Erfolg verbucht worden.

»Musst du immer sichergehen, dass ich auch ich bin?«, erkundigte sich RT, als er die Halle auf Hutan checkte.

»Wenn ich dich aus einer Illusionsabteilung abhole?«, Sven klopfte gegen ein verrostetes Blech und lauschte dem Echo, »Manche Themen möchte ich nicht versehentlich mit den falschen Leuten besprechen. Und wer weiß, wer dort alles dein Gesicht zum Spaß aufsetzt.«

Die Geräusche klangen normal. Auch war das Blech kalt und der Geruch von vergessenen Chemikalien lag in der Luft. Aber all das ließ sich leicht vortäuschen, wenn man sich genug mit der Manipulation der Sinne auskannte.

»Habe ich dich je weinen sehen?«, fragte er still.

Schweigend starrte RT ihn an. Seine Miene verschob sich. Offenbarte die Züge seiner anderen Seele. Wütende Züge. Er schüttelte sachte den Kopf. Antwortete nicht. Dennoch bestätigte er damit jenen Tag, an dem SR ihn erstmalig ernst nehmen konnte.

Der Todestag von dessen jüngerer Schwester, TC.

»Musste sein«, murmelte er, ohne sich zu entschuldigen, »Ich warne dich als erstes vor. Danach geht es erst zu TJ und SM. Das ist besser so. Auch wird es sich bei unserem Musuko wohl etwas hinziehen. Vor allem, da seine liebste Schwester dabei sein wird.«

»Dann …«, RT malte ein Zeichen in die Luft.

Eines, das SR nickend bestätigte: »Nächste Woche ist es offiziell. Ist kompliziert. Ist aber am sichersten. Und es-«

»Der Ajnameister vermutet bereits, dass du der Einzige bist, den der Otou-san akzeptiert«, offenbarte RT, »Er hat AC holen lassen, weil er diesen offen unterstützen will.«

Sven musterte seinen Kollegen einen Moment. Dabei fiel sein Blick auf Genso. Auf das kleine Wesen, das eilig den Kopf schüttelte. Das durch Handzeichen raste, die SR kaum erkennen konnte. Sie wies immer wieder auf ihn. Dann auf RT. Deutete ein Stopp an. Ein-

»Es reicht«, befahl RT schwach, »Was schulden wir HE schon? Was dieser Mörderin, die sich Mutter schimpft?«

Der Desson sackte in sich zusammen. Ihre Bewegungen wurden langsamer. Sie beschrieb zwei Buchstaben in der Luft. Deutete eine Umarmung, ein Winken an.

»Ich weiß, Genso«, bestätigte RT still, »Aber ich kann nicht loslassen, nicht so …«

Sven tauschte einen verwirrten Blick mit Tatakai aus: »Ich komme mir etwas außen vor gelassen vor.«

Erschöpft sammelte sein Kollege Genso aus der Luft ein und setzte sie auf seine Schulter. Er schien sich sammeln zu müssen, ehe er wieder den Blick auf SR richten konnte. Ehe er seine Gedanken teilen konnte.

Doch bevor Richard das Wort erheben konnte, drängte sich Tobias hinaus. Er presste sich an die Oberfläche. Redete schnell. Redete zornig. Hasserfüllt!

»Die Gerüchte. Sie haben mir keine Ruhe gelassen. Über TC. Ich wollte sehen, ob ich Mutters Namen bereinigen kann. Damit der Druck endlich nachlässt, aber-«

Abrupt verschwand er. Keuchte. Richard war zurück.

»Ihr habt Beweise für die Gegenseite gefunden?«, fragte SR und ignorierte den Dominanzwechsel, um den anderen nicht zu bedrängen.

»Ich hatte TC's Sachen aufgehoben. Tobias hing zu sehr an ihr«, entgegnete Richard und klang fast dankbar, »Es wäre fatal gewesen, sie zu verbrennen. Auch wenn ich das vor Mutter behaupten musste. Ich hatte damals immer nur Zeit, ihre Hausaufgaben zu kontrollieren, weißt du? Für den Rest war nie Gelegenheit, weil Mutter mich stets anhielt, in der Abteilung auszuhelfen. Ich habe erst gestern herausgefunden, dass … TC hatte immer die Cover von ihren Büchern abgetrennt, weißt du? Darin hat sie ihre Bilder gesammelt. Sie waren auf Bannkreispapier gemalt. Vermutlich, damit sie keinen Ärger fürs zahlreiche Malen bekam. Wegen Ressourcenverschwendung. Ich habe die meisten davon gestern zum ersten Mal gesehen. Und dabei habe ich es dann entdeckt. Warte-«, er wank mit der Hand und etwas erschien darin.

Auf den ersten Blick wirkte es wie ein Buch. Obwohl SR den Titel nicht lesen konnte, so erkannte er den Einband. Er handelte von den Grundlagen zur Chakralenkung. Es war eine fette Wissenssammlung, die man noch vor der Akademie auswendig lernen sollte. Nur war dieses Werk anders. Papierecken schauten hervor. Manche waren bunt. Andere eingerissen. Keine glich der vorherigen.

Still nahm Sven die Sammlung entgegen und blätterte sie durch. Viele der Bilder wirkten wirr. Aber er konnte immer wieder dieselben Formen darauf erkennen: Der Schmetterling ähnelte TC's Vertrauten. Das Feenwesen RT's Desson. Zwei Personen waren jedoch stets zusammen gemalt. Die kleinere hielt sich an der größeren fest. An einer Figur mit dicker Brille, die zweifellos RT darstellen sollte. Die Eltern der beiden waren seltener gezeichnet worden. Und sie waren immer etwas abseits.

Bis auf zwei Ausnahmen.

Die krakelige Form von TC sah genauso aus, wie auf den vorherigen Bildern. Doch die andere Person war neu.

Sven erkannte sie nicht an ihrem Umhang oder ihren langen Haaren. Er erkannte TC's Mutter an ihrer Haltung. An dem fehlenden Lächeln. An den verschränkten Armen.

Arme, in denen eine violette Schachtel steckte.

»Und was soll das beweisen?«, fragte er sachte.

»In der Spionageabteilung gibt es einen Giftvorrat, der von der Svadhisthanaabteilung aufgefüllt wird. Damit diese gut von Schlafmitteln oder anderen nicht tödlichen Medikamenten unterschieden werden können, sind sie immer in diesen violetten Schachteln«, murmelte RT.

»Also hält deine Mutter auf diesen Bildern *vielleicht* ein Gift in ihren Händen. Vielleicht ist es aber auch nur eine Packung Hustenbonbons von den Hutan. Das hier ist kein Beweis«, erklärte er seinem geknickten Kollegen.

»Dachte ich auch erst. Dann habe ich das hier entdeckt«, er drehte die Bilder von seiner Mutter um und präsentierte verknotete Linien, »TC hatte immer mit ihrer Handschrift zu kämpfen. Und weil sie sich irgendwann für zu schlecht hielt, weil ihre Antworten so oft falsch waren, hatte sie diese dann in Spiegelschrift aufgeschrieben. Das hier ist nichts anderes!«

Nachdenklich lehnte sich Sven gegen ein verrostetes Blech. Es war schwer, in dem Kauderwelsch Buchstaben zu erkennen. Aber nun, wo er sie aktiv suchte – ja! TC hatte wirklich etwas auf der Rückseite vermerkt!

»Heute hat Mama mir wieder etwas Süßes mitgebracht. Sie ist so lieb geworden. Dabei dachte ich, dass sie sauer wird, weil ich nicht zur Akademie will«, er stockte, »Aber das wäre ein riesiger Skandal geworden. Das-«

»Ich weiß. TC hatte ihre Schwierigkeiten mit dem Einhalten von Regeln. Doch habe ich gedacht, dass sie es schaffen könnte. Das hier-«, Tobias brach aus dem anderen hervor, »Mutter hat nur ihren Hintern retten wollen! Sie hat TC für ihre Unfähigkeit ermordet. Ihre eigene Tochter!

Meine kleine Schwester …«

SR wusste nichts zu erwidern. Es war zu viel auf einmal. Erst Jessica. Dann sein Vertrag mit dem Otou-san. Nun TC. Er war ja eigentlich nur hier, um seinen Kollegen über seine Verlobung zu informieren! Er musste sich noch an die Werbungen für SM setzen. Ein Treffen mit ihr vorbereiten. Sein Vater würde sich blicken lassen …

Er hatte keine Kapazitäten, um TC's Ermordung in sein gedankliches Kartenhaus einzubauen! Dennoch zwang er sich dazu. Er wog RT's Möglichkeiten ab. Spürte, wie Tatakai ihn unterstützte. Wie sich dessen Schultern gegen sein Bein drückten.

Still blätterte er durch die Beschreibungen der anderen Bilder. Manche handelten von Genso und wie herzlich das stumme Wesen wäre. Andere befassten sich mit RT und wie traurig es sie stimmte, wenn er auf Missionen musste. Wieder andere beschrieben ihre Einsamkeit trotz ihres Desson. Dieser Chou, der mit ihrem Tod verschwand …

Bei einer späteren Erklärung runzelte SR jedoch die Stirn. Er wandte das Blatt um. Begutachtete, wie zwei gemalten Würfel. Einer mit einem Punkt in der Mitte. Einer ohne. Dazwischen war das Zeichen für Sahasrara.

Erneut las er die Beschreibung, die ihm nur wegen der vielen *gleichs* aufgefallen war.

Kann gleich und gleich gleichzeitig sein? Oder ist gleich dann verwirrt von gleich und somit nicht mehr gleich? Muss gleich erst ungleich sein, um mit gleich gleichzeitig da zu sein?, entzifferte er langsam.

»Kannst du hiermit etwas anfangen?«, fragte er RT.

»Gleich und gleich …«, der andere schien die Worte kaum entziffern zu wollen, »Sie hat das mal gesagt. Ist aber schon lange her. Das hat sie ewig beschäftigt. Dabei sollte sie nur die Sahasraratheorien auswendig lernen. Es war zum Verrücktwerden«, er lachte tonlos.

Ich sehe nicht durch. Was soll das?

Gleich und gleich! Das ist wie eine von Großvaters Theorien. Die zur Permanenz! Nur gehen die Überlegungen hier weiter: Muss gleich erst ungleich sein, um mit gleich gleichzeitig da zu sein? Ja! Es macht Sinn!

Ryans Verwirrung war anderer Meinung, also schloss er den Buchumschlag nachdrücklich und wandte sich an RT: »Kann ich mir das ausleihen? Zur Recherche?«

»Du-«, er zögerte, »Wegen Mutter? Ich meine- Sie sollte ihre Strafe erhalten, aber- Wenn das hier rauskommt, wird sie wissen, von wem. Ich werde nicht so schnell von daheim oder der Arbeit wegkommen. Und Mutter gilt als Zweitbeste in der Ajnaabteilung-«

»Nein. Da kann ich mich nicht einmischen. Es geht um das andere. Moment«, SR zog die Bilder von TC's Mutter aus dem Umschlag, »Wenn du magst, behalte du die hier. Die Anklage müsstest du eh selbst erheben. Wenn du mit den Konsequenzen umgehen kannst. Du warst immerhin TC's Bruder. Wenn es jedoch von jemand anderen kommt, trifft dich die Mitschuld.«

RT nahm die Blätter an. Er starrte auf die Zeichnungen. Schüttelte sich so sehr, dass Genso fast herunterfiel.

»Ich könnte nie-«

»Du kannst. Aber darf sich keiner dabei einmischen. Ich erst recht nicht. Ich hatte zu wenig mit TC zu tun. Also musst du da leider allein durch. Genauso wie ich mit meiner zukünftigen Ehe. Und wenn ich ein Leben mit SM aushalte, kannst du auch eine Anklageerhebung gegen deine Mutter überstehen.«

Obwohl sein Kollege nickte und die restlichen Zettel nicht zurückverlangte, wirkte er zerrissen.

Geradezu ängstlich.

»Ich weiß nicht recht«, flüsterte er.

Kapitel 6: Auswege suchend

Stephan Marcus betrat vorsichtig die Räume der Floris. Er konnte nicht anders. Nicht, nachdem er mit angesehen hatte, wie beiläufig sie Hutan wie Macian vernichten konnte. Wenngleich sein Onkel ihre unermessliche Magie feierte, so sah er nur den Tod darin.

Den Tod, der eine Flora eigentlich nie berühren durfte.

»Ich sorge mich um dich, Liebste«, verkündete er sachte, als er sich dem Sofa näherte, auf dem er die Gestalt der Floris ausmachen konnte.

Sie antwortete nicht.

Unwillkürlich sah Stephan zum Auxilius seiner Mutter, der einige Schritte entfernt stand. Er wirkte gelassen. Und da er SteMa hineingelassen hatte, musste die Floris wach sein. Dann blieb sie bewusst still?

Ob sie uns wieder nur anschweigen wird?

Nach dem Streit mit ihrer Mutter?, gab Stephan zurück, *Sie hat sich beim Shanai zwanghaft zusammen gerissen, ehe sie diese stinkenden Hutan hingerichtet hat. Da sollte sie eigentlich wieder entspannt sein.*

Und warum rieche ich dann Mutters Stäbchen?

Die Frage ließ ihn innehalten. Die Rezepturen seiner Mutter dienten immer einem Zweck. Mal waren sie zur Beruhigung gedacht. Mal zur Erschöpfung. Aber sie besaß auch Zusammensetzungen, die den Tod brachten.

»Liebste, es tut niemandem gut, sich in Einsamkeit zu ersticken«, er trat näher und bemühte sich, entschlossen zu wirken, »Lass mich dir helfen.«

Damit massierte er ihre Schultern. Er spürte, wie ihr Körper etwas absackte. Wie sie durchatmete. Ihre Haut war eisig. Erst durch die Berührungen schien sie wieder zum Leben zu erwachen.

Und erst durch diese Veränderung konnte er den Mut fassen, in ihr Gesicht zu sehen.

Sie hatte wieder geweint.

»Mama hasst mich«, flüsterte sie, als sie seinen Blick bemerkte, »Wie soll ich eine gute Mutter werden, wenn meine eigene mich so sehr verachtet? Nur wegen-«, ihre braunen Augen wurden wieder grau und sogleich wischte sie sich die Tränen ab, »Dieser gemischte Abschaum wird bis ans Ende seiner Tage dafür leiden.«

Der Hass in ihrem Blick war ihm nicht fremd. Stephan kannte ihn. Er hatte ihn aus nächster Nähe erlebt, als sie ihre Kindheitsfreundin für einen Verrat hingerichtet hatte, den diese nie begangen hatte. Der von langer Hand geplant gewesen war. Immerhin hatte er diese LaVi ans Messer geliefert, damit er sich anschließend um die gebrochene Floris kümmern konnte.

Erst hatte er die wahre Natur des Radix entblößt. Dann hatte er die Trauer der Floris auf ihre nächsten Vertrauten gelenkt. Und zum Schluss hatte er dafür gesorgt, dass ihm der Titel des Lyx zufallen würde.

Er war der Vater der nächsten Florageneration.

»Du wirst eine wunderbare Mutter werden«, versicherte er ihr, »Weil du weißt, wie du es besser machen kannst, Liebste. Du bist nicht deine Mutter. Du bist eine neue Floris. Die Floris.«

Obwohl sie seinen Worten zunickte, fühlte er sich nicht gehört. Er wank mit der Hand. Wehte den Rauch fort, der den Stäbchen auf dem Tisch entstieg. Suchte ihren Blick. Wartete auf den Augenblick, in dem sie frustriert werden würde, weil die Kräuter nicht mehr auf sie einwirkten.

Er musste nicht lange warten.

»Cousin. Was. Soll. Das?«

»Cousin und Vater unseres Kindes«, korrigierte er sie sachte, »Ich möchte dir nur helfen. Es ist sicherlich nicht gesund, wenn zu viel davon in deinen Kreislauf gelangt, oder? Fürs Baby.«

Ihr Blick klärte sich. Im Nu war das Stäbchen erstarrt. Festgefroren. Stephan wusste, dass es Frost sein musste, auch wenn er die Kristalle nicht sehen konnte. Die Floris hatte das Eis perfektioniert.

Genauso wie die Heilung der Najade, die sie nun in ihren eigenen Körper schickte.

»Ich hätte nicht- Ich bin so- Du!«, sie wies auf den Auxilius, »Warum hast du nichts gesagt?!«

»Weil Ihr verlangtet, dass ich Euch nicht stören dürfe«, erwiderte er.

Zitternd nickte sie. Dann wandte sie sich ab. Sie wank die Leibwache fort. Lehnte sich an Stephan, der sie sofort in seine Arme schloss.

»Ich vermisse sie. Ich-«

»Sie hatten es verdient«, erklärte er eindringlich, »Sie hatten TriSte auf dem Gewissen. Sie hatten dir dieses Leid zugefügt. Du konntest ihnen nicht vertrauen. Das war nur gespielt, Liebste. Bitte, mach dir keine Vorwürfe.«

Er musste es sagen. Denn er wusste, wen sie meinte. So verarbeitete sie noch immer die Tode jener Macian, die ihr einst gedient hatten. Jene Leute, die in ihrem Wutanfall ums Leben gekommen waren, als sie LaVi ermordet hatte. Dieses giftige Mädchen, das ihn zuvor nie mit der Floris allein lassen wollte! Das stets sein Verhalten bemängelt und ihn fortgeschickt hatte. Das sogar erkannt hatte, wie er die Floris manipulieren konnte …

Er blieb, bis sie aus Erschöpfung einschlief. Erst danach besuchte er seine Mutter. Die Generälin von Gallahain. Er würde nicht viel Zeit haben. Er wusste nicht, wann die Floris wieder zu sich käme. Und dann sollte er an ihrer Seite sein und auf sie warten.

So, wie es sich von dem zukünftigen Lyx gehörte.

»GreWo hat bereits berichtet, was unterwegs geschehen ist«, grüßte sie ihn.

»Die Hutanmänner hatten sich geküsst«, bestätigte er dennoch, »Ich glaube, unsere Floris trauert noch immer um ihren toten Bruder, Mutter.«

»Glauben kannst du an Zangasha«, sie schüttelte den Kopf, »Hat sie lange mit der alten Floris gesprochen?«

»Nicht mal eine Stunde«, offenbarte er, »Die meiste Zeit war ihr Vater dabei und hat das Gespräch übernommen. Nach der Schwangerschaftsverkündung hat die alte Floris jedoch den Ubriden hineingebeten. Dadurch hat meine Liebste die Geduld verloren und es wurden einige eher unliebsame Worte ausgetauscht.«

»Und daher ist mein Bruder beim Shanai geblieben?«, hinterfragte die Generälin.

Stephan nickte. Ihre Frage klang zu sonderbar. Als hätte sie erneut etwas geplant. Etwas, was sie diesmal nicht mit ihm oder dem Vater der Floris besprochen hatte.

»Sag, SteMa, tut die alte Floris unserer neuen noch gut? Oder ist sie eine Bindung, die sie zurückhält?«

Werden wir endlich die alte Floris los?, fragte Marcus.

Bitte?!

Komm schon! Was hat sie schon Großartiges vollbracht, seitdem sie sich am Shanai verkrochen hatte? Sie hat ihre Tochter von sich gestoßen, die Generäle ignoriert und den Vormarsch der Hushen hingenommen! Sie ist nutzlos!

Stephan konnte nicht widersprechen.

»Sie … löst Zweifel in unserer Floris aus. Meine Liebste denkt, keine gute Mutter werden zu können. Sie-«, er sammelte sich, »Die alte Floris behandelt den Ubrid ihres alten Auxilius so herzlich, wie sie es einst nur bei meiner Liebsten getan hat. Und obwohl der Ubrid die Herzlichkeit nicht anzunehmen scheint, so sieht sich meine Liebste gewiss durch den Ubrid ersetzt.«

Besser konnte er es nicht erklären. Dem Ubrid mochte es nicht klar sein, da sie kaum in die Stützpunkte kam. Oder da sie es auf die Persönlichkeit der alten Floris schob. Nur ließ sich nicht leugnen, dass diese das Mädchen immerzu beschützt und gefördert hatte. Er wusste noch, wie viele Versprechen und Abmachungen nötig gewesen waren, damit man den Mischling der jetzigen Floris unterstellte. Aber es war die Bedingung seiner Liebsten gewesen.

Sie wollte den Ubrid leiden sehen.

Seine Mutter drückte seine Schulter und schob ihn dabei zur Tür: »Nun, dann solltest du lieber dafür sorgen, dass sich unsere Floris wohlfühlt. Denn noch vor dem nächsten Neumond wird sie eine Waise sein.«

Damit machte er sich auf den Rückweg. Er wusste, dass seine Mutter keine weiteren Erklärungen erübrigen würde. Das tat sie nie. Er hatte nur auf sie zu hören. Selbst als späterer Lyx. Das hatte sie ihm bereits klargemacht.

Sie hat Waise gesagt, murmelte Marcus, als sie wieder bei ihrer Floris ankamen.

Ja und? Es ist schon länger klar, dass sie die alte Floris erledigen will, entgegnete Stephan.

Die alte Floris. Ja. Aber wenn unser Onkel dabei war, hieß es immer Halbwaise, oder?

Nachdenklich starrte er auf die schlafende Frau, die sein Kind trug. Deren Vater sein Onkel war. Ein Mann, der eher einem Barbaren glich. Der die jetzige Floris seit fast acht Jahren aufs Schlachtfeld drängte, damit sie mehr Hushen erledigen konnten. Der sogar die Einsprüche des Generalstabs abwies. Der seiner Tochter nur ein Lächeln schenkte, wenn sie von toten Hushen berichtete oder ihm ihre Macht lieh.

Ist es so schlimm, wenn wir einen Mistkerl weniger hier begrüßen dürfen?

***

SR führte RT in eine abgelegene Bar in einer Hutanstadt, ehe sie zurückkehrten. Um den Blicken auf Kumohoshi zu entgehen. Um seinem Kollegen, nein, um seinem Freund, einen Moment der Ruhe zu gewähren. Einen Moment, den dieser unter Hushen definitiv nicht bekäme.

Obwohl er erst ruhelos wirkte, weil er Genso verstecken und auf die halbherzigen Fragen der Kellnerin lächeln musste, so schien er sich allmählich zu entspannen. Fast als spürte er, dass es hier keinen sozialen Druck gab.

»Mutter wird die Bilder bestimmt wegerklären und mich als unfähig darstellen. Sie hat zu viele Stimmen«, murrte er, während er die Soda beäugte, die SR ihm bestellt hatte.

»Derzeit«, gab Sven zu bedenken, »Aber sie ist eine Frau. Du würdest dich wundern, wie viele Probleme meine Ma deswegen hat. Nicht, weil ihre Ma eine Hutan war. Nein. Es liegt nur an ihrem Geschlecht.«

RT schaute sich hastig nach der Kellnerin um: »Wenn-«

»Keine Sorge. In Großstädten achten Hutan kaum auf komische Gestalten«, bemerkte er auf sich weisend.

Tatakai gluckste. Er lag mit geschlossenen Augen unter dem Tisch. Seine Ohren orientierten sich jedoch an jedem Geräusch. Was nicht leicht war, da selbst im Randgebiet von Merichaven jederzeit hektisches Treiben herrschte.

»Vater ist einer der besten Spione. Und dennoch ist seine Unterstützung in der Ajnaabteilung lachhaft. Mutter-«

»Ist die Nichte des Meisters«, SR seufzte, während er gedanklich sein Kartenhaus aufbaute, »Entweder du sorgst für eigene Unterstützer, klagst sie an und stellst dich ihrem Frust. Oder du besorgst dir eine Arbeit in einer anderen Abteilung und lässt dich notfalls in ein paar Jahren in der Untätigkeit deiner Bruderpflichten anklagen. So oder so wird deine Mutter nicht tatenlos zusehen. Dank deines Geschlechts, deiner Nähe zu TJ und dieses Wissens«, er deutete auf TC's Bilder, die zwischen ihnen auf dem Tisch lagen, »bist du eine wandelnde Zielscheibe.«

Vom Aushorcher zur Zielscheibe. Super, ne?

Lass das, Ryan.

Komm schon! Wir wissen beide, dass er nur in unser Team kam, um TJ im Blick zu behalten.

Anfangs, ja, Sven beobachtete, wie RT die Zeichnungen verschob, *Aber TC hat ihm mehr bedeutet, als seine ganze Welt. Wegen ihr kämpft sich Tobias immerzu vor. Wenn das so weitergeht, destabilisiert sich seine Magie noch und er könnte von den Inseln geworfen werden.*

»Was würdest du tun?«, hauchte RT tonlos aus.

»Das würde dir nicht gefallen«, wank SR direkt ab.

»Sag es mir trotzdem. Bitte.«

Das letzte Wort ließ ihn innehalten. Es war das eine, es von Jessica oder den Hutan zu hören. In einer Welt in der bitte, danke und Entschuldigung nur Begriffe waren. Doch von RT? Von einem traditionell erzogenen Hushen, der durch diese zwei Silben eingestand, dass er nicht mehr allein weiterwusste? Der damit seine Unfähigkeit zugab?

»Ich würde mich nach außen hin zurückziehen. Beweise sammeln. Meine Arbeit etwas besser als der Durchschnitt machen, um anerkannt zu werden, jedoch nur so, dass ich nicht mit mehr Aufgaben betraut werde. Dann würde ich die Beichte beim Tempel ablegen sowie meine Untätigkeit und späte Erkenntnis als Reue darstellen. Damit ich, wenn es zur Explosion kommt, die Rückendeckung Shingashas habe. Somit würde sich die Anklage umdrehen und mein fehlendes Melden als Loyalität gegenüber meinen Eltern gedeutet werden. Doch das klappt nur, wenn ich bis dahin nicht auffalle. Über mehrere Jahre, versteht sich.«

RT sah ihn entsetzt an: »Das gefällt mir wirklich nicht.«

Die Worte kamen langsam. Langsam, aber von Richard. Demnach hatte sich Tobias wieder gefangen. Dann konnte der andere nun sicherlich klarer denken.

»Es geht nicht darum, was dir oder was mir gefällt. Es geht darum, welchen Weg man einschlägt, damit uns nicht alles um die Ohren fliegt«, bemerkte SR und trank seine Soda, »Zweifellos hast du von Ragnarök gehört.«

RT spannte sich an. Dennoch nickte er. Offen hatte Sven ihn noch nie auf das Thema angesprochen. Zumal offiziell unklar war, ob die Hushen der Ajnaabteilung oder gar dessen Eltern Teil der Bewegung waren.

»Kennst du ihr Ziel?«, fragte er, als RT nichts erwiderte.

»Vielleicht«, murmelte dieser langsam.

Was soll die Lüge?!

Lass es, Ryan. Er würde es nie zugeben. Sonst hieße das, dass er Kontakt zu jemandem von Ragnarök hätte. Und da er es nie gemeldet hat, würde das auf ihn zurückfallen.

Aber er könnte es jetzt *melden!*

Du weißt, wie sehr die Mitglieder sich selbst schützen. Ein falsches Wort und RT kann sich morgen an der Front wiederfinden!

»Die komplette Auslöschung«, offenbarte Sven knapp das, was sein Freund eh wissen sollte, »Sie brauchen nur noch einen bestimmten Desson. Die Dryade. Sobald sie diese nach ihrem Willen lenken können, wollen sie alle Menschen außerhalb der Inseln eliminieren und die Welt nach ihren Bedingungen neu entstehen lassen. Das meiste können sie mittlerweile in die Wege leiten. Aber bei den Größenverhältnissen der Erde brauchen sie die Dryade für den Neuaufbau. Gefangene Macian sind keine Option.«

Bis vor einigen Jahren hatte der Plan an mehreren Ecken Probleme aufgewiesen. Es hatte kaum genügend Hushen gegeben, die sich Ragnarök angeschlossen hätten. Auch waren die Ressourcen der Hushen begrenzt. Doch seitdem die Hutan immer mehr zur Atomenergie und Kernspaltung geforscht hatten und der Otou-san einen Zuwachs ihrer verschollenen Güter verzeichnete …

Ihnen fehlte nur noch die Dryade.

»Du kannst von Ragnarök denken, was du willst«, lenkte SR ein, »Fakt ist, dass sie stärker werden. Und sobald jemand eine Anklage gegen eine höherrangige Person erhebt oder ihnen versehentlich durch einen Skandal die Aufmerksamkeit klaut, ist derjenige, sehr wahrscheinlich, in Gefahr. Zumal unklar ist, ob die angeklagte Person ihrer Gruppierung angehört.«

»Hm«, RT sackte in sich zusammen, »Also soll ich laut dir lieber den sicheren Weg wählen?«

»Du sollst jenen wählen, bei dem ich nicht Hand gegen dich erheben muss«, offenbarte Sven, »Denn ich kann und werde nie zulassen, dass Ragnarök unsere Welt zerstört.«

***

TJ sortierte die Steckbriefe der Hushen, die für seine Schwester warben, an ihrer Schlafzimmerwand. Immerzu fragte er sie nach ihrer Meinung. Nicht, weil er dazu verpflichtet war. Sondern weil er wissen wollte, wie sich diese Hushen verhielten, wenn sie sich ungesehen fühlten. Wenn sie den Predigten des Tempels aus der letzten Reihe lauschten. Wenn sie nicht vor ihm den Kopf neigten …

»Neil Martin?«, fragte er.

»Das ist wohl ein Witz«, sie deutete auf seinen Zettel, »Oder habe ich etwas an den Augen?«

»Zu alt?«

»Er hat weiße Haare im *Bart*«, betonte sie, »Ja, er ist nicht politisch. Aber sonst? Er könnte unser Opi sein.«

»Du wärst sicher bei ihm«, murmelte TJ, »Und lange sollte er eh nicht mehr leben. Dann wärst du frei.«

»Bei Shingasha: Nein!«

Obwohl es als unschicklich galt, die Stimme zu erheben, korrigierte TJ sie nicht. Er wusste, wie gereizt sie war. Für sie war jeder Vorschlag eine Pein. Sie hatte schließlich nicht den Luxus, eine eigene Wahl zu treffen. Sie musste sich der Entscheidung des Otou-sans fügen. Und ihr Vater hatte nur jene Hushen für die Auswahl zugelassen, die offen um sie warben.

»Wir werden einen der Kandidaten erwählen müssen. Je früher, desto bes-«

»Kodomo«, die Wache öffnete, ohne zu klopfen, die Tür, schaute jedoch nicht hinein, »Der ehrenwerte AC ist hier und wünscht Euch zu sprechen.«

»Ich. Mach. Das.«, brach John heraus und hielt seine Zwillingsschwester zurück, ehe sie etwas sagen konnte.

Als Antwort ergriff sie seinen Arm. Sie schloss zweimal ihre grauen Augen. Ein Zeichen, dass John verschwinden müsse. Dass nur Tarek vor die Tür treten dürfe. Egal, wie sehr ihn die Anwesenheit ihres Cousins reizte.

Nickend kam TJ ihrer Aufforderung nach. Er schob John fort. Erinnerte diesen an seinen Platz. Schritt erst dann zur Tür. Baute sich wie eine Mauer dort auf.

»Es ist unangemessen, die Räume einer Unvermählten allein aufzusuchen«, erklärte er AC.

Wenn er von TJ's Anwesenheit überrascht war, so zeigte er es nicht. Dafür setzte er ein schiefes Lächeln auf und verneigte sich übermütig: »Ich wollte nur nach meiner Familie sehen. Wir sind doch vom selben Blut, oder?«

Vom selben Blut, mit dem er ins Bett möchte! Er sollte- JOHN! Ich. Mach. Das.

Sofort verstummte seine andere Seele.

»Blut, um das du wirbst«, stellte Tarek klar, »Du musst dich für einen Anspruch entscheiden, Cousin.«

»Aber natürlich«, erneut verneigte sich AC, »Richte der Kodomo doch die herzlichsten Grüße aus, ja?«

Erst als der Mann mit seinem Desson fortgeblinzelt war, beruhigte sich John wieder. Tarek war erleichtert, dass er als einziger hörte, wie seine andere Seele schimpfte. Dabei wollte er am liebsten mitmachen!

Doch als dominante Seele hatte er diesen Luxus nicht …

»Wenn er das nächste Mal hier auftaucht, gebt sofort dem Otou-san Bescheid«, erklärte er der Wache.

»Wenn wer hier auftaucht, Musuko?«, Verwirrung hatte sich in die Augen des Mannes geschlichen. Obwohl dieser eben noch AC's Anwesenheit angekündigt hatte und ihrem Gespräch sogar beigewohnt hatte!

»Niemand«, quetschte TJ hervor, ehe er die Tür schloss und zu SM zurückkehrte.

AC beherrscht sie. Er hat gelernt, seine Worte zu lenken. Vielleicht durch Zufall. Vielleicht durch Ragnarök oder seinen Vater. Aber er-

Ja doch!

Es kostete Tarek alle Kraft, Ruhe zu bewahren.

»Wir müssen uns beeilen. Und du wirst jemanden mit Hutanblut brauchen«, erklärte er seiner Schwester und riss die Steckbriefe jener Werbenden ab, deren Großeltern alle als Hushen galten.

»Bitte?!«, ihre Stimme überschlug sich, »Mutter wird ausrasten! Sie wird ihn als Abschaum-«

»Dieser Abschaum ist der einzige, der unsere Befehle ausblenden kann. Denk an FK«, erinnerte er sie.

Sofort fing sie sich. Ihr Blick schwankte zur Tür. Angst schlich sich in ihre Züge. Sie schluckte.

»Du meinst, er hat herausgefunden, wie-?«

»Deine Wache wusste nicht einmal, wer eben noch da war. Das war nicht gespielt. AC weiß, wie er die Macht unserer grauen Augen verwendet. Dein Zukünftiger ist am Tag eurer Hochzeit ein Toter, wenn er die Befehle eines Kazokus nicht ausblenden kann.«

Diesmal nickte SM. Sie wusste, dass sie keine andere Wahl hatte. Nicht hierbei. Der Otou-san hatte sie zu ihrer

Volljährigkeit in der Kraft der grauen Augen unterwiesen. Er hatte ihnen erklärt, welche Regeln es bei den Befehlen zu beachten galt. Regeln, an die sich AC mit Sicherheit nicht halten würde!

Zwei Skizzen verblieben an der Wand. Beide Hushen waren keine Option. Der eine war bereits über sechzig. Der andere zu übereifrig. Vielleicht war letzterer sogar in Ragnarök aktiv!

TJ wollte schreien.

»Und was, wenn ich mich opfern lasse?«, flüsterte SM.

»Was?!«

»Denk doch mal nach. Wenn ich mich opfern lasse, fühlen EJ und AC sich nicht mehr in die Ecke gedrängt. Es gäbe eine Absicherung der Linie durch sie und du dürftest frei Kinder bekommen. Dann-«

»Super. Dann bin ich nur wieder die direkte Zielscheibe, damit EJ an die Macht kommen kann.«

»Weil du ja unbedingt Otou-san werden willst, hm?«, sie wank mit ihrem Zentrip und riss so die letzten Zettel ab.

Eine nackte Wand starrte ihn an.

***

Auf halben Weg zu ihrem Großonkel fuhr Jessica rechts ran. Endlich war sie allein auf der Landstraße. Fernab von anderen Hutansiedlungen und Fahrzeugen. Hier konnte sie durchatmen und Houo zu sich herab pfeifen.

Der brennende Vogel stach eilig durch die Wolkendecke. Er glich einer seichten Luftverzerrung. Kaum erkennbar für das menschliche Auge. Doch für ihre Seelen fühlte er sich dabei wie eine langersehnte Umarmung an.

»Alles gut?«, erkundigte sich der Phönix, als sie das alte Bike abstellte und es einmal umrundete.

»Wie sehen Markierungen aus?«, fragte sie ihn direkt.

Jessica wollte das Thema eigentlich nicht ansprechen. Sie wollte keine Aufmerksamkeit auf den Hushen lenken, den sie einst für ihren Freund hielt. Den sie nicht als Feind sehen wollte! Aber Nicole hatte darauf bestanden. Damit sie ihren Sorgenkopf von einem Onkel nicht gefährdeten. Und nur wenn sie auf ihre andere Seele einging, würde ihre Magie ruhig bleiben. Das oder sie müsste Nicole die ganze Zeit zurückdrängen. Aber dann könnte sie sich nicht mehr aufs Fahren konzentrieren …

»Vermutest du einen Hinterhalt?«, erkundigte sich Houo und nahm die Gegend genauer ins Auge.

»Jein«, Jessica drängte ihre andere Seele stärker zurück, ehe sich diese einmischen konnte, »Das Bike stand die ganze Nacht draußen und ich glaube, meine Nerven sind etwas angeschlagen. Nenn mich bescheuert oder so, aber mir ist aufgefallen, dass ich die Lektionen dazu komplett verdrängt habe. Ich muss es mal wiederholen.«

»In der Gesellschaft der Floris musst du auch weniger auf Markierungen oder Bannkreise achten. Das ist die Aufgabe der Auxilius«, bestätigte der Phönix und hüpfte auf die andere Seite des Bikes, »Nur zur Sicherheit?«

Die Art, wie er die Frage stellte, wirkte ungläubig. Als vermute er etwas. Oder als hätte er gesehen, wie Sven und seine Mom geblinzelt waren? Nein. Dann wäre er direkt aus dem Himmel zu ihr herabgestürzt. Vielleicht sollte sie ihre Unschlüssigkeit auf letzte Nacht schieben? Sie hatte ihm nur eine grobe Erklärung gegeben, warum sie so geweint hatte. Aus Sorge, zu viel zu verraten.

Sie wollte Sven keine Probleme bescheren.

»Es würde Onkelchen sicher beruhigen, oder? Also, wenn ich vorsichtiger werde«, gab sie leise von sich.

Sie sollte schließlich sein Erbe antreten. Weil der Phönix auf sie hörte. Anfangs hatte sie nicht verstanden, warum sie unter den Macian den Nachnamen der Inkra führen sollte. Ihr Vater war ja trotz seiner Verbindung mit Houo auch ein Schermer gewesen. Jedoch durfte sie nicht seine Berufung einschlagen. Sie würde nie als Leibwache oder Auxilius dienen dürfen. Etwas, was für die Schermers seit Jahrhunderten eine Berufung war. Deswegen sollte sie den Namen ihrer Großmutter – und den ihres Großonkels – annehmen. Sie sollte seine Kunst des Feuers ausbauen. Und sie sollte dem nächsten Feuergeneral dienen. Denn als Ubrid bliebe ihr dieser Posten stets verwehrt.

Es war so albern! Ihr Feuer war stärker als das ihres Großonkels. Sie konnte das Eis der Floris schmelzen. Sie konnte kaltes Feuer erschaffen. Unsichtbares. Konnte die verschiedensten Farben und Formen kreieren. Mehr noch als der Feuergeneral!

Aber laut der Floris war sie keine richtige Macian. Und so hatten erst ihre Kinder das Anrecht, ernst genommen zu werden. Falls deren Vater ein reiner Macian wäre …

»Die einfachsten Markierungen verbergen sich in einem Riss oder Kratzer«, erklärte der Phönix, »Einige können auch durch Symbole versteckt werden. Da sie jedoch aus Magie bestehen, muss diese entweder genährt werden oder sie löst sich nach einer Weile wieder auf. Wenn du also eine Markierung auf einem Gegenstand suchen möchtest: Brich seinen Aufbau auseinander und versetze dann die Einzelteile etwas. So kannst du jede Markierung auflösen, weil sie ihre Verbindung zur Quelle verliert. Ansonsten kannst du aber auch ein paar Tage warten, bis die Magie aufgebraucht ist. Bei Lebewesen ist es kniffliger, da die Markierung sich vom Wesen selbst ernähren kann. Sogar nach deren Tod dauert es seine Zeit, ehe diese aushungert. Daher ist es besser, sie mit fremder Magie zu umweben, bis sie nicht mehr für die Hushen spürbar ist.«

Jessica nickte still. Sie hörte Nicole etwas sagen. Doch klang es zu verzerrt, weil sie diese noch auf Abstand hielt.

Dankend begann sie mit der Arbeit. Sie verschob das Metall des Bikes leicht. Spürte, dass es überall glatt war. Machte dennoch weiter. Falls sich eine Markierung in der Lackierung verbarg. Erst dann setzte sie wieder auf und wank Houo in Richtung Himmel.

Sobald sie losfuhr, ließ sie von Nicole ab.

Du hättest es ihm sagen müssen!, schimpfte diese sofort.

Was?

Das weißt du genau!, sie klang zittrig. Das war ein sehr schlechtes Zeichen …

Er würde es sofort TaJu erzählen. Meinst du wirklich, das ist die Sache wert? Dann dürften wir Tantchen nie wiedersehen! Wir hatten keine andere Wahl.

Wir haben *eine Wahl. Und wir sollten ehrlich sein!*

Jessica bemühte sich, ruhig zu bleiben: *Nici. Bitte. Du konntest es gerade auch spüren. Beim Verschieben. Da war nichts, was wir Markierung schimpfen könnten. Sven hat die Wahrheit gesagt.*

Diesmal. Ja. Und sonst?, Nicoles Stimme überschlug sich, *Er ist ein Hushen, Jess!*

Ein Hushen, den auch du als Freund siehst!

Stille umwob sie. Für einen Moment verschwamm die Straße vor ihren Augen. Dann bemerkte Jessica, dass sie weinte. Sie schniefte. Schüttelte die Tränen ab. Konnte sie nicht loswerden. Nutzte daher ihre Feuermanipulation, um das Salzwasser zu verdunsten. Um es aus den Lücken des Helms zu lenken.

Sie fühlte sich so ausgelaugt.

Er hat uns angelogen, murmelte Nicole sanfter, *Er hat uns nie gesagt-*

Wie hätte er irgendetwas sagen sollen?!, ihre Geduld war am Ende, *Frei heraus? Mit einem Witz? Indem er vor uns hin und her blinzelt? Oder hätte er uns gleich seinen Vertrauten vorstellen sollen? Hätte er-*

Sie stockte. Ein Vertrauter … Irrte sie sich oder war Sven jedes Mal sehr erpicht darauf gewesen, den Park zu besuchen? Sie hatten immer dieselbe Bank angestrebt. Und er hatte danach etwas entspannter gewirkt. Ob sein Desson wie ein Tier aussah und sich dort versteckt hielt? Zu auffällig konnte das Wesen nicht sein. Sonst wäre es Houo aufgefallen. Sonst-

Ich weiß es nicht …, holte ihre andere Seele sie zurück, *Ich … Ich glaube nicht, dass ich ihn dann noch für voll genommen hätte. Ich glaube-*

Du hättest ihn verteufelt, oder? Genauso, wie du es jetzt machst. Obwohl du Sven eigentlich magst. Obwohl du ihn als Freund gesehen hast, solange du ihn als einen Hutan glaubtest. Wie kannst du dich überhaupt beschweren, dass wir als Ubrid nicht anerkannt werden, wenn du Sven auch direkt anders einschätzt, nur weil er kein Hutan ist?!

Darauf wusste Nicole keine Antwort.

Und endlich musste Jessica sie nicht mehr fortdrängen, um in Frieden weiter zu fahren.

***

»Du hast ganz schön lange gebraucht«, grüßte seine Ma, als er wieder in ihrem Büro ankam.

»War noch kurz was besorgen«, murmelte er.

Stumm legte er eine Schatulle vor ihr ab. Er wartete, bis sie das Kästchen nahm und es kritisch von allen Seiten beäugte. Erst danach musterte sie den Inhalt. Sie nickte sachte. Reichte es verschlossen zurück.

»Willst du zuerst zu TJ oder zu SM?«, fragte sie.

Gedankenversunken steckte er die Purlpa wieder ein. Es war ein traditionelles Armband. Direkt von Taiyohoshi. Einer anderen fliegenden Insel. Jener, die sich immer vor der Sonne verbarg. Dort gab es einen Spezialisten des

Muladhara, dessen filigrane Arbeiten unter den Hushen als Kunstwerke gepriesen wurden.

Seine Purlpas, Armbänder mit winzigen Bannkreisen auf jeder Perle, galten als einzigartig. Und das mussten sie auch sein. Die Schmuckstücke wurden als traditionelle Verlobungsgeschenke verwendet, da sie einen Schutzwall aufbauten, sobald sie zerrissen wurden. Die Perlen würden sich dann um die Trägerin verstreuen und eine Barriere bilden. Damit glich jede Purlpa dem Versprechen, auf jene Person zu achten, der man das Armband vermachte. Es war wie der Verlobungsring unter den Hutan. Wie die Übergabe des Yubiwa beim Otou-san.

Und nun hatte er dieses Armband für SM besorgt.

»Ich werde beide abfangen müssen«, überlegte er, »Yuki horcht Gakumon stets aus. Wenn ich zuerst zu TJ gehe, wird sie SM vorwarnen und dann wird es nur unnötig kompliziert werden, sie zu Gesicht zu bekommen. Wenn ich jedoch zuerst SM anspreche, könnte man behaupten, dass ich den Musuko übergangen hätte.«

»Gut mitgedacht«, seine Ma lächelte traurig, »Du weißt, dass sich alles ändern wird, wenn sie die Purlpa anlegt. Man wird fragen, von wem sie das Geschenk akzeptiert hat. Und dein Vater wird sich daheim bestimmt blicken lassen. Ragnarök wird dich ins Visier nehmen. Sie-«

»Ich weiß«, unterbrach er sie, »Ich werde mit drei offenen Augen schlafen.«

Sie nickte erschöpft: »Aber deswegen bist du nicht mit dem Geschenk hergekommen, oder?«

Ihre wissenden Augen brachten ihn zum Lächeln.

»Ich habe etwas gelauscht: Offiziell ist TJ bei unserem Otou-san in der Lehre. SM hat sich, laut den Gerüchten, vorgestern zurückgezogen, da ihr unwohl gewesen wäre. Also werden sich beide vermutlich bei ihr aufhalten. Dort, wo ich nicht hinein komme, ohne für einen Skandal zu sorgen«, erklärte er, »Ich habe zwar erst überlegt, wie ich dennoch reinkomme, aber … na ja …«

»Vom Otou-san darfst du keine Hilfe erwarten, wenn du offen um SM werben sollst. Und ich kann dir außerhalb seines Büros keine Rückendeckung geben. Die Okaa-san hasst mich. Ein falscher Schritt im Palast und-«, sie deutete eine Explosion mit einer Handgeste an.

»Das dachte ich mir. Deswegen möchte ich sie hierher lotsen«, entgegnete er.

Sie sieht nicht glücklich aus, bemerkte Ryan, *Wenn das nicht funktioniert-*

Ich verstehe es. Aber die Theorie klappt. Wir machen einen Trockenversuch und danach geht's los, ja?

Huh, seine andere Seele klang nicht überzeugt.

»Sven, was auch immer du vorhast: Ich kann nicht zulassen, dass du die Finanzen meiner Abteilung in den Ruin treibst. Du musst-«

»Ich teste es erst mit dir. Keine Sorge. Aber ich glaube, ich weiß, was ich tun muss, ja?«, er zog eine Abschrift von TC's Notizen vor, die er extra vorbereitet hatte, damit sich seine Ma nicht von der Schrift ablenken ließ, »Außerdem kannst du weitere Gelder beantragen, wenn es so einen möglichen Durchbruch gibt. Du würdest also Profit daraus schlagen. Und da TJ sich um die Geldanträge kümmern muss, muss er kommen, um das Experiment zu prüfen. Außerdem kann ich sichergehen, dass SM mit herkommt, wenn du mich die Einladung schreiben lässt. Ich weiß, wie ich sie reizen muss. Ich könnte also mit den Werbungen im Schutz deiner Abteilung beginnen. Du kannst, wenn alles gut läuft, weitere Gelder beantragen. Und du kannst dabei sogar deinen komischen Praktikanten beobachten. Der, der immer so viele Unfälle fabriziert und uns dann in den Weg tanzt. Eine Falschinformation sollte genügen, oder? Um zu überprüfen, ob er ein Spion Ragnaröks ist oder nicht?«

Seine Ma starrte ihn sprachlos an. Sie runzelte die Stirn. Hob eine Hand, nur um sie wieder sinken zu lassen. Um einen Blick auf ihre Bürotür zu werfen.

»Das mit SK ist dir auch aufgefallen?«

»Ma«, er lehnte sich vor, »Du weißt, dass ich Augen und Ohren habe, oder?«

»Ja doch«, sie trommelte mit den Fingerspitzen über die Tischplatte, ehe sie die Hände ineinander faltete, »Das hast du dir nicht erst heute ausgedacht, oder?«

»Sagen wir, ich habe verschiedene Ideen und Gedanken der letzten Jahre heute entsprechend zusammengesetzt«, gestand er, »Es macht mir zu viel Spaß, Kartenhäuser in meinem Kopf zu erbauen.«

»Kartenhäuser«, sie beäugte die Abschrift von TC's Bild erneut, »Wenn es nur so einfach wäre.«

Kapitel 7: Aus anderen Augen

Als Jessica bei ihrem Großonkel ankam, grüßten sie nur die leeren Felder. Ein verworrenes Gefühl breitete sich in ihr aus. Hatte sie sich in Sven getäuscht? Oder warum war der Sorgenkopf nicht oben? Er wartete doch sonst stets auf sie. Stets hielt er nach Houo Ausschau. Stets stand er mit offenen Armen auf dem Feld. Stets ließ er den Phönix ein letztes Mal durch den Himmel kreisen, ehe es zurück in den Schutz der Erde ging.

Mir gefällt das nicht, murrte Nicole.

Es wird schon seinen Grund haben, erwiderte sie.

Dennoch verweilten ihre Gedanken bei dem Hushen. Bei Sven und jener Markierung, die sie vielleicht übersehen hatte. Durch die sie ihren Großonkel nun gefährdet hatte. Durch die sie-

»Jessica?«, Houo landete lautlos neben ihr, »Alles gut?«

»Es ist zu still«, bemerkte sie, ehe sie sich herab kniete und eine Hand auf die Erde legte.

Kannst du bitte?

Ach! Jetzt kannst du mich wieder ernst nehmen?, Nicole klang gereizt.

Ich habe dich nie nicht ernst genommen. Bitte?

Seufzend kam ihre andere Seele der Aufforderung nach. Sie lenkte ihre Magie in die Erde. Ertastete die Furchen und Kurven, die sich dort verbargen. Versteckte Räume, in denen sie die letzten Jahre über gewohnt hatte.

In denen nicht nur ihr Großonkel zugegen war.

»Wir haben Besuch«, erkannte sie und riss beinahe die Hand vom Boden.

»Von Gallahain?«, Houo klang nicht begeistert.

»Nein«, Jessica beäugte erneut die Straße. Dann ließ sie das Bike von der Erde verschlucken. Damit es außer Sicht blieb. Damit sich niemand daneben blinzeln könnte. Das musste erstmal reichen.

Erst dann glitt sie mit dem Phönix hinab.

Können wir uns nicht mit einer Ausrede verkriechen? Ich mag sie nicht ..., meckerte Nicole über die Besucherin.

Weil das auch gar keine Konsequenzen mit sich bringt. Wie erwachsen von dir!

Widerwillig stimmte ihre andere Seele zu. Denn ihre Maciantante war in Kriegsheim, nur einen Katzensprung von ihrer Hutangroßmutter entfernt, stationiert. Und sie hasste diese leidenschaftlich. JeNi war sich sicher, dass sie für die Drohbriefe und kleinen Unfälle ihrer Großmutter verantwortlich war. Harmlose Spielereien, laut der Floris. Die den *Abschaum* ihrer Familie einzig verletzen sollten, wenn JeNi sich nicht wie eine Macian benahm, ihre Loyalität infrage gestellt wurde oder die Floris sich von ihr gekränkt fühlte ...

Jessica hasste die Flora dafür!

»Ich werde meine Meinung nicht ändern«, verkündete TaJu schroff, als Jessica sich dem Essraum näherte, »Wenn General ALi eine Vermutung hat, so soll er sie prüfen oder fallen lassen. Ich mische mich nicht in die Geschehnisse seines Stützpunktes ein.«

»Du verkümmerst auf diesem Feld, Onkel!«, rief AJu und etwas knallte, »Du bist ein General! Trotzdem erfreust du dich dieser Abgeschiedenheit. Schämst du dich nicht?«

»Wage. Es. Nicht.«

Jessica umarmte sich selbst, als sie die Tonlage ihres Großonkels vernahm. Er hatte ihn bislang nur zweimal bei ihr angeschlagen. Einmal, als sie offen die Floras verflucht hatte. Und einmal, als sie sich über ihre Zukunft mit ihrer Hutanfamilie gestritten hatten. In beiden Fällen hatte sie sich beinahe in die Hose gemacht, so zornig hatte er auf sie gewirkt. Sie hatte es nicht mehr gewagt, ihm zu widersprechen, wenn er so wütend war. Lieber nahm sie ihr Schicksal an und erkämpfte sich kleinere Freiheiten.

Stumm schmiegte sich Houo an ihr Bein, ehe er nach nebenan hüpfte. Sie wusste, dass er es nur gut meinte. Dass er für sie da war. Dass sie ihm folgen sollte. Dass sie den Streit so etwas abschwächen konnten.

Aber sie wusste auch, dass AJu sie wieder kritisieren würde. Ihre Hutansachen. Ihre Abwesenheit. Ihr Blut …

Wir schaffen das, sprach sie sich selbst Mut zu, als sie ihren Namen hörte.

»Sei gegrüßt unter Zangashas Stern«, sie verneigte sich so, wie es unter den Macian üblich war, und bemühte sich, den Rücken durchzudrücken.

Keine Angst zeigen. Keine Zweifel. Nur reine Stärke!

»Du bist früh dran«, ihr Großonkel schloss sie in seine Arme. Er wirkte ausgeglichen. Nicht, als hätte er beinahe ihre Tante in Stücke gerissen.

Ihre Tante, die sie mit giftigen Augen anstarrte.

»Die Straßen waren leer«, behauptete sie, »Tante AJu.«

»JeNi«, zu Jessicas Überraschung wandte sie sich nicht ab, »Ich bin deinetwegen angereist.«

»Jessica und Nicole haben sich um die Spuren der Floris zu kümmern. Du hast keine Grundlage, irgendetwas von ihr zu verlangen!«, herrschte der General sie an.

»Es ist kein Verlangen. Es ist eine Bitte«, meinte AJu.

»Eine Bitte, die, sobald geäußert, verpflichtend für deine Nichte ist. Lass. Es!«, er schlug mit der Hand auf den Tisch, »Wenn du nicht auf deinen Schützling aufpassen kannst, such dir einen anderen Sündenbock!«

Jessica spürte, wie sich die Finger ihres Großonkels in ihre Schulter bohrten. Sie musterte seine angespannten Lippen. Er stand kurz vor der Explosion. Selbst wenn die Floris oder Generälin LiJu ihn beschuldigten, Jessica zu oft zu den Hutan zu lassen, blieb er ruhiger!

»Ich brauche keinen Sündenbock, Onkel. Ich brauche Informationen. Ich brauche-«

»Das Gespräch ist an dieser Stelle beendet. Du wirst jetzt mein Heim verlassen und dich hier nie wieder blicken lassen. Du bist nicht mehr meine Nichte.«

Erschrocken riss Jessica den Kopf herum. Dies trotz einer Blutsverwandtschaft zu sagen … War er denn des Wahnsinns? Sobald das die Runde machte, würde man ihn für senil halten! Blutsbande galten unter den Macian als unabkömmlich. Sie glichen Schwüren. AJu zu verstoßen, nur weil sie etwas von Jessica wünschte …

Wenn es nur das ist, murmelte Nicole.

Ja. Da steckt definitiv mehr hinter ihren und auch seinen Worten. Irgendetwas übersehen wir!

Sollen wir einfach selbst unsere Hilfe anbieten, um dem Sorgenkopf die Probleme zu ersparen?

Wir wissen nicht mal, worum es geht, Nici!

Aber-

Nein!

»Du kannst das nicht ernst meinen«, flüsterte AJu, »Ich bin dein einziges noch lebendes Blut. Ich bin-«

»Du bist im Herzen eine Schermer. Das warst du schon immer. JeNi jedoch? Sie hat die Feuermanipulation der Inkras. Sie hat das Herz der Inkras. Sie-«

»Sie hat das Blut eines Ubrids!«

»Und?«

Jessica rutschte der Unterkiefer runter. Noch nie hatte sie gehört, wie jemand so offen für sie Partei ergriffen hatte. Sie wollte heulen. Ihren Großonkel küssen! Obwohl er sie auch zuvor beschützt hatte, so hatte er es sonst stets im Verborgenen getan. Nie hatte er es so direkt geäußert.

»Sie vergiftet alles! Sie-«, die Ketten an AJu's Armen bogen sich nach oben, »Nur wegen ihr hockst du auf diesem Feld fest. Spielst Hündchen für eine andere Generälin. Und nun willst du noch ihr Blut akzeptieren? Ihr *mein* Erbe geben?«

»Es war nie dein Erbe, AJu. Ich habe es JuNi angeboten, weil er eine Verbindung zu Houo hatte. Etwas, was ich bei dir nie sehen konnte. Generell konnte ich noch nie einen Erfolg von dir verzeichnen. Oder warum kommst du nun angekrochen, um nach Hilfe zu fragen, obwohl wir beide wissen, dass du meine Großnichte nur wie eine Sklavin nutzen willst? Solltet ihr Erfolg haben, steckst du dir die Lorbeeren ein. Solltet ihr scheitern, schiebst du es auf ihre Unfähigkeit. Vergiss. Es«, er zog Jessica hinter sich, »Und nun raus, ehe ich dich eigenhändig rauswerfe!«

AJu schaute zum Phönix. Dann zu JeNi. Ihre Miene verzerrte sich. Sie schob ihre Brille hoch. Rümpfte die Nase. Stolzierte schwungvoll an ihnen vorbei.

Erst als das Esszimmer in Stille versank, erlaubte Jessica es sich, wieder zu atmen. Sie zitterte leicht. Starrte ihren Großonkel an. Einen Mann, den sie nach dem Tod ihrer Eltern als Alptraum bezeichnet hatte. Der ihr jedoch auch zugehört hatte. Der ihr den Kontakt zu ihrer Hutanfamilie gewährte. Der sich immer um sie sorgte, wenn sie mit der Floris unterwegs war.

Und der auch nun einen besorgten Blick trug.

»Alles gut?«, fragte er sachte.

»Du hast noch nie so- Ich meine-«

»Du bist mir wie eine Tochter. Ich lasse nicht zu, dass sie dich ausnutzt«, erklärte er und löste sich von ihr.

Sie tastete nach ihrer Schulter. Jener, die er bis eben noch gedrückt hatte. Die sich ohne seine Hand plötzlich kalt und schmerzend anfühlte.

Genauso wie Sven, als er fortgeblinzelt war.

»Was wollte sie?«, fragte Jessica, um sich abzulenken.

»Cindy Lucy, Tochter von General ALi ist weggelaufen. Sie hatte eine starke Windaffinität, weswegen sie auf eine Hutanschule ging. Letzte Woche hat sie sich dann aus dem Staub gemacht«, erzählte er schulterzuckend.

Es klang nicht so, als würde ihn der Skandal bewegen. Entweder, weil er sich nicht um General ALi scherte oder weil er es nicht als wichtig genug empfand. Doch sicher war sich Jessica nicht.

Und wenn er einfach AJu nicht mehr ertragen konnte?

Kann sein, aber sonst wollte er sie nie verärgern, wegen-

»Was ist mit Tantchen?«, unterbrach sie ihre Gedanken hastig, »Wenn ich AJu nicht helfe, wird sie es dann an Tantchen auslassen? Tantchen hat bei meinem Besuch erst wieder von Drohbriefen bei ihrer Mom gesprochen un-«

»Auch, wenn das herzlos klingt, Jessi: Aber mach dir keine Sorgen«, er seufzte, »AJu hatte erwähnt, dass deine Großmutter laut der Heilerin nicht mehr lange leben wird. Und wenn sie nur noch deine Hutantante als Druckmittel haben, werden sie ihren Trumpf nicht zu leicht ausspielen wollen. Zumal es die Floris auf den Plan riefe.«

»Weil ihr das Spielzeug fehlen würde«, kopfschüttelnd setzte sie sich, »Super. Russisches Roulette nur für mich!«

»Russisches …?«

»Nicht so wichtig«, seufzte Jessica, »Nicht so wichtig.«

»Jessi?«, er setzte sich zu ihr, »Das ist nicht alles, oder?«

Wir müssen es ihm sagen, bemerkte Nicole sachte.

Was? Das Tantchen zu ihrer Mom ist?

Nein. Du weißt, was ich meine.

Sie dachte an Sven. An dessen Mom. An den Schmerz, den sie noch immer mit sich schleppten. Der ein wenig erloschen war, nachdem ihr Großonkel sich so deutlich für sie eingesetzt hatte.

Der aber immer noch da war.

Stumm musterte sie seine Augen. Sie erkannte die Sorge darin. Doch wusste sie auch, wie er aussah, wenn er von Hushen sprach. Wie er aussah, wenn er von Feldzügen zurückkehrte. Wenn er verwundet wurde. Wenn er Houo lenkte, um seine eigenen Flammen zu verstärken.

»Ich habe bemerkt, dass ich jemanden beim Pflegeheim sehr mochte und dass ich keine Zukunft mit ihm habe«, offenbarte sie, »Unsere Welten sind zu verschieden.«

Jessica beobachtete, wie sich seine Miene verzerrte. Als wäre er angewidert. Wahrscheinlich weil er Sven nach ihren Worten für einen Hutan hielt. Sie hatte es ja auch absichtlich so offen formuliert. Wenn ihn ein Hutan schon so sehr störte …

Was würde er dann zu Svens wahrer Natur sagen?

»Wir suchen dir jemanden, der deiner würdig ist, ja?«

Obwohl Jessica es nicht wollte, nickte sie. Sie hatte keine Wahl. Ihr Großonkel war ihr Vormund. Dabei hätte sie eigentlich unter den Macian für ihr Feuer Anerkennung bekommen müssen. Sie war die Frau dieses Haushaltes!

Doch als Ubrid war sie nur ein Niemand.

***

SR brauchte drei Anläufe, ehe der erste Test anlief. Er führte jeden davon im Büro seiner Ma durch. Fernab von der restlichen Abteilung. So konnte er sichergehen, dass alles unter Verschluss blieb. Er ließ einzig sie zusehen. Um ihre Expertise zu nutzen, um sich ein komplettes Bild zu machen. Eines, das er dringend benötigte.

»Also hast du es nie zusammen gesehen«, murmelte sie, während sie den Versuchsaufbau umrundete.

»Es klappt nicht«, überlegte er, »Ich muss im Chakra verrutscht sein. Ob ich das Ajna verwendet habe?«

»Dann hast du absolut nix bemerkt?«

»Möchtest du es probieren?«, fragte er sie genervt.

Seine Ma schüttelte den Kopf. Es wunderte ihn nicht. Sie hatte zwar ein ausgeprägtes Sahasrarachakra. Doch war es nicht für feinere Versuche zu haben. Ihres funktionierte meist nur mit unterstützenden Bannkreisen.

Nicht eigenständig.

»Du musst irgendetwas anderes gesehen haben. Bei mir waren die Boxen nie zeitgleich voll. Das Blatt war immer nur einmal da.«

»Ich glaube dir«, bemerkte sie nachdenklich.

»Ja, aber-«

»Kannst du es nochmal wiederholen? Diesmal jedoch so, dass Ryan nicht mitmacht«, bat sie ihn, »Er soll dich nicht ablenken, ja? Aufpassen, ja, aber nicht ablenken. Er ist dein stummer Zuschauer.«

Was soll das bringen? Also, außer, dass es uns komplett auslaugen wird?

Nein. Sie hat irgendeinen Plan, gab Sven zu bedenken, *Du hältst dich zurück, ja?*

Huh.

Damit wandte er sich wieder der Sanduhr und den zwei Boxen zu. In eine davon legte er ein Blatt Papier. Die zweite blieb erst einmal leer. Dann griff er sich einen Stift und malte einen simplen Kreis auf das Weiß. Er drehte die Sanduhr um. Wartete, bis das letzte Korn gefallen war. Drehte sie erneut um. Nahm das Blatt, um es in die zweite Box zu legen. Zerriss es dabei. Lenkte sein Chakra in das Papier. Wartete wieder den Sand ab-

Diesmal schmerzte ihn die herausströmende Magie. Das Chakra kam allein aus ihm. Nicht aus Ryan. Es zerrte an ihm. Als wolle es ihn mitreißen. Dennoch schloss er nicht die Augen. Er starrte nur auf das Papier mit dem Riss und dem Kreis. Er musste durchhalten. Bis die Zeit um war.

Danach fiel er schweratmend auf seinen Hintern.

»Nichts«, behauptete er, »Das Blatt war immer nur ein einziges Mal da.«

»Meinst du?«, sie hob es aus der zweiten Box, um es zu mustern, »Lass dir Ryans Erinnerungen zeigen.«

Was soll das bringen? Da war nichts!

Ehm ... Also, eigentlich ...

Ryans Zögern ließ ihn aufhorchen.

Sag nicht, dass ich deine Wahrnehmung auch irgendwie verschoben habe. Da war nichts! Das Blatt war nie zeitgleich in beiden Boxen! Ich weiß nicht, warum ich anscheinend immer aufs Ajna zurückgreife und-

Sven!, unterbrach ihn seine andere Seele, *Die erste Regel des Ajna: Du kannst keine Illusion für mich aufbauen, ohne dich nicht zeitgleich in derselben zu befinden.*

Stimmt. Das hatte er irgendwie verdrängt. Aber ... wieso klang Ryan dann so angespannt? Wieso-

Zeig es mir, befand er.

Ryans Erinnerungen waren etwas verschobener. So hatte dieser anfangs eher auf die Falten in ihrer Hose geachtet, statt auf das Papier. Aber als sie die Sanduhr zum ersten Mal umdrehten, änderte sich sein Blickwinkel. Er spürte Ryans Überraschung, als er die zweite Box musterte. Jene, in der das zerrissene Blatt aufgetaucht war. Dabei ... Sven konnte sich noch genau daran erinnern, wie die Box leer gewesen war!

Er durchsuchte seine eigenen Erinnerungen. Dennoch existierte dasselbe Erlebnis zweimal. Einmal mit dem zerrissenen Blatt in der zweiten Box. Und einmal ohne.

»Fertig?«, fragte seine Ma.

»Du hast eine Vermutung?«, hoffte er.

»Hm«, sie kniete sich zu ihm, »Es wäre gut möglich, dass die Resultate für jenen unsichtbar bleiben, der das Chakra verwendet, weil seine Auswirkungen noch nicht sicher sind. Oder dass es anders gelenkt werden muss, um komplett sichtbar zu sein ...«

»Du wirkst nicht sonderlich überrascht«, bemerkte er.

»Mein Vater hatte es nie vollbracht, ein Objekt in die Vergangenheit zu transportieren, ohne dass dieser dabei mit seinem Ursprungsgegenstand verschmolz. Raum und

Zeit sind Konzepte, die über die normalen Regeln hinaus gehen. Wäre ich jedes Mal überrascht, wenn ich etwas Neues entdecke, hätten mich die Herzinfarkte gerichtet.«

Das klingt ja fast liebevoll, murrte Ryan.

Sven sah jedoch, dass sie nicht ganz bei der Sache war. Er stockte, als er ihren Blick auf die Theoriebücher ihres Vaters bemerkte. Allmählich wurde ihm wieder bewusst, dass seine Großmutter Emily den Hushen inspiriert hatte.

Ob FK ihre Ma vermisste? Sie hatte die Frau ja erst töten müssen. Sicherlich nagte es an ihr. Egal, was die Predigten des Tempels auch sagten – sie hatte ihre Ma geliebt.

»Würdest du die Entdeckung als Fortschritt absegnen?«, unterbrach er ihre Gedanken.

»Ja«, sie reichte ihm einen Antrag zum Ausfüllen, »Ich werde es noch heute Nacht weiterleiten. Überlege dir also genau, wie du es vorführen willst und wie du es SM und TJ schmackhaft machen möchtest, ja?«

»Hm«, er massierte sich die Schläfen. Die Schieflage seines Sahasrara zerrte an ihm. Und die Bürokratie würde ihm nun noch den Rest geben …

***

Generälin Liliane Julie wartete einen ganzen Tag, ehe sie die Floris besuchte. Sie handelte stets so, damit die Flora LiJu als Mutterersatz vermisste und besser auf sie hörte.

So konnte LiJu leichter ihre Zustimmung erhalten.

»Ich habe gehört, was geschehen ist, mein Kind«, grüßte sie die Floris mit hängenden Schultern, »Es tut mir so leid, dass Eure werte Mutter nicht sehen kann, welchen Segen sie in die Welt gebracht hat.«

»Tante«, die Floris schüttelte sich, als wäre sie aus ihren Gedanken gerissen worden. Dennoch lächelte sie, ehe sie auf die Generälin zutrat und diese in die Arme schloss.

Liliane drückte sie sanft. Dabei achtete sie darauf, die Körpertemperatur der Frau abzuschätzen. Auch bemühte sie sich, den Bauch der Schwangeren nicht zu drücken. Das hätte als Frevel aufgefasst werden können. Egal, wie nah sie der Flora stand.

»Du siehst so erschöpft aus. Soll ich dir etwas Obst bringen lassen? Oder eine Decke?«, sprach sie vertrauter auf die Floris ein, nachdem sie ausschließen konnte, dass diese zu aufgewühlt war.

Denn sie war nur kühl. Nicht kalt oder gar eisig. Damit konnte sie sich ein paar Fragen erlauben. Sie konnte sich vertrauter zeigen, ohne Gefahr zu laufen, von der Macian verdammt zu werden.

»Nein …«, obwohl sie sich von Liliane löste, hielt sie sich an dessen Hand fest, »Kannst du dich nicht einfach zu mir setzen? Mir Gesellschaft leisten?«

Artig folgte sie der Floris zu den Polstern. Sie blickte zu den verschobenen Fenstern, auf die die Flora als Kind bestanden hatte. Damals war ihre Windaffinität zu stark gewesen. Daher hatte man Gallahain nach oben ausbauen müssen. Daher war Gallahain der einzige Stützpunkt, der auch oberhalb der Erde eine Bewachung erforderte.

LiJu hatte es gehasst. Aber es war ein kleines Opfer gewesen, um die Flora für sich zu gewinnen. Ein kleines Opfer, das sie immer wieder bringen würde, wenn sie dadurch den Generalstab lenken konnte.

»Mein Bruder hat einen Boten vom Shanai geschickt«, behauptete sie, sobald sich die Floris auf dem Sofa etwas zusammengerollt hatte.

»Was möchte Vater denn?«, abwesend tastete die Floris nach ihrer toten Duria, als Liliane ihre Familie ansprach.

Die tote Duria der Missgeburt!

»Er wollte dich nur darüber informieren, dass er noch einige Tage bei der alten Floris verbleibt, um die Wogen zu glätten. Ihm muss klar geworden sein, dass er dich vor deiner Abreise hätte informieren sollen. Leider war er durch seine Wünsche, euch zwei wiedervereint zu sehen, zu vergesslich«, log sie.

Ein dankbarer Blick begegnete ihr. Die Flora glaubte ihr jedes Wort. Stille Tränen flossen aus ihren Augen.

»Ich weiß nicht, ob Mama je über ihren Schmerz hinweg kommt«, murmelte sie.

»Es war nicht deine Schuld, mein Kind. Es war der Ubrid. Sie hat dir eine Falle gestellt. Sie ist ein Monster. Schlimmer als jeder Hushen. Deswegen hast du doch auch veranlasst, dass AJu ihren Hutan schreiben soll, oder?«

Es war nur eine Vermutung. Denn eigentlich hatte LiJu nicht erfahren, mit welcher Nachricht die Floris den Boten losgeschickt hatte. Da sie aber danach ruhiger gewesen war und der Mann nach Kriegsheim geschickt worden war, konnte sie schnell die Verbindung ziehen.

»Sie soll leiden. Sie und ihre ganze Familie!«, die Floris spannte sich an und ihre Finger wurden blau, »Die Hutan sind schlimmerer Abschaum als jeder Hushen!«

Der Arm der Generälin kribbelte von der Kälte. Dennoch lenkte sie keine Aufmerksamkeit auf die Schmerzen. Sie musste erst den Zorn der Flora in die richtigen Bahnen lenken. Sie erst für sich gewinnen. Sie auf jene Macian hetzen, die ihr Probleme bereiten konnten.

Der Heiler vor den Türen der Floris könnte ihren Arm nach dem Gespräch wieder in Ordnung bringen.

»Ich stimme Euch zu«, gab sie sich ehrfürchtig, »Ich habe jedoch gehört, dass nicht alle Generäle derselben Meinung sind. Wusstet Ihr, dass General ALi's Tochter zu den Hutan gegangen ist? Auch wurden Generälin VaVi und General MaDo in Gesellschaft von Unmagischen gesehen. Und General TaJu erlaubt dem Abschaum noch immer ihre Drecksfamilie zu besuchen. Vielleicht solltet

Ihr demnächst eine Erklärung einfordern. Damit wir sie als Verräter ausschließen können, versteht sich.«

Die Floris öffnete den Mund. Dann schloss sie ihn abrupt wieder. Sie starrte auf ihren Bauch. Legte die Hand darauf. Viel war nicht zu sehen. Aber dank der Najade nahm sie ihren Körper gewiss ganz anders wahr.

Und jenes Wesen schien sie auf die kalten Temperaturen hinzuweisen. Denn eilig stand die Floris auf und rieb über ihren Bauch. Sie setzte dabei eine Feuermanipulation frei. Eine sanfte. Eine, die der Najade bestimmt nicht guttat!

Erst dann wandte sie sich der Generälin zu. Niemand sprach den Zwischenfall an. LiJu tat sogar, als wäre nichts gewesen. Sie wusste von SteMa, dass die Floris genug Sorgen hatte, eine gute Mutter zu werden. Diese Rolle bei der Flora nun, so indirekt es auch wäre, zu kritisieren, würde diese nur unnötig reizen.

»Kannst du bitte eine Generalversammlung für nächste Woche ansetzen, Tante? Das sollte ausreichen, damit alle rechtzeitig eintreffen.«

»Wie du wünschst, mein Kind«, LiJu verneigte sich, ehe sie die Gemächer der Floris verließ.

Wortlos hielt sie dem Heiler auf dem Flur ihren Arm hin. Sie wartete, bis er seinen Soll erfüllt hatte. Dann musterte sie die Tür, hinter der sich ihre Nichte verbarg.

»Besorg ihr Erdbeeren mit Schokolade«, befahl sie.

Nickend eilte der Macian fort.

Um sie an die glücklichen Momente ihrer Kindheit zu erinnern? Könnte es nicht noch zu früh sein? Alle, die damals bei ihr waren, sind nun tot oder hassen sie, überlegte Julie.

Wir helfen nur etwas nach, entschied sie, *Auf mehreren Ebenen. Sie muss sich wohlfühlen.*

Damit ging sie zu ihren Gemächern. Jenen, die einst ihrer Mutter gehört hatten. Wo sie zuerst ihren Mann und später ihren Liebhaber verwöhnt hatte. Bis sie ihr Bündnis vom letzterem bekam und ihn endlich töten konnte.

Dabei sorgte sie dafür, dass die *Tochter* ihres Freundes im Unwissenden blieb. Ein Mädchen, das kein Mädchen war. Das einzigartig war.

»Canopy«, grüßte sie beim Eintreten, »Ich hoffe, dir ist nicht zu einsam geworden.«

»Momma!«, die braunen verknoteten Haare reichten ihr bis zu den Hüften und waren mit Blättern übersät. Ihr einfaches Kleid, das am Morgen noch sauber gewesen war, erstrahlte mit neuen Flecken. Erdkrumen klebten an ihren nackten Füßen. Ihre Finger sahen zu lang aus. Aber das war nicht das Besondere an diesem *Kind*.

Mit jedem ihrer Schritte gedieh der Boden neu. Gräser, Blumen und manchmal sogar Bäume sprossen hinter ihr aus der Erde. Wenn sie sich freute, erblühten die toten Dornenbüsche. Doch wenn sie weinte, verwelkten die größten und ältesten Pflanzen kläglich.

Sie war die Dryade. Der Naturgeist des Holzes, der mit dem Verstand eines Kindes gesegnet war. Einst war sie der Familie ihres Geliebten anvertraut worden. Um Canopy zu schützen. Um sie vor den Tücken des Lebens zu warnen.

Als LiJu sie jedoch fand, hatte sie sich in die Familie der Dryade geschoben, um sie als ihr Kind aufzunehmen. Um ihre Macht zu lenken. Genauso, wie sie es bei der Floris tat. Canopys Existenz in Gallahain war ihr größter Segen. Ihr einzigartiges Geheimnis. Sie war der Schutzwall ihres Stützpunktes. Sie war die Mischerin ihrer Rauchstäbchen. Sie war jene Trumpfkarte, von der nur LiJu wusste.

Sie war ihre Absicherung.

»Hast du schön gespielt?«, gab sie sich zärtlich.

»Ja. Lang und kurz und lang und kurz. Immer reihum und schau!«, sprach das Kind so wirr wie eh und je, ehe es einen Blumenkranz präsentierte, »Für dich Momma!«

»Danke, mein Goldstück«, sie setzte sich die Blüten auf und drehte sich einmal im Kreis, als wäre es das schönste Geschenk der Welt, »Sie ist wunderbar!«

Canopy kicherte begeistert: »Momma mag es. Momma mag es. Momma glücklich?«

»Momma ist sehr glücklich«, bestätigte sie, »Es ist fast schon perfekt.«

Sofort hielt Canopy inne.

»Nicht perfekt?«

»Oh, aber fast«, sie kniete sich neben die Dryade, »Ich vermisse ToMa nur so sehr, weißt du?«, sprach sie ihren toten Liebhaber und Canopys letzte Vaterfigur an, »Meinst du, du könntest mir helfen, dass ich mich besser an ihn erinnere? Mit deinen besonderen Blüten, Canopy?«

Eilig nickte die Dryade. Dann wank sie zur Decke. Sie ließ Wurzeln hinauswachsen, die nach ihr griffen und sie kopfüber nach oben zogen. Die sie dort hängen ließen. So verschloss sie die Augen und faltete ihre Hände wie zu einem Gebet. Sie murmelte wirre Worte. Etwas über ihren Poppa. Etwas über Freude. Über Leichtigkeit.

Im Nu erblühten in ganz Gallahain ihre einzigartigen Blumen. Blumen, die sich öffneten. Die ihre Pollen, die ihren Duft verströmten. Die damit einen jeden beruhigen und glücklich machen konnten.

»Nun perfekt, Momma?«, fragte Canopy, als sie wieder herunter sprang und um LiJu herumhüpfte.

»Nun perfekt«, bestätigte die Generälin.

Kapitel 8: Werbungen der Zukunft

»Willkommen«, grüßte SR die Kazokuzwillinge, sobald sie in die Sahasraraabteilung traten.

Die restlichen Hushen schauten mitsamt ihrer Vertrauten verwirrt auf. So weit verlief alles nach Plan. Sie hatten den Durchbruch absichtlich für sich behalten. So wollte seine Ma die Reaktionen ihrer Angestellten und vor allem die des Praktikanten prüfen. Dieser war immerhin als einziger vorbeigekommen, als sie alles aufbauten.

Aber das würde FK übernehmen. Nicht er. Er musste sich auf die Kazoku fokussieren. Auf das Experiment.

TJ grüßte ihn traditionell. Ohne zu lächeln. Genauso, wie man es von ihm erwartete. SM blieb hinter ihrem Bruder. Sie musterte Sven nur griesgrämig.

Er schluckte.

Was erwartest du?, murrte Ryan, *Deine Anmerkung glich einer Beleidigung!*

Sie hat es auf sich bezogen, obwohl sie es nicht musste, entgegnete er, *Das ist nicht unser Problem.*

Sie wird es zu unserem machen.

Nicht, wenn sie versteht, warum wir es so getan haben.

Denn er hatte eine Randnotiz an die offizielle Einladung geschmiert. Eine Bemerkung, dass es auch Nachhilfe im siebten Chakra geben könne. Damit kein Kazoku erneut, wie die Kodomo, durch die Grundlagen fallen müsse.

»Ist sie sehr wütend?«, hauchte er TJ zu, als er sie zum aufgebauten Versuch führte.

»Nah. Vorhin war's schlimmer«, entgegnete der andere, als er sich unbeobachtet fühlte.

Jedoch nicht unbeobachtet genug, wie SM's Vertraute ihn erinnerte. Yuki sprang auf einen Tisch neben sie und wandte den Blick ab. Eine stumme Geste, mit der sie verdeutlichte, was sie von dem Thema hielt und was ihre Hushen dazu dachte.

»Musste sein. Wird sich gleich aufklären«, murmelte SR, ehe er sich dem Versuch zuwandte.

Er sammelte sich. Prüfte die leeren Boxen. Dann Papier, Stift sowie die Purlpa in seinem Ärmel. Sven hatte sich einen detaillierten Ablauf ausgedacht. Einen, den er knapp durchgespielt hatte. Der dennoch scheitern konnte.

Dabei musste er klappen!

Du bist meine Augen. Du lieferst das Manipura. Hast du den Text noch im Kopf?

Ja, wird schon.

Ryan ...

Ich bekomm's hin!

Seine andere Seele fühlte sich aufgeregter als Svens an.

»… damit übergebe ich an meinen Sohn«, leitete seine Ma ein und er schluckte.

Er war innerlich so aufgewirbelt, dass er absolut nichts mitbekommen hatte!

»Da ich nie der beste Redner war, lasse ich den Versuch lieber für sich sprechen«, bemerkte er und reichte die Boxen unter den Augen der anderen Hushen an TJ und SM, »Hier sind keine Bannkreise, keine Markierungen drin. Sie dienen nur als räumliche Begrenzung. Eine, in der ich gleich einen leeren Zettel hineinlegen werde«, er präsentierte das Papier, ehe er es in einen Umschlag schob und eine der Boxen mit einer Geste zurückforderte, um das Papier mit einem Stift hinein zu werfen, »Aber damit dieser als einzigartig erkennbar ist, werde ich gleich etwas darauf notieren. Irgendwelche Wünsche?«, fragte er TJ.

»Klar, deine Lieblingsfarbe«, lachte dieser.

»TJ«, die Kodomo schlug einen belehrenden Tonfall an, »Das ist kein Witz. Nimm …«, sie lächelte, »Pi. Bis zur zehnten Stelle nach dem Komma.«

Herzlich. Ich habe keine Ahnung-

3.1415926535, gab Sven eilig vor.

Nochmal langsamer?
Du schaffst das.

»In Ordnung«, bestätigte er nach Außen, um die anderen nicht warten zu lassen.

Er stellte beide Boxen auf dem Tisch ab. Drehte dabei die Sanduhr um. Hörte, wie die mitgekommenen Hushen Laute der Verwunderung ausstießen. Flüstern drang zu ihm. Doch hielt Sven einen Finger hoch. Das Getuschel lenkte ab. Er brauchte Ryan. Ryan, der TJ anwies, den Umschlag aus der zweiten Box zu nehmen und zu öffnen.

Still kam der Musuko der Aufforderung nach. Für Sven sah es so aus, als würde dieser Luft in den Händen halten. Er beobachtete, wie alle TJ's leere Hände beäugten. Wie sie sich die Halse nach der Nachricht ausreckten, die nur für seinen Kindheitsfreund gedacht war!

Also musste er ihre Aufmerksamkeit auf sich ziehen.

»Für euch sind beide Exemplare zeitgleich da«, er deutete auf den zweiten Umschlag zurück, der eigentlich noch der erste und unbeschriebene war, »Nur sind sie nicht ganz die gleichen, weil das Papier hier«, er zog das erste Blatt ein Stück heraus, »Immer noch weiß ist«, damit fiel sein Blick auf die Sanduhr, »Es ist gleichzeitig da, da es noch nicht ganz gleich ist. Denn es war nur gleich beziehungsweise, es wird es nur werden, sobald ich den Abstand überspringe.«

Damit fielen die letzten Körner herab und er transferierte den ersten Umschlag in die zweite Box. Dabei wank er mit dem Zentrip darüber. Er ließ Ryan die Tinte auf das Papier lenken. Konzentrierte sich selber auf das siebte Chakra. Zählte stumm. Spielte seine eigene Sanduhr, während er das Zentrip nebensächlich über den ersten Umschlag hielt. Er überließ Ryan ihren restlichen Körper. Ihre Dominanz. Den geübten Monolog. Zum Glück sahen sie sich zum Verwechseln ähnlich. TJ würde gewiss auffallen, dass er sich anders verhielt. Solange er so jedoch den Mangel des Versuchs abdecken konnte, war es ein Gewinn.

Solange er es als kompetenter darstellen konnte, als es eigentlich war.

Ich kann wieder, erklärte Sven, sobald er die Minute abgezählt hatte und sofort ließ sich Ryan zurückfallen.

Sein erster Kontrollblick galt den leeren Boxen. Es war sein einziges Indiz, dass die Zeitreise des Briefes geklappt hatte. Denn dieser befand sich nun in den Händen des Musuko. Und so, wie er SR musterte, ehe er nickte, wusste Sven, dass er jedes Wort gelesen hatte.

Dass er die Unterstützung seines Freundes hatte.

»Es ist eine kleinere Spielerei«, behauptete er, ehe er die Schatulle mit der Purlpa in die erste Box legte, »Doch können mit genügend Forschung und Expertise auch größere Gegenstände durch die Zeit befördert werden. Eine Verbesserung in die Vergangenheitsrichtung geht also mit einer Verbesserung der Zukunft einher.«, er ließ sein Chakra fließen, bis es den Boxinhalt bedeckte und reichte die leere Box an die Kodomo weiter.

Zuerst starrte sie ihn nur augenrollend an. Sven erwartete beinahe, dass sie ihn abweisen würde. Doch bedeutete TJ ihr mit einem Fingerzeig, dass sie mitmachen solle.

Und so nahm sie die Schatulle entgegen, die sich einen Moment später wieder in der Box materialisierte.

»Du hast etwas verloren«, bemerkte sie.

»Nur, wenn Ihr es nicht annehmt, Kodomo.«

Überrumpelt starrte sie ihn an. Dann suchte sie TJ's Blick. Doch was Ryan auch niedergeschrieben hatte – ob er sich an das Skript gehalten hatte oder sein eigenes aufgesetzt hatte – es hatte den Musuko überzeugt. Er nickte bestimmt. Eine simple Geste. Die so einfach war.

Und die so viel Bedeutung enthielt, wenn sie von Bruder zu Schwester ging.

Und so öffnete SM die Schatulle. Sie starrte auf die Purlpa. Zögerte. Schaute erneut zu TJ. Schien Widerwillen äußern zu wollen. Blickte dann jedoch zu FK, als würde ihr etwas bewusst werden.

»Wenn es meinem Bruder und Vater beliebt, so würde ich es mit Freuden annehmen«, erklärte sie.

Das Getuschel der anderen Hushen riss SR in die Realität zurück. Er sah sich mit Glückwünschen überhäuft. TJ sprach sein Einverständnis aus. Es wurde angemerkt, dass die Werbung noch dem Otou-san vorgetragen werden müsse. Dass erst danach die Eheschließungszeremonien geplant werden können. So viele redeten durcheinander, dass es unübersichtlich wurde!

»Genug. Habt ihr zu wenig zu tun?«, fragte seine Ma und abrupt kehrte Ruhe ein, »Wollen wir die Details des Tests in meinem Büro besprechen?«

Damit verlagerten sie ihr Gespräch nach nebenan. Nur ihre Vertrauten kamen mit. Alle außer Fuyu, die erneut die Aufsicht in der Abteilung übernahm und nicht nur den Praktikanten im Blick behalten sollte.

»Wie könnt ihr mich zu Shingasha zerren?!«, herrschte SM TJ und SR gleichermaßen an.

»Zu seiner Verteidigung – ich konnte ihn erst mit dem Brief vorwarnen«, erklärte Sven eilig, »Wenn du also auf jemanden wütend sein musst: fang mit mir an. Aber bitte mach danach mit deinem werten Vater weiter, ja?«

»Sven!«, ermahnte ihn seine Ma, doch wank er ab.

»Du hast den Ehevertrag also bereits unterschrieben?«, hinterfragte TJ.

Ach so, ja, ehm ... Das ist mir übrigens in dem Brief so rausgerutscht?, erklärte Ryan.

Ernsthaft?! Die ganze Abteilung hätte deinen kleinen Liebesroman lesen können! Wir hatten doch gesagt: Nix, was uns oder Ma kompromittiert!

War keine Absicht. Ich hatte halt etwas Panik, ja?

Sven ignorierte seine andere Seele. Stattdessen nickte er. Er hörte, wie seine Ma Teile der Abmachung wiedergab. Dass SR diese Woche um SM werben müsse. Dass es erst danach offiziell wäre. Dass der Otou-san extra festgelegt hätte, dass SM stets respektvoll zu behandeln wäre.

»Ach, da kann man auch mal an mich denken?«, fauchte die Kodomo.

»Ich habe es mir auch nicht ganz freiwillig ausgesucht«, gestand er offen.

TJ musterte ihn nachdenklich: »Aber du hast den Vertrag mit deinem Blut unterschrieben?«

»Weil es die beste Lösung für alle ist«, erklärte Sven und sah, wie seine Ma den Blick abwendete.

»Du bist anderer Meinung?«, erkundigte TJ sich daher direkt bei ihr.

»Meine Meinung ist irrelevant«, sie reichte dem Musuko die vorbereiteten Formulare zum Experiment, »Wie mir überdeutlich mitgeteilt wurde.«

Wenn ich es nicht besser wüsste, würde ich sie für sauer halten, gestand er vor Ryan ein.

Und inwiefern weißt du es besser?

Weil wir so – in ihren Augen – keinen Kontakt mehr mit Macian haben werden. Weder auf Mission noch mit Jessi.

So habe ich es noch nicht gesehen, gestand Ryan.

»Willst du mich dann um meinetwegen ehelichen? Oder aus eigennützigen Gründen?«, fragte SM ruhiger.

Für einen Moment erwog SR, sie anzulügen. Es wäre einfach: Er müsste nur behaupten, dass er egoistisch oder patriotisch agierte. So könnte er Jessica aus all ihren Gesprächen fernhalten. Er könnte sein Leben so gestalten, dass er es mit einer Frau ertragen konnte, die ihn seit jeher wie eine Kakerlake beäugte. Dank ihres Geschlechts hatte sie eh kein Anrecht, den Ehevertrag je einzusehen.

Nur würde sie keine zu glatte Antwort akzeptieren. Sie wusste, dass er nie zugesagt hätte, um sie zu werben, wenn es nicht von Nöten gewesen wäre. Und da kein Druck von Seiten der Hushen ersichtlich war, würde sie ihn sonst für hinterlistig halten. Sie würde ihm Wissen vorenthalten, mit dem er TJ unterstützen könnte. Sie würden sich nur in die Quere kommen!

Nein. Einen Funken Wahrheit musste er ihr ganz offen entbehren. Aber nicht mehr!

»Ja und nein zu beidem«, erklärte er, »Es gibt jemanden, der nicht auf unseren Inseln zugegen ist und um dessen Sicherheit ich besorgt war. Außerdem darf ich eh schon seit Jahren auf den Hintern deines Bruders aufpassen. Da ist das hier fast dasselbe. Zuletzt waren die Vorbereitungen für unser kleines Experiment sehr viel erfüllender als ein paar Außeneinsätze. Es wäre schon angenehm, mehr Zeit darin zu investieren. Es läppert sich also.«

Sie nickte jedem Punkt zu, ohne auf die Andeutung über Jessica einzugehen. Einzig TJ runzelte dabei die Stirn.

»Je mehr du aufzählst, desto egoistischer klingst du«, murrte sie nach einer Weile.

»Wenn Ihr das glaubt, werde ich Euch wohl kaum von der Wahrheit überzeugen können, werteste Kodomo«, er verneigte sich leicht.

»Du-«

»Schluss«, TJ trat zwischen sie, »Es reicht. Er würde Vaters Kriterien erfüllen. Und die neue.«

»Ja, aber Mut-«

»Jeder wäre für Mutter unangemessen. Damit musst du dich abfinden.«

»Er ist der Sohn jener Frau, die eine Liebschaft mit Vater geführt haben soll!«

»Und die es dennoch nie getan hat«, mischte sich FK ein, ehe SR das Wort erheben konnte, »Was die Okaa-san auch behauptet: Ich kenne meinen Platz. Euer Vater ist mein engster Freund. Aber dort hört unsere Bindung auf. Mehr haben wir uns nie zugestanden.«

»Das-«

»Das ist dasselbe, was Vater uns damals vor Shingasha geschworen hat«, belehrte TJ seine Schwester.

Damit sackten ihre Schultern ab. Sie nickte. Straffte den Rücken durch. Trat auf SR zu.

»So nehme ich dein Geschenk im Herzen an«, erklärte sie mit den traditionellen Worten.

In ihren Augen lag jedoch ein wilder Blick. Er hatte etwas Kämpfendes. Als wolle sie Sven und Ryan bei der ersten Gelegenheit zerfetzen.

»Es wird selbst im Tod nicht das letzte sein«, antwortete er dem Ritus nach lächelnd.

Nickend wandte sie sich ab. Sie trat hinter ihren Bruder. Eine Sicherheitsposition. Und eine, an die sich SR bis zur Eheschließung gewöhnen musste.

Die Zwillinge würden ihn nur noch gemeinsam treffen.

»Wir werden zum Tempel müssen, um alles in die Wege zu leiten«, bemerkte TJ und wandte sich zur Tür.

»Was meintest du mit der neuen Bedingung?«, fragte FK, ehe die Kazokus gehen konnten.

Die Zwillinge tauschten einen unsicheren Blick aus. TJ musterte erst SR. Dann dessen Ma. Zuletzt wieder SR.

»Hat Vater euch von den grauen Augen erzählt?«

»Meinst du die Befehle?«, erkundigte sie sich weiter.

Diesmal lag es an Sven, die Stirn zu runzeln.

Beides sagte ihm nichts.

»Ja«, der Musuko nickte, »Grauäugige Hushen sind nur unter den Kazoku zu finden. Und sie können die anderen Hushen kontrollieren.«

»Reine Hushen, ja«, bestätigte FK, »Ubride in erster und zweiter Generation sind weniger betroffen.«

»Genau«, der Musuko wandte sich an SR, »Du kannst die Befehle ignorieren, wenn du willst. Etwas, was du mir schon oft genug gezeigt hast.«

»Hab ich?«, SR zog eine Augenbraue hoch und sah nach seiner Ma, »Moment. Du wusstest das?«

»Wieso, glaubst du, ist LR immer so erpicht, meine Meinung zu hören? Ich quassel ihm keinen Mist nach. Wenn er mir zu sehr ausflippt, weise ich ihn zurecht. Das ist meine Aufgabe«, sie zuckte mit den Schultern.

»Du-«, SM schüttelte den Kopf, »Nein. Mutter meinte-«

»Denkst du wirklich, er könnte deiner Mutter gegenüber ehrlich sein, wenn sein Bruder sie jederzeit aushorchen könnte?«, schoss Svens Ma zurück.

»Also gut, ich muss die Befehle ignorieren können«, unterbrach SR den aufkommenden Streit, »Warum? Willst du deinen zukünftigen Gatten sonst in den Suizid jagen?«

»Nein!«, sie klang so empört, dass er ihr fast glaubte.

»Sven, bitte«, TJ kniff sich ins Nasenbein, »AC wirbt um SM. AC hat graue Augen. Und AC kann damit auch die Hushen in seinem Umfeld befehlen. Durch ihn sind wir alle drei in Gefahr.«

»Weil es den Tempel ins Wanken bringen könnte. Deine Eignungsprüfung fordern könnte. Gegebenenfalls wäre sogar eine Unterstützung für Ragnarök drin«, überlegte SR laut, »Super. Auf die besten Jahre unseres Lebens.«

***

Jessica musste zwei Tage auf Abruf bleiben. Erst, weil unklar war, ob General ALi von ihrer Untätigkeit gekränkt wäre. Dann, weil Gallahain eine Generalversammlung verlangte. TaJu hätte sich bis Mittwoch dort zu melden. Und JeNi sollte derweilen mit Houo die Stellung für ihren Großonkel halten.

Zum Abschied hatte ihr Sorgenkopf angekündigt, dass er eine passende Partie für sie finden wolle. Jessica fühlte sich dadurch wie im Mittelalter. Doch fiel es ihr leichter, ihm zu danken, als seine Bemühungen abzuweisen.

Zumal sie eh davon ausging, dass er bei seiner Rückkehr wieder verändert wäre. Wieder … schroffer.

Gedankenverloren ließ sie die Schlange über das Display ihres Handys wandern. Sie drückte die Pfeiltasten, ohne nachzudenken. Es war ein Zeitfresser. Einer, bei dem sie abschalten konnte.

Bis Houo ihr fast auf das Gerät sprang.

»Hey!«, sie wollte aufspringen, doch stürzte sie über ihre eingeschlafenen Beine, »Mist. Verdammter!«

»Du wirkst nicht sehr ausgeglichen«, bemerkte er.

»Was du nicht sagst!«, Jessica ignorierte Nicoles Bitte, ruhiger zu machen, »Du weißt, dass du vorsichtig hiermit sein sollst. Es ist von Tantchen!«

»Du hast nicht reagiert«, entgegnete der Phönix.

»Worauf?«

Houo schaute zur Decke. Mehr sagte er nicht. Er schien durch die Erde hindurch zu sehen. Als könne er dort oben größere Lebensenergien ausmachen.

Jessica musste auf Nicoles Hilfe zurückgreifen, um ihn zu verstehen. Sie musste diese erneut dazu bringen, die Erde zu ertasten. Etwas, worauf ihre andere Seele zunächst nicht reagierte. Erst als Jessica sie an Houos Reaktion erinnerte, stimmte diese zu.

Drei Jugendliche. Wollen wohl stehlen. Sie schauen sich die Pflanzen an und watscheln durch die Felder.

Drei Jugendliche oder drei Hushen?, fragte Jessica so, wie es ihr Großonkel getan hätte.

Noch während der Gedanke durch ihren Kopf echote, wurde ihr übel. Es passte nicht! Dort oben konnten keine Hushen sein. Ansonsten wäre Sven dafür verantwortlich.

Und Sven würde ihr niemanden hinterherschicken, oder? Er würde sie nie-

»Können wir ignorieren«, befand sie, »Die Ernte ist eingeholt. Das sind wahrscheinlich nur Hutankinder, die auskundschaften, was sie nächstes Jahr stehlen können.«

»Was hat der Hutankerl zu dir gesagt?«

Houos Frage erschrak sie. Sie dachte an Havbolt. Ans Pflegeheim. Sven. Seine Mom. Ihre Verabschiedung …

»Was meinst du?«, fragte sie ausweichend und kämpfte sich hoch, um eilig über ihre Arme zu reiben.

Keine Funken. Keine Risse. Keine Funken. Keine Risse, sang sie gedanklich. Es war ein Mantra, mit dem sie ihre innere Ruhe wahrte. Um sich nicht zu verraten.

»Der Hutankerl. Der dich im Pflegeheim besucht hat. Er hat dich zum Weinen gebracht. Wenn TaJu das erfährt-«

»Er darf es nicht!«, schrie sie unbedacht aus, »Du darfst es ihm nie verraten. Schwöre es mir!«

»Jessica. Ich bin euch beiden verpflichtet«, erinnerte der Phönix sie, »Ich kann ihn nicht anlügen, wenn er mich direkt nach dem Hutan fragt-«

»Dann kannst du ihn zu mir schicken! Damit ich mit ihm spreche. Bitte. Wenn er es wissen möchte, möchte ich die erste Chance haben, es ihm zu sagen. Kannst du mir das schwören?«, drängte sich Nicole vor.

Eigentlich wollte Jessica sie wieder fortzerren. Doch ging der Phönix auf ihre andere Seele ein. Auf diesen winzigen Kompromiss, der Sven im Notfall das Leben retten konnte …

»Danke«, hauchte sie hervor.

»Aber du musst mir sagen, warum du geweint hast.«

Jessica hielt inne. Sie starrte auf ihre Hände. Erinnerte sich zurück. Sie hatte wegen so vielem geweint. Sie … Sie musste Houo nicht alle Gründe nennen, oder? Hauptsache jenen, der noch an ihr zerrte …

»Weil wir Lebwohl gesagt haben«, murmelte sie, »Der Abschied hat geschmerzt.«

Und er brannte schmerzhafter als die Wahrheit.

***

General TaJu wurde mit derselben fehlenden Höflichkeit in Gallahain empfangen, die ihm seit der Aufnahme seiner Großnichte zu Teil wurde. Selbst die einfachen Macian schenkten ihm keinen Blick. Sie eilten nur an ihm vorbei. Immerhin müsste der letzte sich vielleicht noch mit ihm befassen, um ihn zu seiner Unterkunft zu bringen. Ob er diesmal wenigstens ein Klo bekäme?

Aber damit würde er sich später befassen. Er brauchte zuerst einen Kandidaten, der Jessica vernünftig behandeln würde. Damit seine Großnichte nicht mehr so einsam wäre. Damit die Linie der Inkras nicht ausstarb. Damit Houo an ihre Familie gebunden blieb.

Und für Letzteres musste man TaJu anhören! Vor allem da er jetzt AJu aus ihrer Familie verbannt hatte.

»Ist General SiCo bereits eingetroffen?«, fragte er eine umherirrenden Macian, ehe sie flüchten konnte.

»Verzeihung. Ich soll der Floris-«

»General SiCo. Ist er hier?«

Unwohl sah sie sich um. Sie deutete mit den Augen zum anderen Ende des Flurs, ehe sie sich entschuldigte. Nun gut. Das war mehr Hilfe, als er erwartet hatte.

So dauerte es nur drei Stunden, ehe er den anderen fand.

»General TaJu. Seid gegrüßt unter Zangashas Stern. Houo ist hoffentlich wohl auf«, grüßte ihn der General von Medorn mit halbem Lächeln.

»Sehr gut«, erwiderte der Feuergeneral mit derselben Mimik, »Ich würde gerne vor der Versammlung mit Ihnen sprechen. Es dauert nur einen Moment.«

»Ihr wisst, dass die Floris keine vorherigen Absprachen mag«, mischte sich ein Mädchen hinter General SiCo ein.

»General TaJu, das ist meine Tochter SiMa. Sie wollte mich begleiten, da sie seit letztem Monat als Frau gilt und nun die restlichen Stützpunkte bereist, ehe sie eines Tages ihren Platz als Generälin einnimmt.«

Tajan musterte sie genauer. Sie war kleiner als Jessica. Dürrer. Allerdings auch aufrechter. So, als wäre sie nie gebrochen und neu zusammengesetzt worden.

Er beneidete sie dafür.

»Dann kann sie gerne meinem Anliegen beiwohnen. Ich habe nicht vor, etwas mit Euch zu besprechen, dass der Floris Kummer bereiten würde. Es ist eher ein Vorschlag, der Medorns Zukunft dient«, erklärte er.

Damit ließ ihn der andere General gewähren. Eilig wank er ihn in seine Unterkunft. Sie sah nicht aus wie ein Paradies, doch kam Julius nicht umhin, den abgetrennten Sanitärbereich zu bemerken.

Aber was hatte er auch erwartet?

»Es geht um die Linie der Inkras«, erklärte Tajan, »Eine Linie, die Eurem Stützpunkt entsprungen ist.«

»Ihr und Eure Schwester habt Medorn zu Zeiten meiner Großmutter verlassen. Ich sehe nicht, inwiefern mich Eure Linie interessieren sollte«, bemerkte dieser.

»Fehler wurden gemacht«, räumte Tajan verbissen ein, »Doch ist man im Nachhinein stets schlauer.«

»Fehler«, wiederholte SiMa, »Eure *Linie* wollte meine Großmutter umbringen!«

»Ein Missverständnis«, behauptete Tajan, »Nun. Ein halbes zumindest. Es hat nicht geklappt und wir alle haben unsere Lektionen daraus gelernt.«

»Wohl wahr«, General SiCo nickte schwerfällig, »Euer Schwager hatte den größten Preis für seine Pläne zahlen müssen, wenn ich mich recht entsinne.«

»Doch auch Medorn musste einstecken«, gab Tajan zu bedenken, »Medorn ist der Stützpunkt des Feuers. Gebaut inmitten von Vulkanen. Mit unserer Abreise habt ihr den Phönix verloren. Ihr habt den Feuermeister verloren. Und selbst der nächste wird vermutlich eher aus der Umgebung Gallahains als Medorns kommen.«

»Seid Euch nicht zu sicher. Wir haben-«

»SiMa. Es reicht«, wies General SiCo seine Tochter zurecht, »Noch ist das hier mein Gespräch und eines, dem du nur beiwohnst. Vergiss das nicht.«

»Verzeihung, Vater.«

Erinnert sie dich auch an JeNi?

Tajan ignorierte seine andere Seele. Der General wandte sich ihm zu langsam zu. Er schien zu erahnen, worauf das Gespräch hinauslief.

»Du musst mir genaustens sagen, wonach du suchst. Und vor allem wonach *nicht*«, erklärte er.

Jetzt oder nie, entschied TaJu.

»AJu ist kein Teil der Inkras mehr. Damit ist JeNi die Einzige, die ein Anrecht auf unseren Namen hat. Zumal Houo nach meinem Ableben nur noch auf sie hören wird. Ihr Feuer ist heißer, farbenfroher und verformbarer als alles, was ich je gesehen habe. Sie *könnte* mich bereits übertreffen. Wenn sie wollte. Sie kann gar das Eis unserer Floris schmelzen!«

»Aber sie ist ein Ubrid«, führte General SiCo an.

»Ja. Ihr gemischtes Blut ist der einzige Grund, der gegen ihr Ansehen spricht«, er trat näher, »Doch als Vater solltest du wissen, dass man für sein Blut mehr tun möchte, als irgendwer sonst. Das gilt auch für mich.«

»Sie wird nie anerkannt werden«, bemerkte der andere.

»Sie nicht. Ihre Linie, Houo, ihre Fähigkeiten – all das ist nicht von der Hand zu weisen. Und wenn du mir einen Macian findst, der sie respektvoll behandelt, der sie nach

Medorn bringt, um Houo und ihre Linie zu stärken – dann hättest du jemanden, der deinen neuen Feuermeister formt. Ob es nun ihr Kind ist, das ihre Affinitäten erbt oder ein Schüler, der unter ihrer Anleitung gewiss großes Potenzial entwickelt. Medorns Aufstieg wäre sicher.«

»Du wärst bereit, sie nach Medorn zu entsenden? Einen Ort, den du nur für die Versammlungen betreten darfst?«, wagte General SiCo zu fragen.

TaJu schluckte seinen Stolz herunter. Er wusste, warum der andere sich danach erkundigte. Zu Antworten würde bedeuten, dass er sich für seine Großnichte unter dem General von Medorn einordnen würde. Aber es würde Jessicas Sicherheit bedeuten. Vielleicht könnte er sogar erreichen, dass sie nie wieder zur Floris musste!

»Wenn der Macian ihr, unserer Linie und Houo würdig ist, lasse ich beide mit Euch ziehen«, entgegnete er.

General SiCo musterte ihn nachdenklich. Er schien sich unsicher zu sein. Dennoch dachte er über das Angebot nach. Er war bereit, JeNi eine Chance zu geben!

»Ich muss sehen. Du erhältst zur nächsten Versammlung entweder ein paar Namen oder eine Absage. Wenn du uns nun bitte allein lassen würdest«, er wies zur Tür.

Was fällt ihm ein? Wie er diese Fragen gestellt hatte ... Hat er denn nichts Besseres zu tun?!, spuckte Julius aus.

Es war zu erwarten, Tajan gab sich ruhiger, als er sich fühlte, *Wir werden nicht ewig ein Meister sein. Ich glaube, er wollte mit seiner Fragen auch unsere Stärke, unsere Entschlossenheit prüfen.*

Damit schnappte er sich den nächsten umhereilenden Macian und fragte, wie gemütlich sein Zimmer doch wäre. Diesen ließ er nicht gehen, bis er dort ankam.

In diesem winzigen Raum ohne Toilette. Generälin LiJu und die Floris mussten ihn aus vollem Herzen hassen ...

Kapitel 9: Zwischen Normen und Befehlen

Die nächsten Tage rannten an SR vorbei. Immer wieder passte er seinen Tag so an, dass er SM und TJ irgendwo begegnete. Dabei sollten die Treffen stets zufällig wirken. Das war die Idee seiner Ma gewesen. Damit sie es leichter hätten, die Gegenargumente von Konzil und Ragnarök zu ersticken. SR und SM sollten gleichermaßen so tun, als hätten sie plötzlich Gefühle füreinander entwickelt. Es sollte SM helfen, offener zu wirken. Und es sollte SR's Stellung sichern, da er ja Hutanblut in sich trug.

Ort und Zeit machten sie immer ein Treffen im Voraus aus. So konnten sie sich flüssiger anpassen. Nur für die Geschenke und eigentlichen Werbungen war Sven allein verantwortlich. Denn selbst Ryan konnte sich nicht dazu überwinden, gute Miene zum bösen Spiel zu machen.

Erschöpft massierte Sven sich die Schläfen, während er nach einer roten Schachtel griff. Für heute hatte er nur eine Kleinigkeit besorgt, da ihre Verlobung tags zuvor bekannt gegeben war. Von daher würde sich das heutige Geschenk eh von den anderen unterscheiden *müssen*.

Und es wäre mit einem Ausflug verknüpft.

Ehe er sein Zimmer verließ, erhaschte er einen Blick auf den alten Bannkreis an seiner Wand. Ein Relikt, das ihn stets an Jessica erinnerte. Das ohne die Serviette nicht mehr funktionierte. Das er dennoch immerzu begutachtete. Als müsse er einfach sichergehen, dass die Zeichen nicht doch noch einmal aufleuchten würden …

Vergebens.

»Ah! SR! Lange nicht gesehen!«, rief ihm sein Onkel zu, sobald er auf den Flur trat.

Bardosh Magnus lächelte ihn überfreundlich an. Er hielt SR eine Hand hin. Mit der anderen wies er aufs Sofa. Eine Einladung, sich zu dem Chakrameister zu begeben. Um mit ihm zu reden. Um ihm auf Augenhöhe zu begegnen.

Etwas, was der Mann vor zwei Tagen nie erwogen hätte.

»Seid Ihr bei Vater wohl aufgehoben?«, erkundigte sich Sven, während er mit Tatakai den Mann umrundete.

Er erhaschte einen Blick auf die Stube. Und auf seinen Vater. Einen Mann, der dort am Tisch saß. Der ihm wie ein Fremder vorkam. Der nur vorbeikam, um bei öffentlichen Veranstaltungen neben FK zu stehen. Der sonst stets bei diesem grässlichen BM verwurzelt blieb.

Na? Ob er noch weiß, dass er hier wohnt?, fragte Ryan.

Ob er noch weiß, dass er mir egal ist?!, entgegnete er.

»Schon. Doch hätte ich gehofft, auch mit meinem Neffen sprechen zu können. Du sollst ein stattlicher junger Mann geworden sein«, führte BM weiter aus.

»Und obwohl ich das Gespräch liebend gern vertiefen würde – ich bin verabredet«, erklärte Sven.

Er unterdrückte den Drang, Tatakais Ohren zu kraulen. Das hatte er früher immer gemacht, wenn er sich vor dem Mann unwohl fühlte. Dieses kindliche Verhalten erneut zu zeigen, wäre fatal. Erst recht, da er ihn für ein Mitglied von Ragnarök hielt.

»Ach, ein paar Minuten wirst du wohl-«

»Er ist verabredet«, mischte sich seine Ma ein, die aus der Küche trat, »Und wie ich dir vorhin schon mitteilte, Schwager, kannst du nicht alle fünf Jahre hier auftauchen und erwarten, dass wir sofort für dich springen.«

»Aber, aber …«, er wank mit den Händen, »FK. Man könnte fast meinen, dass du dein Baby vor einem großen bösen Macian beschützen willst.«

Sie kniff die Augen zusammen. So, wie BM seine Worte wählte, schwang eine unterschwellige Beleidigung mit. Es war eine Andeutung auf jenes Verhalten, das Hutanmütter an den Tag legten. Und es war eine Andeutung, dass er auf ihre Herkunft herabblickte.

Wie er es schon immer getan hatte.

»Chakrameister«, schob SR sich dazwischen, »Dies ist nicht Euer Haus. Bitte verlasst es. Habt Ihr meinen Vater nicht lange genug in Eurer Abteilung benötigt? Er sollte sich gewiss auch mal ausruhen können, oder? Solltet Ihr Euren Angestellten nicht lieber Zeit einräumen, um wieder zu Kräften zu kommen? Oder drängt Ihr Euch so gern auf? Was der Otou-san wohl von dieser Ausbeute denkt …«

»SR, es ist ni-«, versuchte sich sein Vater einzumischen, doch ein Knurren von Fuyu ließ ihn verstummen.

Seine Ma schäumte vermutlich vor Wut.

»Nun, wir sollten den Otou-san nicht mit Kleinigkeiten belangen. Oder die Kodomo«, bemerkte BM, als er seinen Desson einsammelte und sich hinausblinzelte.

Endlich konnte Sven Tatakai kraulen. Er spürte, wie die Erleichterung in ihm aufflammte. Er wollte aufseufzen. Aber er hatte keine Zeit, sich darin zu aalen.

Er musste los.

»Du kommst klar?«, fragte er seine Ma mit einem Blick auf seinen Vater, der zuletzt vor fast drei Monaten den Heimweg gefunden hatte.

»Ja«, sie klang angespannt, »Das ist meine Baustelle.«

»Ihr versteht nicht. BM wollte nur-«

»Dein Bruder hat dieses Haus nicht mehr zu betreten«, hörte er seine Ma sagen, »Das Hausrecht obliegt mir. Und du wirst weder ihn noch sonst irgendwen je wieder hierher bringen. Hast du mich verstanden?!«

Sven musste seinen Vater nicht mehr sehen. Er wusste, dass dieser stumm nicken würde. Wie immer wenn seine Ma ihn an ihren Ehevertrag erinnerte. Dann blieb selbst Moto, sein Vertrauter, still. Er war eh nur ein kleiner, fliegender Fisch mit Brille. Er konnte nichts gegen Fuyu ausrichten, wenn es zum Streit käme.

Und erneut fragte sich SR, ob der Otou-san das beachtet hatte, als er die Ehe seiner Eltern vorgeschlagen hatte.

Aufmerksamer! Wir werden beobachtet, rüttelte Ryan ihn aus seinen Gedanken und so setzte Sven ein Lächeln auf. Er tat so, als wäre er der glücklichste Hushen auf Erden.

Nicht jener, der sich mit jedem Tag leerer fühlte.

»Guten Morgen«, grüßte er TJ und SM, als die Kazokus aus dem Tempel traten.

»Oh, SR«, auch seine Zukünftige gab sich begeistert, dabei konnte Sven immer noch spüren, wie zornig sie über ihre Situation war.

»Schon so früh auf?«, der Musuko nickte leicht und sofort begannen einige Hushen zu tuscheln.

Es würde nie wieder aufhören.

SR hielt sich an sein Skript. Er gab vor, etwas erledigen zu wollen. Nachforschungen. Aber dass er wohl noch Zeit hätte. Dass er gerne etwas mit der Kodomo unternehmen würde. Sofern TJ es natürlich gestattete.

Für einen Augenblick erschien sein Freund überrascht zu sein. Dennoch fing er sich zügig wieder. Ob er irgendein albernes Geschenk erwartet hatte? Denn nichts anderes waren diese ganzen Werbeaktionen doch!

»Ihr gelobt, auf meine Schwester zu achten? Bedenkt, dass ihr noch nicht vom Tempel verbunden wurdet«, fragte TJ vorsichtshalber.

»Keine Sorge. Ich würde ihr nur einen anderen Ausblick ermöglichen. Sie ist in sicheren Händen«, gab er zurück.

Dennoch schob ihm sein Kindheitsfreund zum Abschied einen kleinen Zettel zu. Zweifellos eine Markierung, mit der er ihnen folgen würde. Sobald die Luft rein war.

Damit bot Sven der Kodomo seinen Arm an. Er wartete, bis sie ihn ergriffen hatte. Bis Tatakai und Yuki beide mit ihnen verbunden waren. Dann blinzelte er nach Centy.

Centy war eine Hauptstadt der Hutan: Groß. Laut. Und in den meisten Bezirken extrem farbenfroh. Hier würde ihre Hushenkleidung weniger auffallen. Dennoch bot er ihr seine Jacke an, die er sonst bei den Einsätzen getragen hatte, um ihren verzierten Kimono zu verbergen.

»In welches Rattenloch schleifst du mich?«, zischte sie, als sie Yuki unter ihre Anziehsachen wank.

»Das wirst du gleich sehen«, er lenkte sie aus der Gasse und über die nächste Straße. Belustigt bemerkte er, wie sehr sie die Autos beäugte. Bestimmt hatte sie bislang nur Bilder von den Fahrzeugen gesehen. In echt mussten sie ihr viel größer erscheinen. Lauter.

Genau wie bei TJ damals …

Zielsicher strebte er eine Eisdiele von *Sweet Paradice* an. Seine Ma hatte zwar darauf bestanden, dass er nie nach Havbolt zurück durfte, doch hatte sie ihm nicht das Eis verboten. Also hatte er abgewogen, in welcher Filiale er am ehesten ignoriert werden würde. In welcher er zu sehr auffiel. Und wie lange er ohne das Eis auskäme.

Er musste sich vor SM öffnen, wenn das klappen sollte.

»Viel Auswahl gibt es daheim nicht«, erklärte er, als er sie an den Tresen führte, »Und die Sorten hier sind etwas eigen. Was möchtest du ausprobieren?«

»Ich-«, sie stockte, »Ich weiß nicht …«

Kommt es nur mir so vor oder starrt sie ziemlich lange auf die Schilder?, fragte er Ryan.

So verschnörkelt, wie die geschrieben sind?

Damit wank er den Verkäufer fort und lehnte sich zu ihr herunter. Er gab ihr ungefragte Ratschläge zu den Sorten. Immer knapp formuliert. Aber auch immer so, dass sie dadurch hören konnte, was es für Sorten waren. Denn Kursivschrift galt unter Hushen als Frevel. Gewiss hatte sie noch nie so verknotete Buchstaben gesehen.

Am Ende bestellte sie einen Becher mit zwei Kugeln. Zitrone-Lavendel und Joghurt. Sven selbst blieb lieber bei seiner gewohnten Bestellung. Beinahe wollte er »So wie immer« sagen. Doch war er ja woanders. Hier wussten die

Hutan nicht, dass er keine Sahne mochte. Dass er gerne Pfirsich und Erdnussbutter kombinierte. Dass ihm zwei Kugeln stets reichten, weil Jessicas drei immer zerflossen wären, sobald er seinen letzten Bissen zu sich nahm.

Er drängte die Gedanken fort, als er SM in die hinterste Ecke der Eisdiele führte. Dann stellte er ihre Portion ab und machte sich an seiner eigenen zu schaffen.

»Danke«, flüsterte sie ihm entgegen.

Verwirrt begegnete er ihren Blick. Ihre Miene war etwas schief. Also war es nicht Shana, die er vor sich hatte. Es überraschte ihn, dass Marissa es für nötig erachtete, ihm dieses eine Wort mitzuteilen. Ein simples Wort, das ihr als Schwäche ausgelegt werden konnte …

»Lass es nicht schmelzen. Ist echt lecker«, murmelte er und tat so, als hätte er nix gehört.

Schweigend nahm sie einen Bissen. Doch spürte er, dass sie ihn dabei die ganze Zeit anstarrte.

»Du weißt schon, dass es als unschicklich gilt, jemanden wie mich hierher zu bringen?«, fragte sie.

»Ein Grund mehr, warum es notwendig ist«, er schob ihr das neuste Geschenk zu, »Und falls du noch einmal her möchtest, lässt sich das bestimmt regeln.«

Sie öffnete die leere Box und ließ sie verwirrt auf dem Tisch liegen.

»Das …«

»Für Mementos«, klärte Sven sie auf.

»Das ist das Albernste, was mir je untergekommen ist«, bemerkte sie, während sie den Deckel wieder auflas.

»Moment«, er schob seine Serviette hinein, »Das wird nicht das letzte Mal sein, dass du etwas Neues erlebst.«

»Bei den Hutan?«, sie klang skeptisch.

»Sagt es dir zu oder nicht?«

Nickend beugte sie sich über ihr Eis. Sie schien es zu mögen. Es wäre Sven komisch vorgekommen, wenn nicht.

Als er sich mit Jessica durch die Sorten probiert hatte, war ihm keine einzige untergekommen, die nicht schmeckte.

»Hierhin?«, mischte sich TJ ein, als er einige Minuten später dazustieß.

»Ich kann dir Sesam-Karamell empfehlen«, bemerkte SR gelassen und legte einen Hutangeldschein auf den Tisch, »Gern mit Walnuss. Geht auf mich.«

»Es schmeckt wirklich sehr gut«, stimmte SM zu.

Einen Augenblick später kam TJ der Einladung nach. Er wirkte überrascht, als er sein Eis probierte. Aber auch irgendwie frustriert, dass er sich nicht mehr geholt hatte.

»Wie kannst du von so einer Leckerei wissen und sie mit keinem teilen?«, murrte sein Freund.

»Ich hatte sie geteilt«, gab Sven unwillkürlich zu.

»Mit RT?«, fragte die Kodomo stirnrunzelnd.

»Nein«, mischte sich TJ ein, »RT würde sich nur ungern auf Hutanspeisen einlassen.«

»Eine Freundin«, offenbarte SR, »Die Pflegerin meiner Hutangroßmutter hatte mich und ihre Nichte damals loswerden wollen. Wir bekamen etwas Geld und sollten uns ein paar Kugeln aussuchen«, er schob sich den Löffel in den Mund, »Danach wurde es eine Art Ritual. Wir sind immer wieder hin. Haben geredet. Zugehört. Gelacht. Es hat uns normal erscheinen lassen.«

»Und diese Freundin …«, SM musterte ihn.

»Wird uns nicht belangen«, erklärte er leise.

»Du hattest nie von einer Freundschaft mit einer Hutan erzählt«, gab TJ zu bedenken.

SR erwog, seinen Kindheitsfreund anzulügen. Ihm zu sagen, dass es untergegangen wäre. Es wäre ein Leichtes, seine Beziehung zu Jessicas herunterzuspielen. Nur würde TJ als späterer Otou-san irgendwann selbst den Ehevertrag aufrechterhalten müssen. Er sollte die Wahrheit erfahren.

Genau wie SM, oder?

Sie wirkt zwar immer noch hochnäsig, aber es kommt mir zeitweise nur so vor, als ob es eine Angewohnheit ist. Dir auch?, erkundigte er sich bei Ryan.

Reden wir von derselben Person? Sie-

Sie war mal anders. Erinnerst du dich?

Ja. Und dann hat die Okaa-san ihr den Kopf verdreht. Denk daran, was sie Ma vorgeworfen hat!

Und denk du daran, dass sie sich bedankt hat, weil wir ihr eine Schande erspart haben, erinnerte Sven ihn, als er an ihr langsames Lesen dachte.

»Jessica ist keine Hutan«, hauchte er aus.

»Du triffst dich mit einer Verräterin?«, TJ klang so angespannt, als wollte er über den Tisch springen.

»Sie ist auch keine Hushen«, gab er noch leiser zu.

»Du-«

Die Zwillinge suchten ihre Umgebung ab, als ob sie einen Hinterhalt vermuteten. Einen Hinterhalt den SR nie organisieren würde. Und allein dieser Verdacht schmerzte mehr, als er zugeben wollte.

»Jessica ist ein Ubrid«, erklärte er daher eilig, »Ich hatte anfangs keinen Beweis, dass sie zu den Monstern gehörte. Also beobachtete ich sie. Ich wollte kein Chaos stiften. Dass sie eine halbe Macian ist, weiß ich erst seit dem Tag des Ehevertrages. Genau wie euer Vater.«

Endlich schienen die beiden innezuhalten. TJ schob sein Eis von sich, während er eine Hand auf die Bank neben sich legte. Dort erhob sich der Schatten ein bisschen. Sicherlich hielt Gakumon sich dort verborgen. Und da sich TJ nach seinem Vertrauten sehnte- Hatte Svens Geständnis ihn so sehr aus der Fassung gebracht?

»Dann ist sie die Person, die du mit dem Ehevertrag schützen möchtest?«, fragte SM weitaus gelassener.

»Ja«, gab SR zu, »Sie hat nie darum gebeten, ihr Leben bei den Monstern zu fristen. Deswegen fiel es ihr wohl auch stets so leicht, sich den Gepflogenheiten der Hutan anzupassen. Falls sie aufgegriffen wird, soll sie wie eine Hutan behandelt werden.

Das war meine einzig persönliche Bedingung.«

»Ziemlich selbstlos«, bemerkte seine Zukünftige.

»Soll vorkommen.«

Die Worte waren einfach aus ihm herausgepurzelt. Für einen Moment fühlte er sich entspannt. Er erwartete fast, dass jemand ihm Kontra geben würde. Dass er gleich in ein Pingpong-Gespräch geriet. Genauso, wie er es stets mit Jessica gehandhabt hatte.

Dann erblickte er SM's verwirrte Miene und schüttelte erschöpft den Kopf: »Ma meint immer, man solle an das kleinste Übel zum größten Wohl denken. Und bei unserem politischen Kartenhaus daheim erwarte ich nicht zu viel. Deswegen habe ich auch nur gebeten, dass Jessica eine Chance als Hutan bekommt. Der Rest ist ihre Sache. Aber es wäre unfair, euch nicht einzuweihen. Genauso wie es unfair wäre, wenn ich Erwartungen an unsere Ehe hätte, die du nicht erfüllen willst. Wir wurden aus verschiedenen Gründen zu dieser Verbindung getrieben. Doch heißt das nicht, dass ich sie als Zwang sehen möchte. Wir erfüllen unsere Pflicht, wir fallen einander nicht in den Rücken und wir halten dem da«, er wies zu TJ rüber, »seinen schicken Rücken frei. Was hältst du davon?«

»Ich kann auf mich aufpassen«, murrte der Musuko.

»Auch, wenn du die Eignungsprüfung ablegen musst?«, schoss SR zurück.

»Deswegen war ich die letzten Jahre ja im Tempel. Ich weiß, was sie planen«, gestand SM.

Überrascht starrte er auf die Kodomo. Er hatte gedacht, dass sie nur hingegangen war, weil sie als Kind beschimpft wurde. Um gemeinnützige Arbeit zu verrichten. Die Priester jedoch auszuhorchen …

»Sie werden es als Einmischung sehen«, murmelte er.

»Anfänglich sollte SM nur hin, um sich vor Shingashas Priestern kindisch aufzuführen. Ohne, dass man es offen anzweifeln würde«, lenkte TJ eilig ein.

»Es war viel zu heikel«, murrte SR und schüttelte sich, »Ganz im Ernst. Wenn es morgen zu einer Prüfung käme, die TJ mit Bravour besteht, wen, meint ihr, nehmen die Priester in Augenschein? Nicht AC, sag ich euch.«

»Ja. Nein … Meinst du?«, TJ wirkte unsicher.

»Ja, verdammter!«, mehrere Hutan drehten sich um und eilig deutete Sven das Handzeichen für Ablenkung an, ehe er weiter sprach, »Pa hat zum vierten Mal dieselbe Wette verloren. Langsam wird das lächerlich!«

Danach redeten sie leiser, um ihre Pläne abzusprechen.

SR würde die Kodomo vor Ragnarök und dem Konzil abschirmen. Sie würde den Tempel zum Schein weiter besuchen. Sodass sie, sobald TJ der neue Otou-san wäre, die Rückendeckung der Priester hätten und vielleicht sogar Ragnaröks Spuren mit diesen zurückverfolgen könnten.

***

Jessica stellte sich schlafend, als ihr Großonkel endlich zurückkam. Das war sicherer. Immerhin war er nach jeder Versammlung wie ausgewechselt. Er fluchte dann offen über die Hutan. Beschimpfte ihr Blut. Verbrannte einige ihrer Hutansachen …

Nur um ein paar Tage später wieder er selbst zu sein.

Mittlerweile kannte sie seine Stimmungsschwankungen nur zu gut. Sie verbarg sich in einem der Gästezimmer solange. Hier konnte er sie finden, wenn er sie suchte. Und hier musste sie nicht mit ansehen, wie er die Geschenke ihrer Tante auseinandernahm.

Nur weil sie von einer Hutan waren.

»Es ist nur der Stress«, behauptete Houo, als er sich an sie schmiegte, »Bestimmt musste er sich wieder reichlich Kritik anhören.«

»Hm …«, sie strich durch seine brennenden Federn, die sich wie ein sanftes Kribbeln anfühlten.

Nicht wie die zerrende Hitze, mit der sie die Holzbank unter ihr ansengten.

Es dauerte zwei Tage, ehe ihr Großonkel zu ihr kam. Er trat wortlos in den abgelegenen Raum. Ließ sich auf einen knarrenden Stuhl fallen. Verharrte dort, während JeNi sich schlafend stellte. So war es für sie sicherer.

»Ich schulde dir ein paar Anziehsachen«, flüsterte er.

Als sie die Reue in seinen Worten erkannte, setzte sie sich auf. Stumm nickte sie. Sie trat vorsichtig auf ihn zu. Erst einen Schritt. Dann einen zweiten. Als er beim dritten auch noch nicht reagierte, rannte sie die restlichen herüber und drückte ihn an sich.

»Ich habe dich vermisst«, hauchte sie in sein Ohr.

»Entschuldige. Ich-«, er schüttelte den Kopf, »Dieses Verlangen war wieder da. Es …«

»Es ist immer nach den Versammlungen da«, erinnerte sie ihn, doch schüttelte er nur erneut den Kopf.

»Nein!«, abrupt stand er auf, »Weder die Generäle noch die Floris sind so herzlos. Eigenwillig, ja. Absonderlich auch. Aber keiner von ihnen kann bestimmen, wie ich mich hier daheim aufführe. Ich brauche diese lachhaften Ausreden nicht!«

Ehe Jessica sich versah, eilte er hinaus. Schaudernd starrte sie ihm hinterher. Sie verstand nicht, wie er so viel Vertrauen in diese Macian haben konnte. Dabei war es doch so offensichtlich! Fast jedes Mal, wenn er nach Gallahain oder zu einem anderen Stützpunkt reiste, kam er verändert zurück!

Die Ausnahmen ließen sich an einer Hand abzählen …

Du hättest das nicht sagen sollen, bemerkte Nicole, als sie Houo auflasen, um dem General zu folgen, *Er streitet es jedes Mal ab. Warum noch bemühen?*

Weil er es doch sehen muss!, erwiderte sie.

Als sie zu ihrem Großonkel aufschloss, hatte er bereits mehrere Gläser Schnaps geleert. Am liebsten wollte sie ihm die dazugehörige Flasche entreißen und ihn anbrüllen. Er solle endlich erkennen, was diese anderen Macian mit ihm machten. Er käme ihr jedes Mal wie ferngesteuert vor, wenn er zurückkehrte. Sie könne es nicht mehr ertragen!

Stattdessen setzte sie sich schweigend zu ihm und strich durch Houos schimmernde Flammen.

»Ich habe mit General SiCo verhandelt«, offenbarte TaJu nach einer Weile, »Er wird dir einen passenden Gatten in Medorn suchen. Von dort kann die Floris dich auch nicht mehr zu oft anfordern. Dafür wünscht er deine Expertise. Entweder als Mutter oder als Lehrerin. Auch musst du Houo mitnehmen.«

Jessica blickte verdattert auf: »Medorn liegt auf einem ganz anderen Kontinent.«

»Hm.«

»Der Ort ist bekannt dafür, dass die Macian dort keinen Austausch mit Hutan pflegen.«

»Ja.«

»Wie soll ich dann je Tantchen wiedersehen?«

Seine Miene verzerrte sich. Etwas knirschte. Verängstigt bemerkte sie, dass er den Hals der Flasche geschmolzen hatte. Dass sich seine Feuermanipulation so offen zeigte-

»Gar. Nicht«, spuckte er aus, »Du wirst dich wie eine reine Macian benehmen. Keine Spielereien. Dafür erhältst du den Inkranamen. Du erhältst Houo. Du erhältst die Chance, jene Person zu formen, die meinen Platz eines Tages einnimmt. Das ist weitaus mehr, als einem Ubrid zustünde!«, er knallte die Flasche so auf einen Schrank, dass sie nicht zerbrach, sondern sich wie ein Tropfen verformte, »Jessica Nicole. Du bist die Tochter meines Neffen. Ich habe dich damals auf Bitten der alten Floris aufgenommen. Aber nun ist deine Zeit bei mir abgelaufen. Finde dich damit ab!«

Er ist noch nicht er selbst. Er ist nicht er selbst. Er meint es nicht so. Bitte, Jess. Er-

Er meint jedes Wort, korrigierte sie ihre andere Seele.

Erneut spürte sie, wie ihr die Tränen entkamen.

»Für Medorn sollte ich mein Spanisch auffrischen …«

Er nickte und wank sie fort. Sogleich eilte sie auf ihr Zimmer. Auf ihr Zimmer, das einer Ruine glich.

»Ich war lange nicht mehr dort. Es wird dir gefallen«, murmelte Houo.

»Kannst ja doch reden«, murrte sie und setzte ihn ab.

Er antwortete nicht. Er putzte nur seine Federn. Den Blick abgewandt.

Als würde er eine Explosion von ihr erwarten.

»Hatte er vor AJu nur so getan, als ob er mich mögen würde?«, fragte sie leise.

»Nein«, erwiderte Houo, »Da meinte er jedes Wort.«

»Und vor mir nicht?!«

Der Phönix schwieg.

Frustriert brüllte sie in ihr Zimmer. Sie wandte sich einer nackten Wand zu. Rannte darauf zu. Vertraute darauf, dass Nicole ihr den Weg schon freimachen würde. Einen Weg nach oben. An die frische Luft.

Unter dem Sternenhimmel blieb sie stehen.

Sie verharrte dort. Starrte hoch. Auf diese leuchtenden Punkte. Wenn sie sich ganz doll anstrengte, spürte sie das Feuer dieser winzigen Stecknadelköpfe. Sie trugen eine absonderliche Wärme mit sich. Eine Wärme, die kaum bis zur Erde vordrang. Die sie dennoch beruhigte.

Erschöpft ließ sie sich fallen.

-ca! Jessica!

Ja. Ich höre dich, antwortete sie ihrer anderen Seele, als sie sich wieder beruhigt hatte.

Unten. Seine Miene hatte so verzerrt ausgesehen. Ich glaube nicht, dass Onkelchen die Worte so meinte, wie er sie gesagt hatte. Houo hat das doch auch gesagt, oder?

Super. Nun nimmst du ihn also lieber in Schutz, als dir einzugestehen, dass wir bei einem alten Großväterchen wohnen, der uns jederzeit bereitwillig der Floris übergibt? Wenn wir nicht diese elend blauen Augen seiner Schwester hätten, hätte er uns bereits vor Jahren rausgeworfen!

Sie hasste ihr Leben.

Sie wollte nicht mehr.

Sie konnte nicht mehr …

Sie rieb Daumen und Zeigefinger gegeneinander. Ließ eine kleine Flamme entstehen. Eine, deren Hitze sie immer weiter ansteigen ließ. Sie wurde so heiß, dass Jessica sie nur loslassen musste. Wenn sie dieses Feuer freiließe … das könnte ihr Körper nicht überstehen, oder?

Was soll das? Jess? Hey! Lass das!

Es ist besser so. Dann ist auch Tantchen sicher.

Jessica!

Nein!, ein Zittern erfasste sie, *Alle gehen immer nur weg oder sind durch mich in Gefahr. Ich kann nicht mehr!*

Nicht alle …

Sicher? Tantchen und ihre Mom bekommen diese Briefe nur wegen mir. Svens Großmutter ist tot. Er abgehauen. Onkelchen tanzt der Floris jedes Wort nach! Wen haben wir schon auf unserer Seite?

Was ist mit Houo?

Houo?!, Jessica wollte lachen, *Houo ist an unser Blut gebunden. Wenn wir nicht mehr sind, kann er frei sein!*

Ja, aber-

Nichts aber!

Jessica ließ die Flamme los, doch senkte sie sich nicht. Schaudernd starrte sie das Feuer an. Dann den Phönix, der aus dem Feld gehüpft kam.

»Lass mich. Ich ertrag das keinen Tag mehr. Ich-«

»Du musst etwas wissen«, unterbrach er sie, »Ich hätte es dir am liebsten schon früher gesagt, doch … TaJu hatte gebeten es nur im Notfall zu tun. Nur, wenn ich dich ansonsten nicht mehr beschützen könne.«

»Egal. Es interessiert mich nicht«, beharrte sie, »Lass die Flamme einfach fallen. Lass es mich beenden.«

»Erst nach der Wahrheit«, erklärte er.

Jess ... Bitte ...

Erschöpft nickte sie. Sie würde sich eh nicht lange auf die Worte konzentrieren können.

»Tajan Julius ist nicht derselbe, wenn er heimkehrt, weil er unter den Bann der grauen Augen steht. Den Befehlen eines Floras.«

Auf einmal fühlte sich Jessica hellwach. Sie schüttelte den Kopf. Nein. Das war albern. Die Magie der Macian wirkte sich nur auf die Elemente aus. Das-

»Jessica Nicole. Ich weiß nicht, welche Befehle er erhält, wenn er dort ist. Jedoch verwirkt ihre Kraft erst nach sechs Tagen. Bis dahin kann er nur bedingt dagegen ankämpfen. Dank der alten Floris. Sie hatte ihm aufgetragen, immer den Weg zu seinem Herzen zurückzufinden. Doch ist das ein schlafender Befehl. Mit mangelnder Kraft. Die Magie der jetzigen Floris ist stärker.«

»Aber- Er hatte auch zuvor davon gesprochen, mir einen Gatten zu suchen. Er hatte-«

»Er würde nie verlangen, dass du dich von deiner Hutanfamilie abwendest. Die Floris schon. Sie hat gesagt, dass sie dich leiden lassen wolle«, bestätigte Houo.

»Du hast es gehört?«, Jessica setzte sich so ruckartig auf, dass sie ihrer Flamme ausweichen musste, »Du wusstest

es und hast nie Partei für mich ergriffen? Du hast lieber zugelassen, dass Onkelchen-«

»Er hatte es einst auch gehört«, unterbrach der Phönix sie, »Aber die Magie der grauen Augen hat die Erinnerung verbrannt. Mich kann sie jedoch nicht befehligen. Obwohl sie es dadurch zu glauben gelernt hat.«

Er hat es nur getan, um uns zu beschützen. Houo wollte nicht, dass wir leiden. Aber sicherlich wäre die Floris viel aktiver gegen uns vorgegangen, wenn sie etwas geahnt hätte. Wenn er-

Dein Vogelfreund hat uns dennoch allein gelassen!

Nach außen hin, Nicole sprach hastiger, *Aber wann war er nicht für uns da? Ob im Dunkeln der Erde, auf dem Weg zu Tantchen oder während Onkelchen seine Wutanfälle hatte – Houo blieb immer bei uns, oder?*

***

RT brachte seiner Mutter die angeforderten Unterlagen. Stumm nickte sie und wies auf die Stelle ihres Tisches, wo er sie abzulegen hatte.

Lass sie uns einfach hinwerfen. Lass sie uns-

Er ignorierte die Forderung seiner zweiten Seele. Tobias war wie ein Wildling. Wie ein Hushen ohne Vertrauten. Der ihr Leben übereifrig ins Verderben stürzen wollte!

»Ist es wahr, dass SR die Kodomo ehelichen wird?«, fragte seine Mutter, als er wieder gehen wollte.

»Sagen das die Leute?«, entgegnete er nichtssagend.

»Das und noch mehr. Kame hat berichtet, dass SR dich aufgesucht hat, ehe die Werbungen begannen. Als Kollege und vorgetäuschter Freund müsstest du also wissen, wie es zu seiner Einmischung kam.«

Richard nahm Haltung an, ehe er Tobias fortscheuchte. Er hatte gewusst, dass der Besuch angesprochen werden würde. Wie jeder, den seine Mutter mitbekam. Immer hieß es, dass er den Freund seiner Kollegen spielen solle. Dass er herausfinden solle, was sie vorhatten.

Aber was hatte man als Kind schon großartig vor, außer die Akademie zu bestehen?

»Er hat über das siebte Chakra gesprochen«, behauptete Richard, »Du weißt schon, jenes, das er den Kazokus vorgeführt hatte, ehe die Werbungen begannen.«

»Nichts anderes?«

Die Art, wie sie es fragte, ließ ihn erschaudern. Er wollte sich abwenden. Fliehen. Dennoch riss er sich zusammen. Er war am helllichten Tage in jener Abteilung unterwegs, die er seit Kindestagen besuchte. Er kannte jede Seele in diesen Hallen. Er konnte sich blind durch die versteckten Gänge navigieren und hatte sogar einige Markierungen verteilen dürfen.

Das hier war sein zweites Zuhause.

»Nichts«, entgegnete er.

Seufzend schaute sie an ihm vorbei. Nickte.

Bevor er ihre Geste verstehen konnte, erfasste ein Wort seinen Verstand. Er erstarrte. Wusste nicht wieso. Hatte es nur gehört. Hatte nur-

Was ist los?, fragte Tobias kraftvoller, *Richard?*

Er konnte nichts erwidern. Er dachte angestrengt an das Wort. Hoffte, dass seine andere Seele ihn verstehen könne. Immerhin schien es ihn nicht zu betreffen. Genauso wie Genso, die besorgt um ihn herum kreiste.

RICHARD!

Er konnte Tobias nicht antworten. Das eine Wort war zu mächtig. Dabei war es nur eine Silbe. Nur-

»Viel Spaß«, hörte er seine Mutter sagen, als sie an ihm vorbeiging und den Raum verließ.

An ihrer Stelle traten AC und der Ajnameister aus einer Illusion. Letzterer sagte etwas. Doch blendete Richard die

Worte aus. Er musste Tobias warnen! Er musste sie dort wegbekommen. Sie mussten fort!

Denn der Tonfall der beiden, versprach keinen Ausweg für RT, wenn sie nun nicht handelten!

Mist! Richie! Wir müssen hier weg!

Plötzlich schwebte Genso vor sein Gesicht. Ihre Hände flogen durch ein paar schnelle Gesten. Es war eine Frage. Eine Frage, die Tobias dazu ermutigte, durchzugreifen.

Warum hörst du auf das Stopp?

Abrupt entglitt ihm die Kontrolle. Er spürte, wie Tobias nach dem Desson griff und sie hastig fort blinzelte.

Sie tauchten zwei Gänge entfernt wieder auf.

»Nicht hier, nicht hier, nicht hier«, hörte er seine zweite Seele murmeln, »Mist. Mist!«

Er war noch nie besonders gut im Blinzeln gewesen.

Genso glitt durch weitere Handzeichen. Sie fragte, wieso sie die Rollen getauscht hätten. Ob alles gut wäre.

Sahen die beiden denn nicht, dass ihnen die Zeit fehlte? Spürten sie seine Dringlichkeit nicht? Sie mussten weg!

Erneut blinzelte Tobias sie fort. Diesmal tauchten sie auf einem großen Platz auf. Ein Blinzeln später waren sie in der alten Fabrik. Dann ging es zur Manipuraabteilung. Erst danach kam er an seinem eigentlichen Ziel an.

Tobias eilte ihren Körper zur Haustür und stieß sich dabei den Arm. Richard wollte fluchen. Doch konnte er sich nicht regen. Er fühlte sich wie eine Statue in seinem eigenen Körper!

Ein Mann öffnete ihm mit verwirrtem Blick die Tür. Er spürte, wie Tobias von dem Anblick irritiert war. Dennoch schob er sie unter den Protesten des Hushen hinein.

»SR. Wo?«, fragte er den Vater seines Freundes.

»Er- Ich weiß nicht«, der Mann runzelte die Stirn, »Du-«

»Was habe ich dir gesagt? Keinen. Besuch!«, tauchte SR's Mutter an der Treppe auf. Erst dann erkannte sie ihn.

Sie starrte ihn an. Dann Genso. Zuletzt wieder ihn.

»Seit wann bist du so unhöflich und sendest deine zweite Seele aus?«, fragte sie vorsichtig.

»Richard antwortet nicht!«, schrie Tobias verzweifelt aus, »Bitte. SR! Wo ist er?«

***

Lächelnd empfing Generälin LiJu die Botin vom Shanai. Sie war eingetroffen, kurz nachdem die Generäle abgereist waren. Und sie war jene, die ihr hoffentlich frohe Kunde zutragen würde.

Frohe Kunde, die sie kaum erwarten konnte.

»Die Vorbereitungen wurden getroffen«, sagte die Botin.

»Vorbereitungen?«, erkundigte sich Liliane scharf, »Der General des Shanais ist außer Haus und ihr schafft es nicht, eine mickrige Inszenierung in seiner Abwesenheit durchzuführen?!«

»Er hatte in seiner Abwesenheit die Wachen verstärkt. Auch hatte sich die alte Floris entschieden, Besuch zu empfangen. Generälin VaVi hatte ihre Schützlinge zuvor zu der alten Floris gebracht. Es gab keinen Moment, den wir allein ihr und Eurem werten Bruder widmen konnten. Selbst auf Nachhilfe hin«, berichtete die Frau.

Dass diese alte Schlange immer noch so nervig ist. Mutter hatte schon damals Recht, schimpfte Julie.

»Dennoch sprachst du von Vorbereitungen«, überlegte die Liliane laut, ohne auf ihre andere Seele einzugehen.

»Sobald Generälin VaVi mit ihren Schützlingen abreist, sollte sich eine Chance offenbaren. Euer Bruder muss nur weiterhin versuchen, das Herz der alten Floris zu berühren. Sobald die beiden allein sind, werden wir Euren Plan im vollen Umfang umsetzen. Nur ein, zwei Wochen Geduld, bitte.«

Obwohl die Generälin schimpfen wollte, beherrschte sie sich. Sie hatte schon so lange den Tod der alten Floris geplant und inszeniert. Was wären ein paar Wochen mehr? Außerdem ... Vielleicht konnte sie diesen elenden General MaDo vom Shanai leichter loswerden, wenn die alte Floris doch in seiner Anwesenheit starb?

Sie hätte schon den perfekten Ersatz parat.

»Gut. Enttäusche mich nicht«, erklärte sie und entließ ihre Botin wieder.

Danach ging sie ihre Dryade besuchen.

»Momma! Deine letzten Gäste waren gemein!«, grüßte sie mit einem Schmollmund.

»Was hast du mein Goldstück?«, fragte Liliane, obwohl sie die Antwort bereits kannte – so war General ALi's Gruppe erst vor wenigen Stunden abgereist. Und diese sah in Gräsern und Wäldern nur Gefahren. Nie würden sie das Leben der Pflanzen achten.

»Sie sind wieder über den Rasen! Dabei lasse ich ihnen schon ganz große Pfade. Beinahe hätte ich sie angegriffen! Aber ich wollte nicht, dass du dann traurig bist, Momma«, verkündete Canopy und warf sich in LiJu's Arme, »Ich will nicht, dass du nochmal weinst. Nie mehr ...«

Liliane erwiderte die Umarmung sanftmütig. So herzlich behandelte sie nicht einmal ihren eigenen Sohn!

Aber bei Canopy war es etwas anderes.

Canopy war Gallahains Seele.

»Das tut mir so leid, mein Goldstück. Ich werde beim nächsten Besuch mit ihnen schimpfen, damit es nicht mehr vorkommt. Keine Sorge!«, log sie.

Die Dryade glaubte ihr. Nickend ließ sie von ihr ab. Nicht wissend, dass LiJu eher sterben würde, als Canopys Worte auszurichten.

Denn die Gefahr war zu groß, dass die Generäle so den Aufenthaltsort des Naturgeistes erfuhren.

Kapitel 10: Verborgen und dennoch offen

SR steckte inmitten eines neuen Experiments, um das Sahasrarachakra besser lenken zu lernen, als Fuyu zu ihm hineinplatzte. Verwirrt schaute er auf und vergaß dabei, das Chakra weiter *um* den Stift fließen zu lassen. Es war ein schmerzhafter Fehler. Einer, der dazu führte, dass dieser an seiner Hand vorbei flog. Er riss ihm im Flug die Haut zwischen zwei Fingern auf. Vibrierte leicht.

Was zum ... Hast du das auch gesehen?

Gedanklich verglich SR ihre Erinnerungen miteinander. Seine und Ryans. Zwei Wahrnehmungen, die sich zum ersten Mal *nicht* unterschieden. Die gleich waren!

Zumindest konnten wir beide Zeiten gleichzeitig sehen, als sie auf unmittelbarstem Wege aufeinander zurasten. Obwohl sie verschieden waren, schimpfte Ryan.

Ob das an der Lenkung lag?, fragte Sven, *Weil wir das Chakra um sie herum gelegt hatten? Statt in sie hinein?*, er begutachtete zuerst den Stift, dann seine Wunde, *Es hat geklappt, bis Fuyu uns rausgerissen hatte. Vielleicht darf das Chakra nicht durch den Gegenstand fließen?*

»SR?«, unterbrach der Desson erneut seine Gedanken.

»Was ist?«, fragte er nachdenklich.

»Besuch daheim. RT. Aber ... Es ist nur seine zweite Seele da. Er will zu dir«, erklärte sie.

Verwirrt musterte er sie. Er konnte sich nicht vorstellen, dass Richard freiwillig seine Dominanz wechselte oder Tobias rausließ. Viel eher würde er diesen wegsperren. Alles andere wäre ein Skandal! Die Vertraute seiner Ma musste sich irren, oder?

»Wir kommen«, murrte er und weckte den schlafenden Tatakai, indem er ihn zwischen den Ohren kraulte.

»Hm?«, müde streckte sich das große Hundewesen.

»Wir müssen wieder. Wie geht es dir?«, fragte Sven.

»Es wird schon«, lenkte dieser ein.

Trotzdem beäugte SR ihn eindringlich. Da seine Seelen die Versuche getrennt und doch gemeinsam durchführten, hatte das für ein stärkeres Ungleichgewicht gesorgt. Jedes Mal, wenn nur Sven sein Sahasrarachakra nutzte, entstand ein Übergewicht bei Ryan. Eines, das zuvor nie existiert hatte, da sie sich sonst nicht auftrennten. Es war eine neue Erfahrung für jeden von ihnen. Und eine, die Tatakai jeden Tag an den Rand der Erschöpfung trieb.

Sein schwankender Gang war nur eines der Anzeichen.

»Na los«, murmelte Sven und blinzelte sie alle heim.

Er brachte sie direkt in die Küche. Hier war seine liebste Markierung. Als Kind hatte er sich stets erst eine Leckerei stibitzt, ehe er auf sein Zimmer ging. Heute war es ihm wichtiger, Tatakai anzuweisen, sich auf dem Kissen unter dem Tisch zusammenzurollen.

Danach folgte er Fuyu nach nebenan. Es überraschte ihn, dass neben seiner Ma auch sein Vater noch daheim war. Er hätte eigentlich erwartet, dass der Mann sich wieder bei BM verkrochen hätte. Vielleicht hatte seine Ma ihm ja erneut ein Ultimatum gestellt? Um-

Fuyu hatte Recht!, rief Ryan durch seine Gedanken.

»SR! Endlich!«, der Mann vor ihm sprang auf.

Sven erkannte ihn. Er hatte ihn hin und wieder bemerkt. Immer, wenn es um TC ging, war er raus gekommen. Und immer hatte Richard ihn dann eilig zurückgedrängt.

»Du bist wirklich Tobias«, er runzelte die Stirn, »Habt ihr euch zerstritten? Wegen TC? Oder eurer Ma? Ich-«

Er wollte es nicht laut aussprechen. Er wusste, dass sein Vater TC's Ableben sofort überprüfen würde, wenn das Thema aufkäme. Vielleicht um RT in die Enge zu drängen. Vielleicht um bei BM zu punkten. Aber es war der einzige Grund, der RT's Dominanzwechsel erklären könnte!

»Nein«, Tobias' Bewegungen wirkten hektischer als die von Richard. Unkontrollierter. Als wäre er das letzte Mal vor einem Jahrzehnt draußen gewesen. Und war nun mit seinen langen Armen und Beinen überfordert …

Genso schwebte auf SR zu und flog zügig durch einige Handzeichen. Zu eilig für ungeübte Augen. Doch langsam genug, damit Sven sie verstehen konnte.

Oh, oh …, verkündete Ryan am Ende tonlos.

Aber es hieß doch, dass man den grauen Augen nur entgehen könne, wenn man kein vollständiger Hushen wäre. Oder habe ich etwas übersehen?, überlegte Sven, sobald der Desson fertig war.

Darf ich mal?

Nachdenklich überließ er Ryan ihren Körper. Es war ein nahtloser Übergang. Einer, der dank ihrer Ähnlichkeiten nicht auffiel und der Sven eine knappe Pause nach den abendlichen Forschen verschaffte.

»Genso hat etwas gehört, ehe Richard erstarrte. Du auch?«, hörte er sich fragen.

»Nein! Also- Ich habe ihn gedrängt, etwas zu tun. Wegen Mutter. Deswegen hat er mich weggesperrt. Ich war richtig sauer. Aber dann fühlte es sich an, als würde ein Druck verschwinden. Halt, die Kraft, mit der er mich sonst zurückhält. Sie war immer noch da, aber irgendwie«, Tobias erstarrte für einen Moment in seiner Bewegung und zappelte dann wieder rum, »Verstehst du? Ich dachte mir, huh, merkwürdig und wollte nachsehen. Dann habe ich bemerkt, dass er nichts gemacht hat. Selbst jetzt – er ist nicht da. Also schon. Aber nicht da da. Mache ich Sinn?«

Und du bist dran! Da klingt Jessica verständlicher, entschied Ryan und gab die Dominanz wieder ab.

Dein Ernst?

Was denn? Ich dachte mal, dass RT wegen Richards Genauigkeit und Starrheit anstrengend wäre. Doch das hier? Um Welten verzwickter. Ich wüsste ja nicht einmal, wo ich bei dem Zappelkopf anfangen sollte!

»Also hast du nicht mitbekommen, was los ist. Deine dominante Seele war einfach weg?«, folgerte SR's Ma und lief stirnrunzelnd um ihn herum, »Es klingt beinahe wie eine Sicherheitslücke. Ein Angriff-«

»Nein! Ich meine- Ich weiß nicht. Ich-«, Tobias stoppte und musterte sie argwöhnisch.

»Komm mit«, forderte Sven, als Genso sich in der Luft wand. Sie wirkte, als ob sie Schmerzen litt. Weil Richard und Tobias zu verschieden waren? Letzterer schien ja alles andere als gesprächig zu sein. Wenn die beiden hier einen Magieunfall hätten, da Genso sie nicht mehr ausgleichen konnte, würde man RT sofort finden.

Und da potenziell die ganze Ajnaabteilung ihn suchte …

Er führte RT und dessen Desson in sein Zimmer. Dabei flüsterte er TJ's Namen Fuyu entgegen, sobald sein Freund den Dämpfungsbannkreis durchquert hatte. Die restlichen Bannkreise könnten die Magie seines Kollegen notfalls einfangen, bis der Musuko ihnen helfen käme …

»Genso meinte, AC hätte dir Stopp befohlen. In einem ungewöhnlichen Tonfall. Und danach ist Richard erstarrt«, fasste er die Vertraute zusammen, »Hast du irgendetwas davon mitbekommen?«

»Nein. Nur AC und den Ajnameister. Sie standen in Mutters Büro. Plötzlich. Gensos Gesten hatten mich- Sie hatten mir geholfen, damit ich die Kontrolle übernehme«, behauptete Tobias, während er seine Hände knetete.

Er war ein schlechter Lügner.

»Nur ihre Gesten, huh?«

»Ja … Nein«, er seufzte, »Sie, HE und AC, meinten irgendetwas davon, wie sie mich benutzen sollen. Also Richard und mich. Es klang gruselig. Irgendwie schief. Ich habe es nicht gewollt. Ich habe-«, er fuhr sich durch die dunklen Locken, »Ich bin so unkonzentriert! Ich wollte mich direkt hierher blinzeln. Aber mein innerer Kompass spann total rum! Also bin ich wirr wie ein Kind geblinzelt. Irgendwie habe ich es dann hierher geschafft. Ich dachte zuerst, dass ich auf der falschen Insel wäre. Weil da dein Vater stand. Aber dann habe ich ihn wiedererkannt und-«, er schüttelte sich.

»Richard hat dich sehr zurückgehalten, huh?«

»Das musste er. Mutter hätte mich nie akzeptiert. Immer nur einer. Immer nur-«, er schüttelte sich, »Was machen wir denn jetzt? Ich kann das nicht! Ich kann gar nichts! Ich bin eine Katastrophe! Ich-«

Von Selbstzweifeln gepackt rannte er durch das kleine Zimmer. Seine Haare stellten sich auf, als würden sie unter Spannung stehen. Zusätzlich konnte Sven beobachten, wie sich seine Formen verschoben. Als versuche er, Richards Aussehen anzunehmen. Unbewusst verstand sich.

Weswegen SR hastig Genso auffangen musste, die durch den plötzlichen Magieschub das Fliegen verlernte.

»Sachte! Ich habe eine Idee, was los ist und wie wir es in Ordnung bringen. Aber dafür brauchen wir Hilf-«

»Moment. Hast du jemandem BESCHEID GESAGT?!«, Tobias' Stimme überschlug sich.

»Jein. Tatakai ist zu müde. Also habe ich Mas Desson zugeflüstert, wen sie holen solle. Damit wir Richard wach bekommen, in Ordnung?«, erklärte er.

»Aber- Was, wenn derjenige uns hintergeht? Wenn er-«

Sven ließ den anderen weiter rätseln, während er zur Tür ging. Er hatte ein leises Klopfen vernommen. Eines, das Tobias durch seine Aufregung nicht realisierte. Grimmig grüßte er den verwirrten Musuko. Er wollte ihn schon hinein bitten, stoppte sich jedoch im letzten Moment und lehnte sich durch den Dämpfungsbannkreis.

»Welche Eissorte war dein Favorit?«, fragte er.

TJ's Miene spannte sich an, während seine Lippen ein tonloses Sesam-Karamell formten. Erst danach wank SR ihn hinein und präsentierte die erschöpfte Genso dabei – der Desson kämpfte mit dem Bewusstsein.

»Du hast dem MUSUKO BESCHEID GEGEBEN?!«, schrie Tobias aus.

»Reg dich ab«, SR konnte kaum glauben, wie laut die zweite Seele seines Freundes war, »Hinsetzen. Warten.«

Artig kam Tobias den Anweisungen nach. Wenigstens das schien zu klappen. Ob er es so sehr gewohnt war, herumgescheucht zu werden?

Knapp erklärte Sven TJ und Gakumon, was geschehen war. Er überließ Genso dabei dem anderen Desson. Die Vertrauten konnten sich untereinander besser unterstützen.

»Kannst du Richard zurückholen?«, endete er.

»Ich glaube?«, der Musuko wirkte unsicher, »Was hat AC *genau* gesagt?«

Als Antwort zeichnete Genso fünf klägliche Buchstaben in die Luft. Ihre Bewegungen waren langsam. Stockend. Aber dank Gakumon schien es ihr besser zu gehen.

»Moment. AC soll einfach nur Stopp gesagt haben? Und deswegen ist Richard-«

»Ja«, kürzte TJ die übereifrige Seele ab, »Dennoch bin ich überrascht, dass du von dem Befehl verschont wurdest. Du hättest eigentlich auch erstarren müssen.«

»Ich-«, er schluckte, »Mutter hat etwas getan, für das ich Antworten wollte. Richard war die Diskussion leid, also hat er mich weggesperrt. Ich habe nichts mitbekommen, bis er sich plötzlich nicht mehr gerührt hat. Selbst jetzt- Er ist nicht tot, oder?!«

»Nein«, TJ biss sich auf die Lippen, »Er ist da nur … Setzt du dich mal dorthin?«, er wies auf SR's Bett.

Eilig plumpste Tobias auf die Matratze. Es quietschte. Sachte hüpfte er zweimal auf und ab. Dann trommelten bereits seine Finger über seine Oberschenkel: »Ich bin es nicht gewohnt, mich bewegen zu können. Ich-«

»Haben wir gleich. Hoffentlich«, murmelte TJ, während er eine Hand auf den Kopf ihres Kollegen legte.

Sven beobachtete mit großen Augen, wie der Musuko durchatmete. Dann sprach er etwas tiefer als sonst. Es klang wie der belehrende Tonfall eines Vaters. Jener, der mit einem Hauch Missmut und Enttäuschung versehen war. Es war nur eine Silbe. Doch schien sie ihren Zweck zu erfüllen, denn sogleich saß Richard wieder vor ihnen.

»*Komm*? Wirklich? Ich hätte eher auf *Geh* getippt«, murmelte SR, als RT in einem Hustenanfall ausbrach.

»Bei *Geh* wäre nur Tobias verschwunden. Dann wäre keiner mehr da«, erklärte der Musuko und klopfte ihrem Kollegen auf den Rücken, »Die Übelkeit wird verfliegen. AC und ich sind unterschiedliche Personen. Daher musste ich seinen Befehl gewaltsam lösen.«

»Gehört zu den Regeln?«, riet Sven.

TJ nickte. Unwillkürlich musterte SR ihn. Er sah blass aus. Als wäre er von dem einen Wort ausgelaugt worden!

Vor seinem inneren Auge baute sich das Kartenhaus von Kumohoshi auf. Es war aus dem Nichts erschienen. Nur, weil er sich gefragt hatte, warum RT hier aufgetaucht war. Dabei würde man diesen doch hier als erstes suchen, oder?

»Wo ist SM?«, erkundigte er sich vorsichtig.

»Bei Vater«, zerstreute TJ seine Sorgen, »Seitdem wir wissen, dass AC die Befehle äußern kann, sind immer Vater oder ich bei ihr. Als Absicherung. Wieso?«

»Bislang hat sich noch niemand blicken lassen und nach RT gefragt«, erklärte er.

Unschlüssig musterten sie den hustenden Hushen. Dabei verschränkte TJ die Arme. Es war klar, dass er ihrem Kollegen nicht traute. Er hatte seine Zweifel nie abgelegt. Ob er nun einen Hinterhalt in den Ereignissen sah?

»Oder sie waren zu überrumpelt, dass Tobias die Flucht einleiten konnte«, mischte sich Gakumon ein, »Genso ist am Ende. Der Stress hätte sie fast umgebracht. So etwas würde man nicht für eine Ablenkung oder einen Hinterhalt planen. RT hätte ein Wildling werden können.«

»Genso!«, Sorge breitete sich auf RT's Miene aus. Eilig las er den Desson auf, um sie an sich zu drücken.

Diese Erleichterung konnte nicht gespielt sein, oder?

»Es passt trotzdem nicht«, murmelte TJ.

»Ich verstehe«, lenkte RT ein, »Wegen meiner Mutter, oder? Wird sie immer zwischen uns stehen?«

»Es sei denn, du sagst ihm, was du rausgefunden hast«, mischte sich SR ein.

Beide sahen ihn an. Während TJ verwirrt wirkte, breitete sich nackte Panik auf RT's Zügen aus. Voller Entsetzen schüttelte er den Kopf. Aber zumindest schien die Panik von Richard und Tobias zu kommen, da Genso sich nicht wieder vor Schmerzen wandte.

»TJ würde dich nicht verurteilen. Zumal ich dich nur dank TC damals ernst nehmen konnte. Sprecht endlich ehrlich miteinander, ja?«, er schüttelte sich, »Bis dahin – viel Spaß. Ich habe den ganzen Tag geforscht. Ich brauche was zu essen. Kommt danach in die Küche oder lasst es. Aber macht endlich die Münder auf, klar?«

Damit ließ er die beiden in seinem Zimmer zurück und ging zu Tatakai rüber.

»Was-«

»Bitte, Ma. Ich brauche erst irgendetwas zwischen den Zähnen. Danach, ja?«, fragte er sie verzweifelt.

Ehe er sich etwas nehmen konnte, schob sie ihm einen fertigen Teller zu.

»Iss nicht zu langsam. Ich will Antworten«, forderte sie im Gegenzug.

***

Es dauerte zwei Stunden, bis sich seine Kollegen zu ihm gesellten. Zu diesem Zeitpunkt hatte SR seine Ma grob in alles einweihen können sowie erfahren, dass sein Vater nicht mehr in BM's Abteilung arbeiten würde. Er wolle sehen, was SR erreicht habe. Dafür bliebe er vorerst auch daheim. Weil er seinen Sohn vermisse und sich schämte, die letzten Jahre so unerreichbar gewesen zu sein.

Weder Sven noch Ryan glaubten ihm.

»Da denkt man einmal, dass man seine Leute kennt«, murmelte TJ, als sie wieder zusammen saßen, »Prompt erfährt man, dass seine engsten Kollegen je ein gewaltiges Geheimnis herumschleppen.«

»Du auch?«, fragte RT.

»Ich? Ich bin Meister darin«, entgegnete Sven verspielt.

»Ja. Und im Sorgen bereiten«, knurrte FK von nebenan.

RT wirbelte herum. Dann schaute er zu TJ und SR. Er beschrieb ein paar einhändige Zeichen in der Luft, die sie gemeinsam mit einem »Sie weiß Bescheid« unterbrachen.

»Oh«, er setzte sich wieder – Genso immer noch in einer Hand haltend, »Und? Was machen wir jetzt? Willst du es deinem Vater sagen?«

»AC's Albernheiten?«, mischte sich Svens Ma erneut ein, »Ich kann dir sagen, was unser Otou-san dazu sagt. Er wird vom Tempel eine Prüfung anordnen lassen. Das ist am saubersten. Doch würde es dauern, bis diese angesetzt wird und solange wird der Bengel seine Klauen wetzen, wie ein in die Ecke gedrängtes Tier. Vergesst es.«

»Woher wollen Sie-«

»Sie weiß Bescheid«, wiederholten SR und TJ im Chor. SR hätte über die Einigkeit mit seinem Kindheitsfreund gelacht, wäre es kein so ernstes Thema gewesen.

»Vater will zu fast allem ihre Meinung hören«, erklärte der Musuko auf Svens Ma weisend, »Wenn jemand ihn einschätzen kann, dann sie.«

»Huh«, RT schien nicht überzeugt, »Und was sollen wir dann, laut Ihnen, machen?«, fragte er daher FK direkt.

»Du bleibst hier. TJ besorgt dir einen der besonderen Mäntel von seinem Vater. Den wirst du anziehen, wenn du raus musst. Und das musst du, um Informationen über AC, deine Mutter und den Ajnameister zu sammeln. Denn nur so können wir die Tempelprüfung umgehen und ihn direkt vom Konzil verdammen lassen.«

»Die besonderen Mäntel?«, wiederholte TJ fragend.

»Hinter seinem Schreibtisch. Linkes Bücherregal. Das, neben dem Fenster. Es steht nicht ganz an der Wand, weil Haken hinten dran sind. Und daran hängen mindestens zwei davon. Teste sie aber bitte vorher, damit du nicht den Unpassenden holst, ja?«, wies sie den Musuko an.

Unschlüssig nickte er, ehe er verschwand.

»Unpassend?«

»Bannkreise und Ajnachakra stecken im Material. Da sie verwebt sind, kann man die Illusion nur aufdecken, wenn sie zuvor aktiv gesucht wurden. Dafür sind die Formen und Gesichter bereits im Stoff verankert. Und solange du«, sie wies zu RT, »nicht mit einer Körbchengröße glänzen und jeden Tag nach deinem liebsten Papa gefragt werden willst, empfehle ich dir den anderen.«

»Mit besten Grüßen«, murmelte TJ, als er wieder neben ihnen auftauchte – einen Mantel vor sich haltend.

Zaghaft nahm RT ihm das Kleidungsstück ab. Er ließ ihn durch die Finger gleiten. Streifte ihn über–

Sven spürte, wie seine Augen aus ihren Sockeln springen wollten. Er biss sich auf die Zunge. Sog Luft ein. Hustete ein »Irgendwer Durst?« heraus, um sein Gesicht hastig abwenden zu können.

»Was ist denn los?«, fragte eine tiefere Stimme.

Selbst das wurde bedacht! Und- Riechst du das?!
Tabak, oder?

Geruch, Erscheinungsbild, Stimme: Der Mantel hatte RT in einen mittelalten Hushen mit schwindenden Haaren und fetten Bauch verwandelt!

»Ja. Der passt besser«, hörte er seine Ma sagen, ehe RT anscheinend den ersten Blick auf sich erhaschte.

Er kreischte wie ein Mädchen, wenn er den Mantel trug.

***

Wie Houo prophezeit hatte, dauerte es noch weitere vier Tage, ehe Jessicas Großonkel wieder zu sich fand. In der Zwischenzeit versuchte sie, ihm aus dem Weg zu gehen. Das half, einen kühlen Kopf zu bewahren. Um nicht zu explodieren. Um nicht zu verzweifeln …

Am sechsten Tag nach traf die Kunde ein, dass JeNi von der Floris verlangt wurde. Genau an jenem Tag, an dem TaJu wieder normal wirkte. Und dumpf bemerkte sie, dass es schon immer so gewesen war.

Je eine Woche nach den Versammlungen kam die Floris stets auf die Idee, etwas unternehmen zu müssen. Meist fühlte sich Jessica dann erschöpft. Sie war mies gelaunt. Leichter zu reizen. Und seit Houos Offenbarung erschien es ihr, als wäre es eine gezielte Taktik der Floris.

»Ich werde dir derweilen neue Anziehsachen besorgen«, murmelte der General, während er sie beobachtete, »Der Ausflug sollte etwa eine Woche dauern. Nicht mehr als zwei. Wenn du möchtest, kann ich dir auch etwas für das Bike holen. Der Helm ist schon ziemlich alt. Möchtest du vielleicht einen neuen? Das wäre sicherer …«

»Du sorgst dich mal nur um dich«, entgegnete sie, als sie sich fertigmachte, »Ich komm schon klar. Ich muss nur- Dieses verdammte- Komm her!«

Sie drehte sich wie ein Hund, der seinen Schwanz jagte, im Kreis, um die Schnur zu erhaschen, die eigentlich an ihrer Schulter festgebunden werden sollte. Ein Zeichen der Trauer, das sie am liebsten abreißen wollte!

Heute war nicht ihr Tag.

»Ich möchte dir etwas Gutes tun«, offenbarte er.

Dann lass dich nicht von ihr manipulieren, schluchzte sie insgeheim, *Sei stärker!*

»Alles gut. Kein Stress«, behauptete sie stattdessen.

Sie fühlte sich so verloren.

Damit packte sie ein paar Rationen in die Falten ihres Rockes. So blieben ihre Hände für den Notfall frei. Erst danach verabschiedete sie sich von ihrem Großonkel, der sie noch einmal in die Arme schloss, ehe er sie nach oben eilen ließ, um auf die Autos zu warten.

»Sie kommen«, verkündete Houo, während er sich zum Abschied an sie schmiegte, »Du schaffst das.«

»Ich versuche es zumindest«, entgegnete sie.

Sie gab sich starr, als die Macian sie abholten. Wieder saß sie mit denselben Gesichtern wie vor ein paar Wochen zusammen. Wieder schwiegen sich alle nur aus. Wieder beobachtete der Auxilius sie alle angespannt.

Dabei wusste Jessica noch nicht einmal, wohin es ging. Der Bote hatte diesmal nur gemeint, dass sie sich bereit halten solle, um eine Verräterin zu richten. Mehr hatte er nicht gesagt, ehe er weiter musste.

Erst als sie einen Tag später in eine Kleinstadt der Hutan fuhren, beschlich Jessica eine unangenehme Vorahnung. Raptioville stand auf dem Ortsschild. Hier gab es sehr viele Häuser. Und eine Ladenstraße, vor der sie parkten.

»Die Floris glaubt, dass du dich am besten als Abschaum ausgeben kannst, JeNi«, forderte GreWo und warf ihr ein paar veraltete Hutansachen nach hinten.

»Die sind viel zu groß«, bemerkte sie.

»Besser als zu klein, oder?«

Dieser-

Schon gut, Jess. Wir schaffen das, ermutigte Nicole sie.

Kommentarlos zog sie sich im Fahrzeug um. Dabei reizte es sie. Hätte sie gewusst, dass sie Hutankleidung tragen solle, hätte sie nie dieses Schnurgedöns angezogen! Sie hätte ihre Sachen getragen. Nicht … das.

Als sie fertig war, zeigte GreWo ihr ein Foto von einer rothaarigen Frau und deutete auf einen Blumenladen, »Dort ist unsere Zielperson zugegen. Entflohene Macian. Deine nutzlose Tante war ihre Benimmdame. Kurz gesagt: Du gehst rein und bringst sie entweder her oder erledigst sie gleich drin. Doch wäre unsere Floris glücklicher, erst ein paar Worte mit dem Miststück zu wechseln.«

Sind wir wirklich genau da, wo AJu uns letzte Woche haben wollte? Diese-

Ich dachte, wir schaffen das, Nici?

Damit fing sie sich wieder. Sie nickte. Stieg aus. Zog die Schnur etwas strammer, die sie als Gurt durch die Laschen der Jeans gefädelt hatte. Das übergroße Shirt würde das Band schon verbergen. Nun musste sie sich nur noch wie eine Hutan benehmen.

Sie wollte zu ihrem alten Mantra ansetzen. Dass Sven sie ja auch für normal hielt. Für durchschnittlich. Dass, wenn sie ihn all die Jahre täuschen könne, es auch für ein paar Minuten vor einer Macian klappen sollte.

Aber Sven hatte gewusst, was sie war.

Obwohl sie der Mut verließ, ging sie weiter. Sie schaute nicht zurück. Dafür war zu viel Trubel. Eine fette Katze hockte auf einer Bank und beäugte jeden mit wissenden Augen. Sie fauchte, als ein Hutankind sie süß nannte …

Es war ein kratzendes Fauchen.

Etwas stimmt nicht, bemerkte Jessica.

Was meinst du?

Sie nahm erst die restliche Gegend in Augenschein, ehe sie Nicole antwortete: *Der Blumenladen ist mitten am Tag geschlossen. Die Katze beobachtet jeden, als ob sie richtig denken könne. Und dann die Frau da drüben. Die, die sich mit dem komischen Kerl unterhält. Sie schauen immer wieder rüber. Und sie mustern jedes Fahrzeug so intensiv. Irgendetwas stimmt nicht!*

Aber wir können nicht einfach so abhauen. Wir müssen etwas tun. Und wenn wir nicht in den Blumenladen gehen, wird das übel für Tantchen enden!

Ich weiß. Ich schau mal ...

Damit bildete sie einen Kreis mit den Händen und legte ihn an die Glastür des Ladens, um hinein zu sehen.

»Huhu? Jemand da? Ich brauche einen kleinen Strauß für meinen Onkel. Er hat heute Geburtstag«, rief sie aus.

Ein großer Mann trat hinter der Theke vor. Er schritt bedächtig zur Tür. Entriegelte sie. Setzte ein Lächeln auf, das nicht zu dem einschüchternden Körper passte, mit dem er sie überragte.

»Da bin ich doch glatt hinten eingeschlafen«, lachte er.

»Schon gut«, sie folgte ihm hinein, »Mein Onkel wird sechzig. Und ich wusste die ganze Zeit nicht, was ich ihm besorgen sollte. Also, neben dem Schnaps, den er so mag. Sie haben nicht zufällig noch ein paar Ideen?«, sie wandte ihm nicht vollkommen den Rücken zu, während sie die Blumen musterte. Das wäre zu auffällig. Jeder, der so ein Verhalten bei einem Muskelpaket anwendete, hatte zwei Augen im Hinterkopf!

Ob Hushen oder Macian wäre irrelevant.

»Leider nein«, er zuckte mit den Schultern, schien sie jedoch genauer zu mustern, »Ich habe mir nie viel aus Geschenken gemacht.«

»Wirklich? Es muss doch mal etwas gegeben haben, was Sie sich gewünscht haben?«, fragte sie und schaute sich die Sträuße auf der gegenüberliegenden Seite des Ladens an. Aus den Augenwinkeln bemerkte sie, wie er durch etwas blätterte. Hatte er ein Buch vom Tresen genommen, als sie sich umgedreht hatte? Er schien zumindest keine Taschen in dieser Größe zu besitzen …

Weil es ganz plötzlich da war! Er ist ein Hushen. Und er verbirgt es nicht einmal! Er wird uns gleich angreifen un-

»Wie heißt du?«, unterbrach er Nicoles Sorgen.

»Ich-«

»Dein. Name.«

Unheilvoll tauchte er vor ihr auf. Nur eine Hand weit entfernt. Gewiss könnte sie ihr Feuer herbeirufen und ihn damit fortdrängen. Doch würden die Flammen von Macian und Hutan gleichermaßen gesehen werden. Und das würde unschuldige Todesopfer mit sich ziehen.

Wie damals. Als sich die Männer geküsst hatten …

»Jessica«, antwortete sie zittrig.

»Jessica wer?«

Eine Erinnerung rückte in den Vordergrund. Sven. Wie er meinte, dass sie an ihrem Hutannamen festhalten solle. Oder bildete sie sich die Worte nur ein? Sie klangen so verschwommen. Alles wirkte so verschwommen!

»Naar«, kämpfte sie hervor.

Einen endlos langen Moment musterte der Hushen sie. Dann wedelte er mit der Hand. Jessica war sich unsicher, ob er eine Illusion erschuf oder sie hindurch schauen ließ, aber er offenbarte ihr ein Horrorbild.

Die gesuchte Macian. Abgeschlachtet. Eine Blutspur verband Tresen und Wand. Ihr Kopf lag vor der Kasse. Ihr lebloser Körper war in die Wand gepresst worden und schien von dieser umarmt zu werden.

Jessica schluckte.

»Wenn du wirklich nur wegen der Blumen hier bist – such dir was aus und verschwinde. Wenn du jedoch Rache für das Gör nehmen willst, so teile bitte aus. Mit Freuden schicke ich auch dich zu Shingasha«, grinste er sie an.

Er ist ein Monster. Er ist-
Er will uns gehen lassen ..., Jessica konnte ihren eigenen Worten kaum glauben.
Das ist ein Trick! Jess! Du darfst nicht-
Was, wenn nicht?
Langsam fiel ihr Blick auf das Buch in seinen Händen. Sie zwang ihre Furcht herunter. Ignorierte die Spuren der Hinrichtung. So etwas hatte sie oft genug für die Floris beseitigen müssen. Sie musste bei der Sache bleiben!

Sie musste rausfinden, was ihr Name für ihn bedeutete.

»Versteh mich nicht falsch, aber: Warum?«

Überraschung kroch über seine Züge. Dann Verachtung. Wut. Doch auch Schadenfreude. Als würde er es genießen, etwas zu besitzen, was sie haben wollte.

»Warum sollte ich dir irgendetwas sagen?«, grinste er.

Jess! Bitte! Was soll das? Kämpfen oder abhauen! Aber nicht quasseln. Nicht Zeit vergeuden. Nicht-

Und was, wenn wir das hier Sven verdanken? Würdest du die Wahrheit nicht wissen wollen? Niemand außer ihm und seiner Mom wusste von uns!

Ja, aber-

Nein! Nici! Wenn nicht jetzt, wann dann?!

Damit verstummte die andere Seele.

»Weil ich dir dann auch sagen werde, warum sie nicht bei den anderen ihrer Art war«, bot Jessica an.

Das kannst du nicht ernst meinen!

Nun, er scheint Informationen zu mögen. Sonst würde er nicht so damit angeben. Und dass sie gesucht wurde, ist kein großes Geheimnis. Das sollte okay sein, oder?

Kein großes Geheimnis?!

Jessica spürte, wie sich die Erde unter ihr leicht verschob und eilig glich sie Nicoles Wutausbruch aus. Sie musste sich konzentrieren. Was hatte sie vorgegeben hier zu tun? Einen Blumenstrauß holen. Ja. Für ihren Onkel!

Damit suchte sie sich einen mit orangenen Blumen aus. Sie hatte keine Ahnung, wie sie hießen. Aber sie sahen schön aus. Und sie erinnerten sie an Houo.

»Hier«, er riss eine Seite aus seinem Buch und hielt sie ihr hin, »Falls du dich traust.«

Jessica musste nicht mal nachdenken. Gezielt überquerte sie die Distanz zu dem Riesen und nahm die Buchseite unter seinem überraschten Blick entgegen. Sie hörte, wie Nicole schrie. Nur trugen die Worte kein Gewicht.

Nicht, wenn die Lösung direkt vor ihr lag.

Jessica Naar. Ubrid. Als Hutan zu behandeln, solange sie diesen Namen verwendet und auf keine Aggressionen zurückgreift. Keine Verfolgung. Keine Befragung. Notfalls: Sofortiger Rückzug, las sie ungläubig.

Das Bild!, keuchte Nicole.

Erst nun lenkte sie ihre Aufmerksamkeit auf das Foto. Es konnte nicht von Sven aufgenommen sein. Sie trug Maciansachen darauf. Auch war die Kamera auf Kniehöhe angebracht. Und hinter ihrer Abbildung konnte sie einen blutverschmierten Baum ausmachen.

Das war auf dem Rückweg neulich, oder? Und an der Stelle ... Da stand ein Auto ...

So langsam fielen die Puzzleteile zusammen. Sie hatte sich damals dort hingestellt, wo die Floris zuvor gestanden hatte. Um ihre Magien richtig zu lenken. Also muss die Kamera auch diese aufgenommen haben. Damit hätten die Hushen sie eigentlich mit ihrem persönlichen Alptraum verbinden können.

Und dennoch bekam sie diese Sonderbehandlung.

»Danke«, sie gab den Zettel zurück und viel zu langsam nahm der Hushen ihn entgegen, »Sie ...«, Jessica zwang sich, in das tote Gesicht hinter ihm zu sehen, »Sie war von daheim weggelaufen. Die einzige Tochter eines Generals. Deswegen wird sie als Verräterin gesucht.«

»Und das soll ich dir glauben?«, die Augen des Hushen verengten sich zu Schlitzen.

»Glaub, was du willst«, entschied sie, immer noch zu verwirrt von den Anweisungen in seinem Buch, »Ich muss Schnaps für den Geburtstag holen.«

Sie trat nach draußen und schlug dabei direkt die andere Richtung ein. Weiter die Ladenstraße entlang. Wenn sie nun zu den restlichen Macian zurückkehrte, konnte es zu heikel werden. Was, wenn der Hushen diese angriff, weil er diese zufällig gesehen haben wollte? Es könnte immer noch zu einem Kampf kommen, in dem die Hutan unnötig abgeschlachtet werden würden!

Damit klaute sie zwei Flaschen Schnaps einen Laden weiter, ehe sie sich auf den Rückweg machte. Sie besaß immerhin kein Geld. Ihr Großonkel sah keinen Sinn darin. Und ihr Tantchen glaubte, dass sie ihr eigenes verdiente.

»Wo hast du dich rumgetrieben?«, zischte GreWo sie an, als sie zurückkehrte.

Sie konnte kaum eine Viertelstunde weg gewesen sein.

»Du kannst auf mich herabschauen, so viel du willst«, entgegnete sie ihm, »Aber du hast mich zu spät in dieses Kaff gebracht. Ich hatte zu tun, die Spuren der Verräterin zu verwischen, nachdem jemand sie bereits hingerichtet hatte. Danke der Nachfrage.«

»Hushen?«, fragte die Heilerin besorgt.

»Wenn, dann sind sie bereits über alle Berge. Es sieht sehr nach einer Rein-Raus-Aktion aus. Aber du kannst dir gerne ein eigenes Bild machen, wenn du mir nicht glauben magst«, erwiderte Jessica.

Bitte tu es nicht. Bitte tu es nicht. Bitte tu es nicht, sang Nicole ungehört, während der Auxilius sie musterte.

»Du hast hoffentlich nicht vergessen, wie unsere Floris Lügen bestraft?«, erkundigte er sich nichtssagend.

»Niemals.«

Sie unterdrückte ein Aufatmen, als er den Motor startete und den anderen Autos so bedeutete, dass sie wieder los konnten. Sie würden unterwegs irgendwo Rast machen. Nur kurz. Aber dann würde sich Jessica vor der Floris erklären müssen. Sie würde ihr eine makellose Geschichte präsentieren müssen.

Eine, die keiner je anzweifeln konnte.

Kapitel 11: Realitätsflucht

Erst als sie eine verlassene Gegend erreichten, parkte GreWo den Wagen. Da er sich dabei jedoch nach den anderen richtete, musste es ein Befehl der Floris gewesen sein. Die Kolonne hielt nur für sie.

Und JeNi ahnte, was sie wollte.

Ob sie es weiß? Ob sie zornig ist? Sollten wir nicht-

Ruhe, Nici!, das Gespräch laugte Jessica schon jetzt aus.

Aber, sie-

Schluss! Wir sind kein Kind mehr. Reiß dich zusammen!

Es tat weh, ihre andere Seele so anzufahren. Doch war es notwendig. Damit sie sich nicht verrieten. Damit sie keine unnötigen Fragen aufwarfen. Damit sie nicht als Verräterin gebrandmarkt wurden ...

Und ihr Tantchen den Preis dafür zahlen müsste.

»Sie will mit dir reden«, verkündete der Auxilius, sobald eine Blume aus seiner Lüftung gewachsen war, »Jetzt.«

»Ja doch«, sie kämpfte sich raus. Noch immer trug sie die falschen Hutansachen. Es war ihr zu nervig erschienen, diese erneut im Auto zu wechseln. Die Floris würde ihre Aufmachung eh als respektlos erachten.

»Seid gegrüßt unter Zangashas Stern«, grüßte sie.

Die Floris wartete vor einem anderen Fahrzeug. Dieser SteMa neben ihr. Anfangs war ihr Cousin nur manchmal mitgereist. Aber seit dem Tod ihres Bruders schien er der Floris nicht mehr von der Seite zu weichen. Stets schwirrte er um sie herum und beobachtete jede ihrer Bewegungen. Ob er dabei jedoch um das ungeborene Kind in ihr oder um die Floris selbst besorgt war, war Jessica unklar.

»Sei gegrüßt«, gab diese halbherzig zurück, während sie sich streckte, »Ich wundere mich, wolltest du mir nicht jemanden mitbringen?«

Es geht los. Es geht-

Nici!

Sie unterdrückte ihre Gefühle, während sie der Floris dasselbe erzählte, was sie bereits GreWo berichtet hatte. Sie hätte geklopft, weil die Tür zu gewesen wäre. Doch hätte ein anderer Kunde geöffnet. Er wäre zu sehr in ein Telefonat vertieft gewesen, als dass er die tote Macian hinter dem Tresen bemerkt hätte. Also wäre Jessica hin, hätte sich eine Schürze übergeworfen, die Leiche entsorgt und den anderen Kunden verscheucht. Dann hätte sie ihre Verkleidung weggepackt, um mit einem Strauß den Laden zu verlassen und als Kundin durchzugehen. Dabei hätte sie jedoch den Hutan bemerkt und einen kurzen Abstecher ins nächste Geschäft gemacht, um nicht zu sehr aufzufallen. Um wie eine gewöhnliche Hutan zu wirken.

»Und du kamst nicht auf die Idee, mir den Kopf der Verräterin zu bringen? Was, wenn du mich nun anlügst?«, die Floris starrte Jessica fest in die Augen.

»Ich konnte nicht mit einem abgetrennten Kopf durch eine Ladenstraße der Hutan schlendern. Die Macian ist tot«, versicherte sie ihr, »Sollte ich gelogen haben, kannst du mich gern auseinandernehmen. Aber sie atmet nicht mehr. Sie wird niemandem mehr unter die Augen treten können. Sie. Ist. Geschichte.«

Nachdenklich musterte sie JeNi. Die Floris runzelte die Stirn. Sie schien nachzudenken. Abzuwägen.

Sachte nickte sie.

»Nun gut. Aber solltest du mich angelogen haben, werde ich nicht dich dafür zur Rechenschaft ziehen«, sie setzte ein falsches Lächeln auf, »Du verstehst?«

Jessica verstand. Und sie hasste es. Sie hasste es, wenn dieses Monster ihre Hutanfamilie bedrohte. Nur, weil sie Jessica und Nicole nicht ausstehen konnte!

»Liebste. Lass dir bitte nicht von diesem Abschaum den Tag verderben«, SteMa massierte die Schultern der Floris, »Sie ist es nicht wert. Sie ist nichts wert.«

»Oh, aber sie hat einen Wert«, korrigierte die Floris ihn, »Sie kann mich amüsieren.«

Damit trafen ihre Augen Jessicas. Sie wirkten eisig. Herzlos. Graue Seelenspiegel, die sie in die Unendlichkeit zerren wollten. Doch ließ JeNi sich nicht in diese kalte Hölle reißen. Sie würde sich lieber beide Arme abhacken, als sich im Blick der Floris zu verlieren!

Einem Blick, den keiner außer ihr zu bemerken schien.

Damit lief sie zurück zu GreWo's Wagen. Es ginge eh bald weiter. Die Floris erlaubte keine langen Pausen.

***

»Du überarbeitest dich«, kommentierte Tatakai, als SR sich von seinem neusten Versuch abwandte, »Du springst zwischen Abteilung, den Kazokuzwillingen und deinem Vater hin und her. Gönn dir eine Pause.«

»Geht nicht«, behauptete Sven, »Wir sind zu nah dran.«

Während das keine Lüge war, so war es auch nicht die reine Wahrheit. So fiel weitaus mehr Arbeit an, nachdem seine Ma ihren falschen Praktikanten rausgeworfen hatte. Sein Sahasrarachakra war eine Illusion gewesen. Und da all jene Falschinformationen, die sie ihm anvertraut hatte, bei dem Ajnameister gelandet waren, hatte sie ihn fristlos vor die Tür gesetzt.

SR hatte daher mehrere seiner Aufgaben übernommen. Er hatte sich in die Arbeit geworfen. Denn nur so konnte er seinen wandernden Gedanken entgehen. Er konnte sich auf seine Experimente fokussieren. In geregelten Bahnen denken. Seinen Kopf auf ein Ziel ausrichten.

Nicht auf Jessica, deren Gesicht stets vor seinem inneren Auge auftauchte, wenn es daheim zu still wurde.

»Du hast kaum noch Kraft. Und in einer Stunde bist du mit SM verabredet«, entgegnete sein Vertrauter.

War das nicht erst nach dem Mittagsgebet?

Nein. Jeden zweiten Tag davor. Gestern war es danach gewesen, antwortete er Ryan.

»Ich mach das hier nur noch schnell fertig. Danach-«

»Du sitzt seit gestern Abend da dran«, unterbrach ihn Fuyu, deren Eintreten er gar nicht bemerkt hatte, »Gönn dir eine Pause. Wenigstens für ein paar Minuten, ja?«

Er nickte widerwillig. Wollte sich auf den Hocker fallen lassen. Doch saß er schon im Stuhl seiner Ma. Wann hatte er sich nur darin niedergelassen? Das durfte er doch nicht! Er war nicht der Meister des Sahasrara. Er war nur die neue Hilfskraft. Er hatte sich ja selbst jetzt nicht mal fest anstellen lassen. Weil er lieber dem Musuko helfen wollte. Genauso, wie er Jessica helfen wollte. Genauso, wie er für sie das Ehebündnis mit SM unterschrieben hatte und-

Abrupt sprang er auf. Ein Geräusch hatte ihn auffahren lassen. War das die Klingel? Aber seine Ma kam sonst erst zum Mittag. Niemand würde sie hier suchen. Niemand-

»Für dich«, erklärte Fuyu und irritiert bemerkte er, dass der Desson bereits an der Tür gewesen war.

»Ja?«, erkundigte er sich bei der die Palastwache, die er dank ihres fehlenden Arms direkt erkannte.

»Der Otou-san wünscht, Euch zu sehen. Jetzt.«

»Ehm …«, Svens Kopf brauchte einen Moment, um die Worte zu verarbeiten, »Otou-san. Ja. Ganz kurz, ja?«

Er versteckte sich hinter der Tür und schlug gegen seine Wangen. Dann fiel sein Blick auf den Kaffee, der auf dem Tisch seiner Ma stand. Er war noch von gestern. Schwarz. Vergessen. Und so wie sie auf den Mist schwor, sollte er ihn hoffentlich auch wach bekommen!

Hastig leerte er die Tasse. Er hörte, wie Fuyu kicherte. Doch hatte er keine Zeit dafür. Lieber wank er Tatakai mit sich und trat dem Boten entgegen.

»Nun können wir«, erklärte er.

Er schloss nicht ab. Die Vertraute seiner Ma würde alles im Blick behalten. Deswegen war sie ja da. Er wusste, dass seine Ma so auf ihn aufpasste. Dass sie Fuyu gebeten hatte, auf SR zu achten.

Falls er den Boten gekränkt hatte, so ließ er es sich nicht anmerken. Er streckte fragend seine verbleibende Hand aus. Ein Angebot, ihn zu blinzeln. Und eines, das SR zwar gern annehmen wollte, aber nicht durfte.

»Wohin?«, fragte er.

»Sein Büro«, entgegnete der Mann, als er verstand.

Sie blinzelten sich getrennt zum Palast. Ein paar Schritte voneinander entfernt. Dort angekommen, folgte Sven dem Veteranen durch die Gänge. Er spürte, wie der Kaffee wirkte. Oder hoffte er es nur? Ob Placeboeffekt oder real – er fühlte sich wacher. Und damit konnte er arbeiten.

»Er kann direkt rein«, grüßte die zweite Wache vor dem Büro, als sie für SR die Tür öffnete.

Sven war zu müde, um nachzudenken. Aber solange Tatakai bei ihm war, blieb er entspannt. Vielleicht hatte TJ seinem Vater ja doch von RT erzählt? Oder er musste noch irgendetwas mit dem Otou-san bezüglich SM klären? Halb erwartete er, seine Kollegen oder Versprochene im Büro mit vorzufinden.

Doch stattdessen stand RT's Vater vor ihm.

Verwirrt stockte er. Er fühlte sich fehl am Platz. Als wäre er falsch abgebogen. Auch der sonst so stämmige Spion wirkte überfordert. Er runzelte die Stirn, während er SR musterte und sich dann dem Otou-san zuwandte.

»Ich versteh-«

»Berichte nochmal«, befahl dieser mit schiefer Stimme, »Berichte und vergiss.«

»Zielperson Jessica Naar«, sprach dieser träge, »Nach Eliminierung einer Macian getroffen. Sie hat nichts von ihrem Eintrag gewusst. Behauptete, dass die Eliminierte eine Verräterin war. Besorgte sich Blumen und Alkohol. Verschwand in einem Auto mit-«

Das Adrenalin rauschte durch SR hindurch. Er konnte die Worte kaum verstehen. Buchstaben. Nummern. Dann etwas über die ausgelassene Verfolgung und die direkte Berichterstattung an den Otou-san. Über das Überspringen des Ajnameisters. Wegen der Kennzeichnung.

»Sie trägt die höchste?«, fragte Sven leise.

»Wenn ich jemandem etwas verspreche, dann halte ich es auch«, bemerkte der Otou-san schroff, »Moment. Dort rüber mit dir«, wies er SR zu jenem Platz, auf dem sich seine Ma sonst niederließ.

Stumm kam Sven der Aufforderung nach. Er spürte, wie Chakra über ihn wusch. Sah, wie ein Teil des Bodens leuchtete. Wie es ihn und Tatakai umkreiste.

Kurz darauf schien RT's Vater wieder zu Sinnen zu kommen. Er schüttelte sich. Brummte.

»Ich sollte-«

»Danke für deinen Bericht. Er wird dieses Zimmer nicht verlassen«, erklärte der Otou-san mit fester Stimme.

»Ja«, der Mann stand schwankend auf, »Ich sollte- Sollte nichts aufschreiben … Soll ich gehen?«

»Ich bitte darum«, erwiderte der Grauäugige harsch.

»Natürlich«, damit eilte der Spion hinaus.

Einen Moment später stoppte das Leuchten.

»Ich wollte, dass du es weißt«, erklärte sein zukünftiger Schwiegervater gelassener.

»Das- Jessica ist wirklich nichts-«

»Sie ist ohne Zwischenfälle abgereist. Die restlichen Hushen sind nur geblieben, um die Spuren zu verwischen. Jedoch ist kein Macian bislang dort aufgetaucht. Gibt es einen Grund dafür?«

»Ich-«, ihr Gesicht drängte sich in seine Gedanken, »Ich glaube, sie wollte keinen Kampf. Sie ist nicht der Typ.«

Seine Stimme schwankte. Sie schien ihm zu versagen. Er fühlte sich schuldig, weil er damals gegangen war. Weil er Jessica all die Jahre die Wahrheit verschwiegen hatte. Und weil er es ihr am liebsten selbst erklären wollte!

Stattdessen hatte er zugelassen, dass jemand wie NA, RT's Vater, ein Mann, der schon unzählige Macian erlegt hatte – das so jemand sie traf und ihr ihren Eintrag zeigte. Einen, den er in die Wege geleitet hatte!

»Deine Ma meint, du überarbeitest dich«, murmelte der Otou-san, als er direkt vor ihm auftauchte.

»Sie macht sich immer zu große Sorgen«, behauptete SR eilig, »Das legt sich bald wieder. Sie ist nur-«

»Sie hat ihre Gründe«, der Otou-san seufzte, »Du bist alles, was ihr geblieben ist. Wenn sie dich verliert, wird sie sich nicht davon erholen. Und diesmal werde ich nicht tatenlos zusehen, wie sie sich ins Verderben stürzt.

Du willst es doch auch, Junge: Leg eine Pause ein und komm zu Kräften. Damit du vorzeigbar bist. SM wird dich erst nach dem Abendgebet erwarten.«

Der Tonfall des Mannes hatte etwas Schuldbewusstes, doch wusste SR nicht, wieso. Er wollte sich vorhin ja eh h ausruhen. Weil er so müde war. Oder wurde er jetzt nur in Anwesenheit des Mannes müder? Er sollte hier nicht einschlafen. Obwohl er es wollte. Er-

Gerade als er dagegen ankämpfte, stach ein Blitz durch ihn und er sackte zusammen.

***

Sven wachte vor den besorgten Augen seiner Ma auf. Behutsam strich sie über seine Wange, ehe sie dagegen schlug. Es fühlte sich leicht kribbelig an. Als wäre es nicht das erste Mal gewesen.

»Wieder da?«

SR brummte tonlos. Er brauchte einen Moment, um sich zu orientieren. Um das Büro des Otou-san zu erkennen. Seinen Desson, der sich verschlafen schüttelte. Dahinter Fuyu. Fuyu, die sachte Tatakai auf die Beine half.

»Ich hab doch gesagt, dass es ihm gut geht«, murrte der Otou-san von seinem Tisch aus, ohne gar aufzusehen.

»Renaldo. Hör auf, dich zu verstecken oder ich reiß dich in Stücke«, knurrte seine Ma fast.

Renaldo? Wieso seine zweite Seele?, fragte Sven.

Allerdings war Ryan noch verpeilter als er.

»Es geht ihm gut«, behauptete der Otou-san erneut, doch hatte sich eine neue Sorge in seine Stimme geschlichen.

»Du hast meinen Sohn herbestellt und ihn dann was? Verbuchen wir das hier schon als Entführung?«, sie trat vor seinen Tisch.

Auf einmal verschob sich das Gesicht des Mannes. Er seufzte. Faltete die Hände ineinander. Hob den Blick.

»Er ist wie du. Er ruht sich nicht aus. Und wenn er sich überarbeitet, bist du am Ende diejenige, die sich vorwirft, nichts getan zu haben. Das wollte ich überspringen.«

»Nein«, sie schlug mit ihren Händen so heftig auf die Tischplatte, dass es Ryan wachrüttelte, »Ich habe dir schon einmal gesagt: Nach JF rührst du meine Familie nie mehr an. Nimmer. Mehr.«

»Durch die Verlobung ist er auch meine Familie«, schoss der Otou-san zurück.

»Ja und nein. Oder heiratet er dich?«

»Fio-«

»Nein. Das ist meine einzige Warnung an dich«, sie stieß sich vom Tisch ab und krallte ihre Finger im Vorbeigehen in SR's Arm, »Komm!«

Sein Kopf drehte sich noch immer, als sie ihn nach Hause blinzelte. Er rieb sich die Stirn. Starrte auf TJ und RT, die sie ungeduldig zu erwarten schienen. Die von FK sofort beiseite gescheucht wurden, damit sie zügig an ihren Kaffee kam.

»Dass er es nach-«, ihr Gesicht verschob sich mehrfach, die Leberflecke wanderten über ihre Halsbeuge, über ihre Wange, »Er hätte-«, »-schon wieder-«, »was denkt er sich« und weitere Satzfetzen drangen zu ihm herüber. Seine Ma wechselte so hastig zwischen ihren Seelen, dass sich ihre Schemen vermischten. Dass sie ein neues Gesicht trug!

Sven schüttelte den Kopf. Das war nur Einbildung, oder? Er hatte schon oft erlebt, wie sich der Körper seiner Ma verschob, wenn sie mit Katja diskutierte. Als Kind hatte er sie darauf angesprochen. Hatte gemeint, dass es als unkultiviert von der Akademie beschrieben wurde. Sie hatte damals nur traurig gelächelt. Hatte zugestimmt. Hatte jedoch auch eingeräumt, dass sie damit Fuyu den Stress des Streites ersparen konnte. Dass sie zwar ihre Dominanz kurz abgeben musste. Dass es allerdings nur ein kleiner Preis war.

»Mir geht es gut«, murmelte er, als er erkannte, wie sehr sich seine Kollegen von seiner Ma weg lehnten, »Alles schick, ja? Du musst dich nicht aufregen. Ich-«

»Er hat dich ausgeknockt und bei sich behalten, weil *er* der Meinung war, dass *du* dich ausruhen solltest! Er hat das nicht zu entscheiden! Genau wie dama-«, sie stoppte, atmete durch, »Egal. Die zwei haben dich gesucht. Also entweder springst du unter die kalte Dusche oder du sorgst für zukünftig mehr Schlaf. Ich bin oben.«

Damit stampfte sie die Treppe hoch und knallte die Tür des Schlafzimmers zu.

»Deine Mutter ist- Also-«, RT biss sich auf die Lippe.

»Wie lang war ich weg?«, überging Sven die Worte.

»Sechs oder sieben Stunden? Fuyu hat zwar gesagt, dass du zum Otou-san bist, aber er hatte deiner Mutter parallel mehrere Aufgaben übertragen. TJ ist deswegen vor einer halben Stunde zu ihr, um nach dir zu fragen. Und dann ist sie durch die Decke«, erklärte dieser.

»Du hast mich gesucht?«, Sven rieb sich die Stirn und nahm sich ein Glas Wasser – mit Kaffee hatte er weniger gute Erfahrungen gemacht.

»Ragnarök«, begann TJ leise, »Sie haben versucht, mich vorhin anzuwerben.«

»Und du hast abgelehnt?«

TJ schwieg. Unschlüssig musterte SR seinen Freund. Er wusste, dass dieser die komplette Auslöschung der Hutan nie gutheißen würde. Warum zögerte er also?

»Ich wollte«, der Musuko rieb sich die Stirn, »Dann kam John auf die Idee, dass wir sie so besser auskundschaften können. Außerdem: Wenn sie glauben, dass sie mich und vielleicht sogar SM auf ihre Seite bekämen, könnten wir sie leichter von AC und EJ trennen. Dann stünde der Opferung nichts mehr im Wege. Wir-«

»Das kannst du nicht ernst meinen! Sie werden deinen Verstand vergiften!«, rief Sven Ryans Worte aus.

»Ich weiß. Aber-«, er stockte, »Sie haben EJ *und* AC auf ihrer Seite. Und sie behaupten, die Dryade gefunden zu haben. Irgendein Gerücht, über einen gefangenen Macian, der von der Gegenseite für Tod gehalten wird. Sie müssen nur noch herausfinden, wo sein Stützpunkt liegt. Dann-«

»Dann haben wir es mit einer Komplettauslöschung zu tun. Super«, SR traute seinen Ohren kaum, »Hörst du dir überhaupt selbst zu?«

»Sven Ryan«, mischte RT sich ein, »Ich bin auch nicht begeistert. Aber sieh es mal so: Ohne EJ *oder* AC würde Ragnarök ihre größte Unterstützung verlieren. Rausreißen können wir sie jedoch nicht. Beweise gegen Kazokus zu sammeln gestaltet sich als nahezu unmöglich. Ich verfolge AC nun schon seit Tagen und konnte nicht einmal sehen, wo er seinen Müll entsorgt! Außerdem …«, er sah zu TJ.

»SM hat heute früh gesehen, wie EJ aus Mutters Tür kam. Deswegen hat sie ein unbefangenes Gespräch mit ihr geführt. Dabei hat Mutter jedoch behauptet, dass sie EJ seit Wochen nicht gesehen hätte. Selbst als SM *stärker* nachfragte«, TJ vergrub das Gesicht in den Händen, »Ich mag nichts für unsere Mutter empfinden – und Shana und Marissa dürfen es nicht nach außen zeigen – aber ich weiß, dass sie die Frau über alles liebt. Wenn ihr etwas geschehen würde – irgendetwas, sie-«

»Sie sorgt sich«, schloss Sven.

»Und ich muss auf meine Schwester achten. Ich bin ihr Bruder …«

Bei dem letzten Wort zuckte RT zusammen. SR rieb sich erschöpft die Schläfen. Fühlte sich an den Stuhl gebunden.

Dabei wünschte er sich nur fort.

***

»Lyx?«, eine Macian aus Gallahain trat auf LyA zu. Er erkannte sie an den Blumenstickereien auf ihrem Rock. Sicherlich war sie als Botin gekommen. Für LiJu.

Dass seine Schwester ihm auch keine Ruhe ließ!

»Was?«, brummte er.

»Die Generälin lässt ausrichten, dass sie sich auf Eure baldige Rückkehr freut«, sie verneigte sich vor ihm, wobei sie die Schnüre an ihrem Rücken offenbarte.

Es war ein Zeichen, dass sie ihre Hilfe anbot. Dass sie ausgesandt worden war, um mit anzupacken.

»Sicherlich können wir bald aufbrechen«, murrte er und stampfte durch sein winziges Zimmer.

Dass ihm General MaDo auch kein Größeres zugewiesen hatte! Er hasste es, wie die Generäle auf ihn herabblickten! Natürlich nicht, wenn seine Tochter, die Floris, mit ihm reiste. Aber sobald er allein war, erinnerten sie ihn stets daran, dass seine Frau nun die alte Floris war. Dass sein Neffe bald den Posten des Lyx übernehmen würde.

Dass er dann ein Niemand wäre …

»Wenn ich Ihnen irgend-«

»Ich habe in einer halben Stunde die nächste Audienz mit meiner werten Frau. In ihrem Garten. Wenn du mir ihren Auxilius vom Leib hältst, kann ich endlich offen mit ihr sprechen«, bemerkte er mürrisch.

Denn es wäre kein Sprechen. Seit Tagen schleppte er die Räucherstäbchen seiner Schwester herum. Sobald er die alte Floris mit dem Rauch betören könnte, könnte er sie dazu bringen, ihm endlich zuzustimmen. Das hatte früher immerzu geklappt. Als sie noch in Gallahain lebten. Selbst hier hatte es zweimal funktioniert!

Bis ihr elender Auxilius den Rauch bemerkt hatte. JuNi. Der Blutsverräter hatte ihn vor die Wahl gestellt: Der Lyx solle abreisen und sich nie wieder blicken lassen oder er habe seiner Floris die Wahrheit zu gestehen und um ihre Vergebung zu betteln.

Wir hätten nicht klein beigeben sollen! Wir hätten ihn vernichten sollen! So, wie unsere Tochter später!

Lysander lächelte in sich hinein. Ja. Am liebsten hätte er den anderen selbst zerstört. Doch war er nicht stark genug gewesen. Als drei Wochen später ein Bote berichtete, dass der Mann von seiner kleinen Valerie getötet wurde, hatte er offen gejubelt. LyA hatte seine Tochter zu sich geholt. Hatte ihre Fertigkeiten ausbauen lassen. Alles, unter dem Vorwand, dass es gegen die Hushen von Nützen wäre.

Doch half es auch gegen ungezogene Macian.

»Hier«, er warf der Botin einen Beutel zu, »Behaupte, dass du das der alten Floris persönlich bringen sollst, wenn ich bei ihr bin. Dann ist ihr Auxilius gezwungen, sich erstmal mit dir zu befassen.«

»Jawohl.«

»Worauf wartest du noch? Raus!«

»Jawohl«, mit hängendem Kopf verließ sie seinen Raum. Stattdessen trat sein eigener Auxilius ein.

»Lyx?«

»Ruh dich aus. Ich werde dich nicht bei dem Gespräch brauchen«, erklärte er dem Mann.

Dann bereitete er sich vor. Er musste tadellos aussehen. Damit er im starken Kontrast zu dem verbrannten Antlitz seiner Frau stand. Diese alte Floris, die sich in den letzten Jahren so gehen ließ …

Seit TriSte's Tod sah sie doppelt so alt aus wie er.

Als er sich bei ihrem Auxilius meldete, beäugte ihn der Mann missmutig. Es erschien Lysander, als wolle er den Lyx wieder wegschicken. Doch hatte die alte Floris ihm noch ein letztes Treffen zugestanden.

Um alter Zeiten willen.

»Sie erwartet Euch«, er wies zu einem Schatten hinter dem Raumtrenner.

Die Papierwand trennte die eigentlichen Räume von dem Garten, den seine Frau besser als sich selbst pflegte. Sie hatte ihn zu ihrer Passion erklärt, als ihre beiden Kinder nach Gallahain abgereist waren. Damals hatte LiJu sie als inkompetente Mutter dargestellt.

Was immer das auch heißen sollte.

Er hatte sich nur darin geaalt, wie schmerzhaft sich die Miene seiner Frau verzogen hatte.

»Zarteste Blume meiner Wiesen«, zitierte er das erste Kompliment, das er ihr nach seinem Amtsantritt gemacht hatte, »Hellstes Licht unter den Sternen.«

Sie antwortete ihm nicht. Gut. Dann wäre sie wohl noch in Gedanken. Er trat an den Raumtrenner heran. Hörte, wie die Botin kam. Wie sie den Auxilius davon abhielt, ihm zu folgen. Viel Zeit hätte er nicht. Er musste zu seiner Frau, um sie-

Abrupt blieb er stehen. Eine Bewegung aus den Augenwinkeln ließ ihn erstarren. Dann erblickte er seine Frau. Sie stand vor ihm. Mit weit aufgerissenen Augen. Ihr weißes Haar war zerzaust. Ihre grauen Augen waren mit Schrecken gefüllt.

Ein Tropfen Blut rollte aus ihrem Mund.

Er fiel auf jene Wurzeln, die LyA sonst manipulierte. Dieselben, die er stets vor den Generälen nutzte. Die vor seinen Füßen aus der Erde gebrochen waren. Die er jedoch nie befehligt hatte!

Ehe sein Kopf verstehen konnte, was vor sich ging, schrie die Botin auf. Der Raumtrenner fiel um, das Blut floss in die Richtung des Auxilius. Jener Auxilius, der sogleich herüber rannte. Der über das Mohnblumenfeld der alten Floris trampelte, um zu ihr zu gelangen. Um nach ihrer Wange zu tasten.

»Noch warm«, erklärte er und starrte auf die Wurzeln, die zu Lysander führten.

Wir müssen sofort-

Weiter kam August nicht, ehe die Leibwache ihn zu Boden zerrte und die Erde seinen Mund ausfüllte, bis er in Ohnmacht fiel.

Kapitel 12: Die Wege der Toten

SR's Abend war eine Tortur gewesen. Er hatte mit SM zur Okaa-san gemusst, um die Planung der Eheschließung zu übernehmen. Dabei mussten die Regeln des Tempels beachtet werden. Regeln, die nur auf ihn zutrafen, weil SM eine Kazoku war. Am liebsten hätte er sich das Zeug von TJ erklären lassen. Doch durften nur der Ehemann und die Frauen der Brautfamilie die Planungen leiten.

Und eben jene Frauen waren gemeinsam eine Qual. Stets ging es um Kleinigkeiten, die die Okaa-san zu bestimmen wünschte. SM gab ihr in jedem Punkt Recht. Selbst, wenn sie zuvor einen anderen Wunsch geäußert und er diesem bereits zugestimmt hatte. Sven hatte das Gefühl, er müsse die Okaa-san und nicht SM heiraten!

Erst nachdem er sich verabschiedet hatte, konnte er sich zurückziehen und einen Moment der Ruhe genießen.

Der Otou-san hatte Recht. Er übernahm sich wirklich.

»Schon zurück?«, grüßte DC aus der Stube.

»Endlich zurück«, korrigierte er jenen Fremden, der sich Vater schimpfte, »Wo ist RT?«

»Wollte irgendwas von Svadhisthana holen«, antwortete dieser bereitwillig, »Du weißt, dass deine Mutter vor ein paar Tagen total besorgt um dich war?«

Am liebsten wäre Sven auf sein Zimmer gegangen. Doch Ryans Zorn stoppte ihn. Seine andere Seele konnte nicht verstehen, wie sich dieser Mann hinstellen und Gewissen spielen konnte, wenn er seine eigene Frau täglich gegen seinen Bruder eingetauscht hatte. Vertrag hin oder her!

»Und du kannst es nicht nachvollziehen?«, fragte er.

»Ich?«, er lächelte traurig, »Glaubst du das wirklich? Als der Otou-san sie zuletzt zu einer Pause verdammt hatte, habe ich sie dort rausgerissen.«

Sven stockte. Das konnte nicht sein, oder? Nein. Der Mann log! Er liebte SR's Ma nicht mal! Die beiden waren nur wegen des Vertrags zusammen. Nicht wegen ihm. Nicht wegen ihrer Gefühle-

Es war nur eine Abmachung.

»Was du nicht sagst«, spuckte er aus, verharrte jedoch.

Sein Blick war auf eine Zeitung gefallen. Sie war aus Havbolt, so viel verriet das Logo in der Ecke. Sein Vater hatte etwas ausgeschnitten. Einen Artikel, den er gerade in einen Rahmen festklemmte.

»Hilfst du mir?«, fragte er und hielt einen Nagel hoch.

Aber ... Es gehört sich für ihn doch nicht. Es- Es ist so falsch!, schrie Ryan durch seinen Kopf.

Sven riskierte einen letzten Blick auf die Zeitung. Er las das Datum. Glaubte zu wissen, was auf dem Papier stand. Was sein Vater vorbereitet hatte.

Mit einem Wink seines Zentrips schwebte der Nagel aus der wartenden Hand und sauste in die Wand. Direkt neben den anderen Rahmen.

Nickend hing DC den neuen an. Er starrte ihn für einen Moment an. Rief nach seinem Vertrauten und deutete auf das restliche Papier, damit der Desson es verschluckte.

Die Todesanzeige von SR's Hutangroßmutter hatte nun ihren festen Platz an ihrer Wand bekommen.

»Deine Ma hat die Alte und ihre Schwester über alles geliebt. Als du auf die Welt kamst, hätte sie die Hilfe von beiden gebraucht. Doch hatte deine Großmutter die ersten Anzeichen ihrer Demenz gezeigt. FK hatte daher vor ihr behauptet, dass alles gut wäre. Ihre Schwester jedoch ...«

»JF«, hörte Sven sich sagen, »Ma hatte sie im Büro des Otou-sans erwähnt.«

»Wirklich? Was hat sie eingefordert?«

Noch nie hatte SR die Augen seines Vaters so traurig gesehen. Seufzend ließ sich DC auf das Sofa plumpsen und tippte mit seinem Zentrip gegen den Tisch.

Ein altes Fotoalbum erschien darauf.

»JF ist zu früh mit Ragnarök aneinandergeraten. Also, nicht direkt Ragnarök. Sie gelangte über Umwege auf deren Abschussliste. Der Otou-san wusste das. Dennoch hat er FK nicht vorgewarnt. Um die Gruppierung unter Kontrolle zu behalten. Deine Ma hatte danach mit mir zu den Hutan gewollt. Einfach weg. Das Chaos hinter uns zurücklassen. Aber ich konnte nicht. Ich-«

»Du hast deinen Bruder gewählt«, unterbrach FK ihn plötzlich, »Das eine Mal, wo ich dich wirklich gebraucht habe, hast du mich hängen lassen.«

Er senkte den Kopf und ehe sich SR versah, riss seine Ma das Album vom Tisch.

»Und das hier, wirst du dort lassen, wo es ist. Klar?!«

»Warum hast du mir das nie erzählt?«, Sven konnte nicht fassen, wie wutverzerrt ihre Miene war.

»Es geht dich nichts an. Es war vor deiner Zeit.«

»Aber du hattest dem Otou-san gesagt, dass er mir die Aufzeichnungen zeigen sollte. Du meintest, er schuldet es dir für JF. Also scheint es ja noch wichtig zu sein.«

»Du interpretierst zu viel hinein.«

»Nein. Du blockst ab.«

»Es ist vergangen.«

»Nicht für alle. Sonst wärst du nicht so zornig.«

»Lass-«, während sie das Wort aussprach, verschwand der Einband aus ihren Händen und tauchte erneut auf dem Tisch vor seinem Vater auf.

»Detlev Colin!«

»Du lässt ihn mit den Kazokus befreundet sein. Du lässt ihn ihr Blut ehelichen. Aber du willst ihm nicht sagen, in welcher Schuld sie bei dir stehen? Vor allem SM?«, fragte er sie mit hängendem Kopf.

»Du. Hältst. Dich. Da. Raus!«

»Nein«, sein Vater drückte den Rücken durch, »Es ist nicht richtig! Weder die Seite Ragnaröks noch die des

Otou-sans. Warum willst du diesem Mistkerl weiterhin wie ein loyales Hündchen dienen? Hätte JF das gewollt?«

»Als ob ihr so viel besser wärt!«

»Wenigstens lassen wir niemanden ermorden, um einen Fehler unserer Leute zu vertuschen!«

Bitte was?

Er lügt, oder?, fragte Ryan.

Ich weiß nicht. Sie geht die ganze Zeit auf ihn ein. Und sie streitet seine Anschuldigungen nicht ab, oder?

Das bereitete Sven die größten Sorgen. Die Art, wie seine Ma dastand und schwieg. Wie die stillen Tränen ihre Wange hinabrollten. Wie sie sich lieber selbst umarmte, als erneut nach dem Album zu sehen.

Langsam streckte SR die Hand danach aus. Er überlegte, ob er ihr das Buch ungeöffnet geben sollte. Sonst hatte er seine Ma immer unterstützt. Sie war jederzeit für ihn da. Selbst im Büro ihres Otou-sans hatte sie diesen lieber zusammen geschrien, als sich von SR abzuwenden. Doch die Art, wie sein Vater sprach, wie seine Ma reagierte …

Ehe er sich versah, übernahm Ryan die Kontrolle und blätterte durch die Seiten. Er konnte ihn nicht stoppen. Nicht, weil er zu schwach war.

Er wollte es nicht.

Viele der Bilder kamen ihm vertraut vor. Dort war seine Ma. Daneben ihre ältere Schwester. Die Bilder waren stets unter Hutan aufgenommen worden. Von den Großeltern der beiden. Wenn sie im Sommer da waren.

Bis der Kontakt abgebrochen war.

Zumindest jener mit FK. JF schien weiterhin zu ihnen gegangen zu sein. Selbst seinen Vater konnte er von hinten ausmachen. Er stand neben JF. Das Gesicht abgewandt. Doch erkannte SR Moto, der sich als Brosche ausgab. Ein Ultraschallbild lag auf der nächsten Seite. Vermutlich von seiner Ma. Dann kamen ein paar Babyfotos und-

Nein. Er konnte sich nicht erinnern, die Hutangroßeltern seiner Ma je besucht zu haben. Und das Baby ... Entweder war es für die damalige Zeit falsch gekleidet oder es war ein Mädchen?

Ein Mädchen mit grauen Augen ...

»JF hatte eine-«, er stoppte, als er den ausgeschnittenen Zeitungsartikel dahinter fand. Das Datum lag vor seiner Geburt. Daneben wurde der Verlust einer ganzen Familie betrauert. Die Hutangroßeltern seiner Ma. JF. Zuletzt ein Mädchen, das als Janine-Mary gelistet war.

»EJ hat meine Schwester vergewaltigt. Er wollte sie als unrein deklarieren lassen. Niemand hätte ihn als Täter bestätigt. Weil er ja ein Kazoku war. Doch wusste er nicht, dass sie dabei schwanger wurde und-«, seine Ma seufzte, »Du kommst von der Eheplanung. Weißt du, warum dir und SM nur ein Kind gestattet ist?«

SR runzelte die Stirn: »Zur Sicherung der Erbfolge und um die Erbstreitigkeiten zu reduzieren.«

»Ja. Nein. Nicht ganz. Es-«

»Von den gebürtigen Kazokus können immer nur fünf zeitgleich existieren«, erklärte sein Vater leise, »Das steht auch in den Schriften Shingashas. Alle weiteren Kinder erblicken nie das Licht der Welt.«

»Das- Das ist doch Schwachsinn!«, rief Sven aus.

»Nein. Es hat mit Shingasha zu tun. Und ihren grauen Augen«, seine Ma nahm ihm das Album sanft ab und strich über das Familienbild aus der Zeitung, »Daher die Regelung der Geburten. Dem Erstgeborenen stehen zwei Kinder zu. Dem Zweiten eines. Dieses muss kinderlos verbleiben, sodass sein Zweig ausstirbt. Aber auch, damit den weiteren Kindern erneut zwei oder ein Kind zustehen können. Deswegen die Opferungen. Deswegen-«, sie wies auf das Datum, »TJ lebte von Anfang an im Bauch der Okaa-san. Der Fötus von SM trug jedoch erst zwei Seelen in sich, nachdem JM getötet wurde. Ohne den Tod meiner Nichte JM, deiner Cousine, hätte TJ's Zwilling nie gelebt. SM's Vermählung wäre nie von Bedeutung gewesen ...«

***

Sie kamen nach einer Woche wieder in Gallahain an. SteMa beobachtete, wie die Floris dem Fahrzeug entstieg. Ihre Bewegungen wirkten schwerfälliger. Wahrscheinlich laugten sie die ständigen Reisen aus. Dennoch bestand sie darauf. Zum einen, um den Fahrtwind zu kosten. Zum anderen, um das Heilwasser überall zu verteilen. Selbst dem Abschaum hatte sie diesmal eine Phiole zugestanden.

So handhaben sie es seit ihrem Schwur: Die Floris reiste regelmäßig den Boten der Stützpunkte entgegen, um ihnen das Heilwasser zu geben, das sie vor Ort erschuf. Alle paar Wochen versorgte sie so eine andere Siedlung der Macian. Dabei bestand sie stets darauf, auch den kleineren genug zur Verfügung zu stellen. Damit niemand litt.

»Liebste, es war eine lange Reise. Etwas Ruhe könnte angenehm sein«, erklärte er, als die Auxilius seiner Mutter die restlichen Macian in ihre Unterkünfte lotsten.

Gedankenverloren beobachtete die Floris sie dabei.

»Ich sollte allmählich meine eigenen einberufen, oder?«, überlegte sie laut.

Oh, oh. Denk dran. Das soll sie nicht. Stephan?!
Ich weiß!

»Mutter stört es gewiss nicht, ihre Leibwache mit meiner Liebsten zu teilen«, er massierte ihre Schultern und tastete nach ihrer Verspannung. Eine Verspannung, die er nur zu gut kannte. Und die er geschickt löste.

Als Dank lehnte sie sich gegen ihn.

»Ich weiß. Aber ich möchte nicht, dass Tante so offen ist, wenn wir unterwegs sind. Was, wenn jemand sie als verletzlich sieht? Wenn jemand sie ausnutzen will, solange wir fort sind?«, fragte sie.

Stephan hätte am liebsten gelacht. Seine Mutter? Und verletzlich? Die Frau ließ niemanden an sich heran! Selbst er musste darauf achten, sie nicht zu kränken ...

Denn gewiss würde sie ihn sonst erledigen.

»Liebste. Du würdest meine Mutter kränken, wenn du ihr Geschenk nicht annimmst. Wenn du dich um sie sorgst, könnten wir mehr Wachen in Gallahain aufstellen. Ich glaube, das würde Mutter viel eher erfreuen. Und es würde sie *und* die schwachen Macian hier beschützen.«

Die Floris nickte. Sie wandte den Kopf in die Richtung der untergehenden Sonne. Dieselbe Richtung, aus der sie stets kamen, nachdem sie den Ubrid abgesetzt hatten. Ihre Lippen verkrampften sich. Kälte strömte hervor.

Ehe sich SteMa einen Reim daraus bilden konnte, ging sie zum nächsten Eingang. Sie schritt zügig. Als ob sie wütend wäre. Genauso hatte sie ausgesehen, als diese JeNi die Verräterin nicht zu ihnen gebracht hatte.

Vielleicht sollten wir sie erst einmal in Ruhe lassen?, fragte Marcus hoffnungsvoll.

Nein! Wir sollen sie im Auge behalten. Immer!

Damit folgte er ihr. Er beobachtete, wie sie jene Macian ignorierte, die sie grüßten oder sich gar vor ihr verneigten. Lieber schottete sie sich wieder ab.

Die Hand an ihrer toten Duria verriet SteMa jedoch, dass sie dabei an ihren Bruder dachte.

»Möchtest du etwas essen?«, fragte er, als sie jene Stelle passierten, an der sie ihren Bruder zuletzt gesehen hatte, »Früchte? Nochmal diese Schokolade?«

Sie hielt inne. Als erinnerte sie sich nun erst wieder daran, dass er ja bei ihr war. Ihr Gesicht wechselte abrupt durch mehrere Emotionen, ehe sie in einer nachdenklichen Miene verharrte.

»Weintrauben vielleicht? Mir wird derzeit von fast allem übel. Oder-«, sie runzelte die Stirn, »Die Erdbeeren mit der Schokolade. Ja. Die … sie schmecken nach Kindheit. Nach glücklichen Momenten.«

Stephan verstand nicht, wie etwas Essbares nach einem Erlebnis schmecken sollte, dennoch gab er ihre Worte an eine verneigende Macian weiter. Sie war nur eine von vielen, die seine Mutter platziert hatte. Die nur dafür da waren, um der Floris zügig zu dienen. Damit diese nie lange auf warten musste oder ungeduldig werden konnte.

Hinter der Frau erblickte er seine Mutter mit grimmiger Miene. Ihr Gesicht verzerrte sich, als sie ihn sah. Es hatte etwas von einem Lächeln und einer Qual.

Es beunruhigte ihn.

Er ließ sich nichts anmerken, bis seine Mutter zu ihnen stieß. Erst dann hob er eine Augenbraue. Doch wenn sie es bemerkte, so hielt sie es für unnötig, ihn einzuweihen.

Oder ihn gar zu grüßen.

»Willkommen zurück, mein Kind«, grüßte sie die Floris.

»Tante«, verwirrt musterte diese die Generälin, »Ist alles in Ordnung? Du hast sonst immer zu tun und-«

»Es tut mir so leid, mein armes Kind«, die Frau fiel vor der Floris auf die Knie, »Hätte ich es gewusst – ich hätte ihm nie erlaubt, dort zu verweilen. Nie. Ich kann mir gar nicht vorstellen, wie schmerzhaft es für dich sein muss. Es tut mir so leid. So unendlich leid!«

»Tante, du machst mir Sorgen. Was ist los? Bitte, sprich frei«, wiederholte die Floris – nicht gereizt, aber besorgt.

SteMa hatte sie noch nie gereizt zu LiJu sprechen hören.

»Mein Bruder … Ich hatte ihn im Geheimen angewiesen nur mit deiner Mutter zurückzukehren. Ich hatte dabei einzig dein Wohl im Sinn, mein Kind. Ich wusste nicht, dass er es als so stressig auffasste. Dass er sich so sehr in die Enge gedrängt fühlte. Dass er keinen Ausweg mehr kannte! Und ich wusste nicht, dass deine Mutter, die alte Floris, sich so sehr von ihrem Blut abgewandt hatte, dass sie meinen Bruder lieber brechen würde, als nur ein Wort mit ihrer geliebten Tochter zu wechseln.«

»Was ist … geschehen?«

SteMa hörte, wie die Stimme der Floris bebte. Sofort eilte er zu ihr. Er strich über ihre eisigen Arme. Wusste, dass er sich bemerkbar machen musste. Dass er zu ihr durchdringen musste. Dass er sie erreichen musste, ehe ihr die Kontrolle entglitt!

»Liebste. Bitte. Unser Kind-«

»LyA hat deine Mutter herbringen wollen, doch hat sie ihn lieber verflucht. Er hatte kein geduldiges Gemüt mehr. Nach Wochen des Streites war etwas in ihm zerbrochen und er hat sie versehentlich angegriffen. Er wollte es nicht. Er wollte ihr nie schaden! Doch hat er sie dabei getötet. Und MaDo hat ihn dafür hinrichten lassen. Deine Eltern sind beide von uns gegangen, mein Kind.«

Flüsternde Worte entkamen dem Mund der Floris. Etwas knirschte. Etwas anderes zerbrach. Stephan spürte, wie das Holz zu seinen Füßen bebte. Wie die Bäume stöhnten.

»Liebste, was-«

»Renn«, befahl sie ihm.

Für einen Augenblick verlor SteMa sich in ihren grauen Augen. In ihrer Tiefe. Seine Gedanken verschwammen. Er musste gehorchen. Er hörte nur in der Ferne, wie die anderen Macian schrien. Wie sie um Hilfe bettelten. Aber er konnte nicht stoppen. Er musste rennen. Immer weiter!

Bis der Befehl der Floris von ihm ablassen würde und er zu jenem Massengrab zurückkehren könnte, das Gallahain fortan wäre.

***

Jessica fühlte sich unwohl, als ihr Großonkel sie mit den Geschenken überhäufte. Es wirkte, als wolle er sich bei ihr entschuldigen. Als hätte er erkannt, dass er überreagiert hätte. Dass er manipuliert worden wäre!

Dennoch nahm er erneut die Schuld auf sich. Er lobte, dass die Floris ihm Jessica so früh zurückbrachte. Und mit Heilwasser! Er erklärte, dass er kaum Zeit gehabt hatte, noch neue Schuhe zu holen. Diese Sneaker, die er ihr vor der Abreise versehentlich zerstört hätte. Das hätte an den schiefen Größen gelegen, in denen die Schuhe verkauft wurden. Mal stünde da eine einstellige Zahl. Mal eine in den Dreißigern. Er hätte nicht durchgesehen.

Jessica gab ihm nur einsilbige Antworten. Sie wollte sich nicht unterhalten. Nicht, solange ihre Gedanken noch bei dem Hushen hingen.

»Es war eine anstrengende Reise. Ich würde gleich ins Bett gehen, ja?«, murmelte sie.

»Oh«, er zog den Kopf ein, »Wenn du meinst …«

Jetzt ist er traurig, meldete sich Nicole.

Er muss es ja nicht gegen sich auffassen. Es ist halt nicht so leicht. Generell war es etwas viel in letzter Zeit.

Aber du sagst ihm ja nix! Wie soll er wissen, was los ist?

Ich habe ihm von Sven erzählt!, schrie sie zurück, *Also, so halb. Irgendwie. Keine Ahnung …*

Sie klatschte gegen ihre Wangen, um sich von Nicole zu lösen. Um die Schuldgefühle abzuschütteln. Um sich nach Houo umzuwenden, der sich in seinem unterirdischen Nest aus Drähten zusammengerollt hatte.

»Entschuldige. Es ist nur-«, sie schüttelte den Kopf, »Es ist zu viel. Nicht nur … du. Und wie du manchmal drauf bist. Auch-«

»Du sorgst dich um deine Hutantante?«, fragte er.

»Ja. Nein. Auch. Deine Worte neulich haben schon Sinn ergeben. Dass niemand sie so schnell umbringt, weil es dann kein Druckmittel mehr für mich gäbe. Aber-«, unwillkürlich dachte sie an Sven, »Ich habe seit Wochen das Gefühl, einen sehr guten Freund verloren zu haben. Nicht, weil er mich nicht mag. Oder ich ihn nicht. Oder weil wir uns auseinandergelebt haben. Einfach, weil das Schicksal es nicht will. Weil-«

»Dieser Hutanjunge? Er ist nicht gut genug für dich«, erklärte ihr Großonkel, »Du brauchst jemanden mit mehr Magie. Sonst kannst du nie du selbst sein.«

»Ja«, stimmte sie ihm zu.

Aber Sven hatte Magie. Er hatte sie akzeptiert. Und … er hatte dafür gesorgt, dass man sie in Ruhe ließ, oder? Niemand sonst hatte das gemacht!

»Egal«, sie stand auf, »Ich schaffe das schon. Ich-«

»Du musst es nicht allein schaffen, Jessica«, hielt der General sie zurück.

Er schaute sie so traurig an, als würde er durch sie hindurch sehen. Als sähe er in ihren blauen Augen nicht sie, sondern seine tote Schwester. Jenes Mädchen, dem sie wie aus dem Gesicht geschnitten sein sollte. Das in eine zu frühe Ehe mit einem Macian der Schermers gezwungen wurde. Das viel zu früh Jessicas Vater gebar. Das bei der Geburt von Jessicas Maciantante starb.

TaJu hatte seither seinem Schwager die Schuld gegeben. Er hatte Jessicas Vater großgezogen. Er hatte versucht, sich um AJu zu kümmern. Anfangs. Bis sie sich wie eine wahre Schermer verhielt und so das Ansehen von TaJu's Schwester schändete.

Ehe Jessica etwas erwidern konnte, sprang Houo auf. Er stieß einen Schmerzenslaut aus. Wandte sich am Boden. Kreischte. Brannte heller. Dunkler. Flackernder.

Letzteres jagte vor allem Nicole Angst ein.

»Houo!«, ihr Großonkel war mit einem Satz beim Phönix, »Was hast du? Was-«

Zischend riss er die Hand weg, als sie anbrannte.

Das war noch nie passiert.

»Raus mit dir«, befahl er JeNi.

»Aber-«, sie blickte auf den Naturgeist.

»Das ist zu gefährlich!«

Nein! Nicht, wenn er so leidet!, widersprach Nicole so harsch, dass ihre Beine vom Boden festgehalten wurden.

Nici! Entweder raus oder näher ran. Aber nicht das!

Für einen Augenblick zögerte ihre andere Seele. Dann schob sie Jessica mit der Erde näher. Sie ignorierte die Flüche des Sorgenkopfes. Legte stattdessen ihre Hand auf seine. Hauchte nur ein Wort aus.

»Gemeinsam.«

Er schaute an ihr herab. Nickte, als er ihre versunkenen Beine sah. Dann lenkte er seine Magie in den brennenden Vogel. Sie tat dasselbe. Immer weiter. Sie mussten seine Flammen stabilisieren, damit er sich beruhigte. Damit er wieder er selbst wäre.

»Das-«, Houo rollte sich zitternd zusammen.

»Es war fast so, wie vor ein paar Monaten. Als die Floris vom Tod ihres Bruders erfahren hatte«, bestätigte Jessica die unausgesprochenen Worte.

»Nein. Diesmal … schlimmer«, krächzte Houo.

»Bist du dir sicher?«, drängte ihr Großonkel.

Der Vogel nickte kläglich: »Alice. Sie leidet.«

Die Najade in der Floris?, Nicole klang mitfühlend.

Na und? Soll sie doch! Sie ist eine Mörderin!

Ja, aber- Sie ist ein Naturgeist. Naturgeister sollen das Gleichgewicht halten, erinnerst du dich? Das hat Houo uns oft genug erklärt. Es ist nicht ihre Schuld, dass die Floris ihre Kräfte lenkt!

Sie hält sie auch nicht auf!

»Ich muss nach Gallahain. Sofort«, unterbrach TaJu ihr Gespräch mit Nicole.

»Was?! Nein! Sie hat dich nicht gerufen! Und du hast immer damit zu kämpfen, wenn du ihr Eis schmelzen sollst. Solange ihre Magie dort durchfließt, ist es dir fast unmöglich. Das hast du selbst gesagt!«

»Wenn ich nicht hingehe, werden wieder unschuldige Macian sterben. Sie werden-«

»Nein!«, Jessica hielt ihn fest, »Wenn es so schlimm ist- Dann wirst du sterben! Das lasse ich nicht zu!«

»Jessica … Ich. Muss.«

»Nein!«, sie klammerte sich fester an seinen Arm, »Ich kann niemanden mehr verlieren. Nein. Das-«

Und wenn wir mitgehen?, schlug Nicole vor.

Wir dürfen nicht nach Gallahain. Das hat uns Generälin LiJu verboten. Und wir-

Aber wir sind die einzigen, die das Eis der Floris bislang auch schmelzen konnten, wenn ihre Magie noch hindurch floss! Wir können auf unser Onkelchen aufpassen. Wir können ihn beschützen. Jess, wir sind kein kleines Kind mehr. Nicht wir benötigen Schutz. Sondern jene, die uns wichtig sind: Tantchen, Houo und unser Sorgenkopf.

Jessica bezweifelte, dass TaJu wirklich Schutz brauchte. Aber sie wusste, dass sie ihren Onkel nicht zurückhalten konnte. Das konnte sie in seinen Augen sehen. Er würde nach Gallahain reisen. Komme, was wolle!

»Du darfst nur, wenn ich dich begleite«, entschied sie.

»Jessica, du-«

»Ich bin die einzige, die ihr Eis schmelzen kann! Weil ich einen Funken von Houos Magie in mir trage. Das hast du mir selbst erklärt. Ich kann es. Und ich werde es. Für dich. Aber ich werde dich auf keinen Fall alleine ziehen lassen, Onkelchen!«

***

»Hat alles geklappt?«, fragte TJ seine Schwester, als er in ihr Zimmer trat und Yuki zum Dank streichelte.

Seitdem die Desson ihre innere Verbindung stets offen hielten, wenn er oder ihr Vater nicht bei SM sein konnten, konnte TJ aufatmen. Gakumon konnte ihn so informieren, sollte seine Schwester in Gefahr sein.

Oder sollte AC ihr nur zuwinken.

»Ja. Mutter ist eben rüber. Du hast sie knapp verpasst«, sie blickte nicht auf, während sie die Platzkarten vor sich verschob, »Es ist Sitte, dass die Väter der frisch Getrauten nebeneinander sitzen. Aber ich glaube nicht, dass das lange anhalten wird. Soll ich FK's Platz lieber gleich mit dem ihres Mannes tauschen?«

Er beäugte den Sitzplan: »Wenn sie direkt nebeneinander platziert werden, werden Mutter und der Konzil denken, dass du ihre Beziehung duldest. Als Unverheiratete ist das eine Sache. Aber als Kodomo, die ihren Gatten in die Kazokufamilie einführt?«

»Auch wieder wahr«, sie schob die Kärtchen wieder in die traditionellen Positionen, »Wird RT sich als er selbst blicken lassen? Oder werde ich einen weiteren Platz ganz unten einplanen müssen?«

»Ich kann ihn morgen fragen«, entgegnete TJ.

»Morgen soll das hier fertig sein«, murrte sie, »Und das würdest du wissen, wenn du häufiger hier wärst.«

Sie ist überfordert, mischte John sich ein, *Sie braucht eine Pause. Eine richtige Pause. Ohne sich von SR durch Kumohoshi führen zu lassen, wo sie eine Maske vor den anderen Hushen tragen muss.*

Ich weiß. Aber die wird sie sich nicht eingestehen. Und Vater wird nicht daran denken, ihr eine zu gewähren. Bis zur Eheschließung wird es keine Verschnaufpausen für sie oder mich geben.

Aber SR drängt er eine auf, hm?

212

Tarek antwortete nicht. Sonst hätte er John darauf hinweisen müssen, dass SR kein Kazoku war. Dass der Otou-san diesen generell sanfter zu behandeln schien. Als würde er FK in diesem sehen. Als hätte er sich schon seit Jahren gewünscht, dass ihre Familien vereint wären.

»Plane RT als entfernten Cousin von SR ein. Ich regle sein Erscheinen morgen früh. In Ordnung?«

»Akzeptabel«, sie verschob den Plan. Setzte sich an die Konzilmitglieder. Schob den Ajnameister neben den vom Manipura. Hielt inne.

»Wie gut versteht sich SR mit seinem Onkel?«

»BM?«, erkundigte er sich sicherheitshalber, wenngleich sein Freund nur einen Onkel hatte.

»Ja. Soll ich den Meister näher-«

Auf keinen Fall!, übertönte John sie ungehört.

»Vielleicht solltest du für ihn irgendwo am Ende einen Platz bereit halten. Ganz unten«, verschönerte er die Worte seines anderen Ichs, »Und direkt am Ausgang.«

»So schlimm?«

»Schlimm-«

Das Klopfen riss ihn mitten im Wort raus.

»Kodo- Ah! Musuko! Ihr sollt zum Otou-san. Jetzt!«, verkündete die Wache.

Verwirrt tauschten sie einen Blick aus. Dann fischte SM ihre Vertraute aus deren Liege. TJ musste Gakumon nicht auflesen. Dieser hatte sich in seinem Schatten ausgeruht. Er wartete nur darauf, dass SM sich in seine Richtung wandte, damit sie los konnten. Dann blinzelte er sie direkt vor das Büro ihres Vaters.

Die Wachen salutierten eilig vor ihnen. Doch befasste sich TJ nicht damit. Da die Tür offen war, hasteten sie sofort hinein. Zügig, aber ohne zu rennen. Rennen sollten Hushen ihres Ranges nicht!

»-kein Zufall!«

»Es ist Hutanzeug!«, beschwerte sich der Meister des Muladhara, »Wer weiß, ob es überhaupt stimmt!«

»Ihr glaubt doch nicht, dass Macian sich mit *Hutanzeug* befassen, nur um uns in eine Falle zu locken?«, erkundigte sich der Meister des Visuddha, »Was denkt Ihr, FK?«

SR's Mutter starrte grübelnd auf einen Papierausdruck. Er schwebte zwischen den den Chakrameistern. Generell waren nur diese anwesend. Nicht die Konzilmitglieder der Inseln. Genau so, wie es das Protokoll für unmittelbare Angriffs- oder Verteidigungsplanungen vorsah.

»Es ist zu ausgeglichen. Als würde es zentral von hier ausgehen«, sie deutete auf das Papier, »Und es scheint durch das Gebirge zu wandern. Das ist keine gewöhnliche Wettererscheinung. Das ist Magie.«

»Die Magie der Floris«, schloss TJ, als er die Abbildung endlich entziffern konnte.

Es war eine Luftaufnahme. Von einem Satelliten? Ein Waldgebiet neben einem Gebirge war darauf abgebildet. Der Rand war mit gelb und orange eingefärbt. Zur Mitte hin wurde es erst grün, anschließend hellblau und im Zentrum dann tiefblau. In der Legende waren die Farben verschiedenen Temperaturen zugeordnet.

Zwischen dem Dunkelblau und dem Orange lagen knapp fünfzig Grad Unterschied!

»Wir müssen sofort reagieren! Ehe sie sich zurückziehen kann!«, schloss ein weiterer Meister.

»Was, wenn wir unsere Leute damit einzig in den Tod schicken? Laut Karte liegen die Temperaturen ab dem grünen Feld unter dem Gefrierpunkt. Sie-«

»Willst du etwa kneifen?!«

»Ruhe«, sprach der Otou-san gelassen, »Die Abbildung ist zwei Stunden alt. Wir werden es also auskundschaften müssen. Jeder von euch stellt mir ein Team zusammen und bricht innerhalb von fünf Minuten auf«, damit skizzierte er den Stern Shingashas mit dem Zentrip aufs Blatt und wies auf die Spitze neben dem Gebirge, »EB? Du bist hier. Der Rest leitet sich seine Position ab.«

Sechs der sieben Meister verschwanden sofort, um sich vorzubereiten. Gewiss würden sie ihre besten Leute aus dem Bett werfen. Die Zweitbesten zu wählen, würde immerhin bedeuten, dass sie mit ihrem Tod rechneten.

Nachdenklich blickte TJ zu SR's Mutter, die immer noch vor der Karte stand. Die den Otou-san musterte.

»FK. Du musst auch-«

»Ich werde meinen Sohn mitnehmen«, entschied sie.

»Du-«, er stockte, »SR soll die Kodomo nächste Woche ehelichen. Er ist von allen Außeneinsätzen befreit. Damit ihm nichts passiert und du-«

»Wir wissen beide, warum«, sie starrte ihm fest in die Augen, »Wenn er erfährt, dass die Floris gefunden wurde und wir alle ausschwärmten, ohne ihm Bescheid zu geben, wird er es dir nie verzeihen. Die Chancen stehen zu groß.«

»Welche Chancen?«, erkundigte sich SM unschlüssig.

Als Antwort zog der Otou-san das Buch über gesuchte Macian hervor. Er schlug eine Seite auf. Eine, die das Wappen der Kazoku in der Ecke trug. Darunter las TJ den Namen eines Ubrids. Es wurde darauf bestanden, sie als Hutan zu behandeln, solange sie sich unter diesen Namen vorstellte. Man habe sie in Ruhe zu lassen.

Ihr Bild kannte er jedoch schon. Von einer Aufnahme der Floris, als diese mehrere Hutan getötet hatte. Damals hatte er die letzten Ausdrucke kaum beachtet. Die anderen Macian wären egal, solange die Floras starben.

»Das ist sie?«, fragte SM leise, »Sie ist-«

»Das Mädchen, das dein Verlobter beschützt«, bestätigte ihr Vater, als ihre Stimme schwankte, ehe er sich wieder der Meisterin zuwandte, »FK. Versteh doch: Wenn deinem Jungen etwas passiert-«

»Wird es nicht«, mischte sich TJ ein, »SR, RT und ich, wir sind ein eingespieltes Team. Ich schließe mich FK und der Sahasraraabteilung an.«

Nur so könnte er seinen Freund beschützen und diesen offen über diese Jessica Naar ausfragen.

Wenn nicht für die Hushen, dann für seine Schwester.

»Nein! Falls euch etwas passiert, fällt EJ die Erbfolge zu. Dann wird SM wieder Werbungen von AC erhalten. Alles stünde bei null! Genau wie die Sicherheit von ganz Kumohoshi und der anderen Inseln!«, der Otou-san schüttelte den Kopf, »TJ. Du bist der Musuko. Du musst diesen Kampf aussetzen. Du musst-«

»Ich muss dabei sein«, er straffte den Rücken durch, »Wenn nicht, stünde die Eignungsprüfung schon gestern an. Ich muss mit. Außerdem-«, er wandte sich an SM, »Lass Yuki uns beobachten. Dann kannst du uns im Notfall Unterstützung zukommen lassen. Gakumon wird die Verbindung permanent offen lassen. Heute passt du auf uns auf, Schwester«, er blickte zu seinem Vater, »Nur so kommen wir voran, Vater. Ohne, dass du Gefahr läufst, *dein* Versprechen zu brechen.«

»TJ …«

»Dein Junge hat Recht«, pflichtete FK ihm bei, »Hör auf ihn. Er muss den Saftladen irgendwann übernehmen.«

Kapitel 13: Monster

»Ich kann nicht glauben, dass ihr mich hierzu überredet habt«, schrie SR's Ma durch die peitschenden Winde.

Sie kann es nicht glauben? Was ist mit mir?!, schimpfte Ryan ungehört, *Das. Ist. Wahnsinn!*

Lass das. Wir müssen uns konzentrieren!

Er schaute zu TJ. Dieser hatte als einziges den Blick gen Boden gerichtet. Ab und zu verschob sich ihre Aussicht. Denn der Musuko blinzelte sie alle fallend durch die Luft. Er hatte die groben Koordinaten als Ankerpunkt genutzt. Hatte sie jedoch auf der Höhe von Kumohoshi dorthin befördert. Seither hatte er sie alle paar Sekunden weiter geblinzelt. Hatte die eisige Kälte angestrebt …

Bis er eine Stelle fand, an der sie zu Boden purzelten.

»Ging nicht besser«, knurrte TJ, als er sich jene Schulter rieb, über die er sich abgerollt hatte, »Zu viel Gewächs.«

»Wenn sie mit einem Angriff rechnen, werden sie uns als erstes bemerkt haben. Selbst die Anahatameisterin würde nicht so ein dämliches Manöver versuchen!«, schimpfte SR's Ma erneut.

»Es hat geklappt, oder?«, fragte Sven, während er seine Markierung in den nächsten Baum ritzte und RT ihre fehlenden Vertrauten mit einem Blinzeln abholte, »Wenn wir beim nächsten Mal mehr Zeit haben, können wir gerne einen offizielleren Weg nehmen.«

»Fürs Protokoll – ich musste mich auch erst an diese Taktik gewöhnen. Es kommt mit der Zeit«, murmelte RT, der zur Abwechslung mal sein eigenes Gesicht trug. SR und TJ hatten beide darauf bestanden, ihn mitzunehmen. Weil sie ein eingespieltes Team waren. Außerdem wären sie so nicht nur auf Sahasrara spezialisiert. Damit sollten ihre Chancen steigen.

»Und?«, fragte TJ, als auch er seine Markierungen ein paar Schritte entfernt gesetzt hatte.

Die Frage war unüblich, weil er sie Tatakai gestellt hatte. Denn Tatakai war der einzige, der Jessica orten könnte. Er kannte ihre Fährte. Die anderen Desson hätten erst eine Geruchsprobe gebraucht. Und diese besaß SR nicht mehr.

Sie mussten sich auf seinen Vertrauten verlassen.

»Schwach. Aber sie ist hier. Dort entlang«, der Desson nickte die Berge herab.

In Richtung Kältezentrum.

»Wir gehen vorerst nach Protokoll vor«, entschied TJ, »Einkreisen. Informationen sammeln. Gefahrenquellen eliminieren. Bei Kontakt mit SR's Zielperson wird diese sofort fortgeblinzelt. Wohin?«

Sven wollte Havbolt sagen, doch bezweifelte er, dass seine Kollegen eine passende Markierung dort hätten. Die nächste Option wäre Kriegsheim. Weil ihre Großmutter da wohnte. Aber bislang war noch nicht mal er selbst dorthin gekommen. Sie bräuchte einen Hutanort, an dem-

»Centy«, entschied er, »Die Stadt ist zu schräg. Da fällt sie nicht auf.«

»Gut, also-«, TJ schien nun erst zu bemerken, dass er SR's Ma übergangen hatte, die eigentlich ihr Team leiten sollte, »In Ordnung so?«

»Solange ihr keine Risiken eingeht. Keiner von euch«, befand sie, »Ja. Meinetwegen.«

Damit ging es den Hang hinab. SR legte eine Hand auf Tatakais Kopf, ehe er sie in kurzen Abständen der Kälte entgegen blinzelte. Er orientierte sich an der Richtung, in die sein Vertrauter sah. So würden sie Jessica hoffentlich als erstes finden.

Bevor die restlichen Hushen einträfen.

Nebenher bemerkte er, wie TJ ihm voraus war. Er schien sich ins Zentrum schlängeln zu wollen, um direkt gegen die Floris vorzugehen. Das würde hoffentlich die beißende Kälte stoppen, die sich bereits durch ihre Anziehsachen fraß. Von RT fehlte jede Spur. Sein anderer Freund hatte sich gewiss in einer Illusion verborgen. Und seine Ma?

Er spürte fast, wie sie ihn dicht verfolgte.

»Sven«, knurrte Tatakai nach einer Weile, »Kommt es nur mir so vor oder leben die Elemente?«

»Nein«, kritisch beäugte er den Boden, »Eisklingen.«

So bezeichneten die Akten jene Stacheln, die die Floris aus der Erde schießen ließ. Sie waren überall. Manche reichten ihm bis zur Brust. Andere waren kaum größer als ein Maulwurfshügel. Sobald er sich den kleineren näherte, wuchsen sie jedoch rasant an.

Bestimmt würde seine Ma ihn bald aus den Augen verlieren. Sie würde später schimpfen, weil er nicht auf sie gewartet hatte. Doch dafür war keine Zeit …

Achtung!

Ryans Warnung folgend, blinzelte sie weiter. Es zerrte an seinem Anahata. Aber es war notwendig. Denn nun griffen auch die Bäume an! Herabhängende Ranken schleuderten sich nach unten und bildeten Risse in Boden und Eis.

Viel mehr konnten sie allerdings nicht ausrichten.

»Das-«, er stockte, »Das greift nicht uns an, oder?«

»Sven. Dort«, unterbrach Tatakai seine Gedanken.

Unschlüssig lenkte er seine Aufmerksamkeit auf einen Sandweg. Dort lag ein blaues Bike. Daneben zwei Helme. Obwohl er das Fahrzeug nur einmal gesehen hatte, konnte er es sofort zuordnen.

»Hier lang«, murmelte er, als er dem Weg zum Zentrum der Kälte folgte.

Ist sie bescheuert?! Der Gefahr so eifrig entgegen zu laufen …, Ryan klang eher zornig als besorgt.

Und das entfachte neue Sorgen in ihm.

Es sind zwei Helme.

Meinst du, ihr alberner Onkel hat sie hierher geschleift? Um den Mist zu säubern?!

Es scheint ihre Aufgabe zu sein. Denk an die Aufnahme, Sven schlängelte sich weiter. Er trommelte gegen sein Zentrip. Überlegte, eine Illusion heraufzubeschwören, um unerkannt zu bleiben. Doch kannte er das Terrain nicht. Ein Fehler und er könnte zu leicht auffallen. Auch würde es ihn zu sehr auslaugen.

»Such sie. Bleib aber verdeckt, ja?«, wies er Tatakai an.

Sein Vertrauter zögerte. Sich in einem feindlichen Gebiet zu trennen, konnte ihre Überlebenschancen beträchtlich verringern. Doch nur so konnten sie ein größeres Terrain abdecken. Nur so konnten sie unauffälliger agieren!

Es sei denn, einer von ihnen wurde in einem Hinterhalt getötet. Dann wäre auch der andere verloren.

Um jede Diskussion im Keim zu ersticken, eilte SR sogleich weiter. Er ließ Ryan die Bäume beobachten. Er selbst beäugte den Boden. Es schien nun wieder wärmer zu werden. Die Eisklingen ließen nach. Der Boden war feucht, jedoch nicht rutschig. Als wären die Eisklingen getaut worden …

Das ist Jessica, oder? Wir kommen der Sache näher, murmelte er an Ryan gewandt.

Sprich für dich. Der Wald scheint immer verrückter zu werden. Elf Uhr!

Er blinzelte sich an einer Ranke vorbei, die sich nach ihm ausgestreckt hatte. Der Kontrollblick verriet, dass sie ihn dort nun nicht mehr suchte. Stattdessen hatte sie sich erneut zielsicher nach ihm umgewandt.

Ich habe keine Zeit dafür!, schimpfend blinzelte er sich ein paar Schritte vorwärts. Bis Ryan ihn abrupt stoppte.

Stopp! Hier wenden sie sich dir nicht zu. Schau!

Genervt blickte er sich um. Er wollte weiter. Nicht hier Wurzeln schlagen! Nicht-

Er stand auf einem zertretenen Maulwurfshügel. Nicht mehr auf dem Rasen.

Meinst du, jemand spürt uns durch die Pflanzen?

Gut möglich, Ryan wirkte überfordert, *Weiß nicht. Ich brauch mal eine Pause.*

EINE PAUSE?!, Sven spürte, wie er seine andere Seele würgen wollte, *PAUSIEREN KANNST DU IM TOD!*

Damit blinzelte er sich auf jenem Sandweg entlang, dem er ursprünglich nicht direkt folgen wollte. Aber wenn ihn die nackte Erde davor bewahrte von den Pflanzen dieses Ortes stranguliert zu werden, so würde er sich den Macian lieber zu erkennen geben!

Du wirkst zu gereizt.

Und du zu gelassen!

Vielleicht, weil- Was sagen wir ihr, wenn wir sie sehen?

Sven tat, als hätte er nichts gehört. Dieselbe Frage hatte ihn schon unzählige Male heimgesucht. Doch hatte er bislang keine Zeit gehabt, um eine passende Antwort zu finden. Nun eine zu suchen, wäre nicht hilfreich!

Denn Zeit, das wusste er durch das Sahasrara, war das kostbarste Gut von allen. Und sie lief ihm ständig weg!

Er blinzelte sich zwei Schritte vor die nächste Biegung des Sandweges, um den weiteren Weg auszuspähen. Dort fand er eine kleine Straße vor. Mehrere Autos waren unter dem breiten Blätterdach geparkt. Sie wurden von riesigen Bäumen umringt. Er konnte Treppen im Holz erkennen. Dumpfe Lichter zwischen den Ästen. Schiefe Türen in den Stämmen. Es wirkte wie ein Dorf aus Baumhäusern!

Doch wenn die Floris hier wohnte, so musste es ein Stützpunkt sein. Dann musste es unter der Erde noch weitergehen. Dann musste-

Dort!

Sven blieb auf dem Sandweg, während er Ryans Blick folgte. Zu Jessica, die sich über einen Mann beugte. Sie schien auf ihn einzureden. Ihn um etwas zu bitten. Immer wieder schaute sie zur Floris, die nur zornig über sie ragte.

Die wahrscheinlich für das ganze Blut auf dem Boden, für die Verletzten und Toten verantwortlich war.

Und dennoch standen alle lebenden Macian hinter ihr. Sie blickten auf jenen Ubrid herab, der das Eis der Floris schmelzen konnte. Jene Frau, die ihnen vermutlich allen das Leben gerettet hatte!

»Lass ihn in Ruhe! Lass-«

»Du befiehlst der Floris nichts!«, schrie eine ältere Frau und holte aus.

***

»Schneller«, drängte Jessicas Großonkel, als er das Bike zu Boden warf, »Und bleib auf dem Weg!«

Kurz blickte sie auf das Gefährt zurück. Dann warf sie ihren Helm dazu. Sie rieb ihre Hände aneinander. Ließ das Eis vor ihnen schmelzen. Genauso, wie sie es eben noch auf dem Bike gemacht hatte.

Dann folgte sie dem General durch die Pfützen.

Kannst du noch?, fragte Nicole besorgt.

Muss, erwiderte sie, *Aber es ist ungewohnt.*

Sonst blieb sie stehen, um das Eis zu tauen. So konnte sie sich leichter auf die Kälte konzentrieren. Doch rennend schwankte ihr Blick. Als würde nicht sie sich bewegen, sondern der Frost.

»Hier entlang«, ihr Großonkel lenkte sie um eine Kurve und für einen Moment erstarrte JeNi dort.

Blut. Eis. Abgetrennte Körperteile. Starre Augen.

Sie schluckte. Der Anblick hatte sie zu abrupt überfallen. Zu sehr an die Hutan erinnert, die-

»Jessica!«, TaJu's Stimme holte sie zurück. Sie sah, wie er Flammen in seine Hände schnipste und verteilte. Er ließ sie bis ins Blätterdach aufsteigen, wo sie allmählich die verschiedensten Fenster und Balkone an den Stämmen ausmachen konnte. Eilig schüttelte sie ihre Faszination ab. Legte beide Hände auf den Boden.

Der größte Teil des Stützpunktes wäre unterirdisch. Dort musste sie anfangen. Sie würde sich von unten nach oben arbeiten. Ihr Großonkel anders herum. So konnten sie sich in der Mitte treffen.

»Was macht sie hier«, zischte jemand neben ihnen.

»Sie hilft dir, LiJu. Immerhin warst du diejenige, die jegliche Feueraffinitäten aus Gallahain verbannt hat«, gab TaJu schroff zurück.

»Ich habe es im Griff«, beschwerte sie sich dennoch.

»Ah! Deswegen die ganzen Toten«, spukte Jessica ihr entgegen, »Wie konnte ich das nur übersehen? Dabei ist das nur deine neue Deko. Echt, der letzte Schrei.«

»Du-«

Jess. Bitte, meldete sich Nicole.

Seufzend blendete sie die Frau aus. Die Generälin dieses Stützpunktes. Die Tante der Floris. Für sie hätte Jessica am liebsten gar keinen Finger krumm gemacht!

Für ihren Großonkel jedoch?

Als sie mit dem Eis unter der Erde fertig war, zitterten ihre Knie so sehr, dass sie zwei Versuche zum Aufstehen brauchte. Dabei hatte sie sich gar nicht um das Eis abseits vom Stützpunkt gekümmert. Nur jenes, das eine direkte Gefahr für sie oder die Macian hier darstellte. Sie verstand nicht, woher die Floris ihre Macht hernahm. So viel Magie sollte keine einzelne Person befehligen können. Egal, ob mit Najade im Körper oder nicht!

»Geht's?«, ihr Sorgenkopf von einem Großonkel stützte sie am Arm, »Du siehst blass aus.«

»Schon mal in einen Spiegel gesehen«, murmelte sie, »Ich will wieder nach Hause. Bitte.«

Er nickte, wandte sich aber nochmal dem Platz vor ihnen zu. Es wirkte wie eine Einfahrt. Links von ihnen standen mehrere Autos. Einige erkannte Jessica wieder. Andere waren ihr komplett fremd. Die Generälin von zuvor hatte sich dorthin zurückgezogen.

Diese LiJu, die still auf die Floris einsprach.

»Jetzt«, drängte Jessica ihren Onkel, »Ich kann nicht-«

»General TaJu? Kommt.«

Die Stimme ging JeNi unter die Haut. Sie spürte, wie TaJu ihren Arm fester umschloss. Er schien nicht loslassen zu wollen. Aber es wirkte auch, als ob er der Bitte folgen müsste. Als ob er gehen wollte. Nicht gehen konnte!

Zumindest nicht zurück nach Hause.

»Nur kurz«, kämpfte er hervor und ließ ruckartig von Jessica ab. Sie hörte, wie Nicole aufschrie. Wie sie meinte, dass sie ihn nicht allein lassen dürften!

Damit ließ sie ihre andere Seele die Erde verschieben. Sie folgte dem General. Begleitete ihn. Hoffte, dass man ihr ihre Erschöpfung nicht anmerken würde. Nicht die müden Beine erkannte, die nur noch nachgeben wollten!

»Habt Dank, dass Ihr Gallahain gerettet habt. Monster wie Eure Nichte gehören dinglichst weggesperrt, oder?«, fragte die Floris, sobald sie ankamen, lächelnd.

»Jessica hat nicht-«

»Jessica Nicole ist hierfür verantwortlich«, erklärte die Floris mit unnachgiebiger Stimme, »Das Monster, das ihr unter Euren Namen beherbergt, General! Ist sie nicht jenes Monster, das ihr mittlerweile richten solltet?«

»Ich-«, er schüttelte sich, »Meine Großnichte hat Euer Eis geschmolzen. Sie hat Gallahain gerettet. Allein hätte ich das nie geschafft. Sie-«

»Sie hat meine Mama, die alte Floris gebrochen. Eine Frau, die dank des Abschaums ihren Lebenswillen verlor. Die dadurch den Verstand verlor, Die dadurch verstarb«, sie wandte sich an Jessica, »Die Trauer um meine werte Mutter ist dein Werk. All das hier«, sie wies um sich, »ist dein Werk. Nur weil du versuchst, es aufzuräumen, kannst du es nicht bereinigen. Du. Bist. Schuld!«

Jessica erschauderte: »Ich habe nie-«

Warte mal, bat Nicole, *Da. Das ... Irgendwie wirkt das falsch, oder? Ihre Magie sieht anders aus!*

Unschlüssig folgte sie dem Blick ihrer anderen Seele. Zu den Füßen der Floris. Wo erneut der Frost entlang kroch. Er schlich um sie herum. Blieb allerdings kontrollierter. Fast, als würde er vor der Generälin stoppen. Als würden ihre geflüsterten Worte die Floris lenken?

Na und?, schimpfte Jessica, *Diese Floris meint die ganze Zeit, dass wir das Monster wären! Wir! Was soll das?!*

Ehe Nicole antworten konnte, lachte diese und deutete auf TaJu: »Ich war zu nachsichtig mit Euch, General. Dabei konnte dieser Abschaum noch nie eine vernünftige Verteidigung vorbringen, hm? Töte. Sie.«

Abrupt stürzte er zu Boden. Seine Finger kratzten durch seine Haare. Er zerrte daran. Keuchte!

»Nein«, Jessica war sofort bei ihm, »Was soll das?!«

»Verschwinde. Jetzt«, zischte TaJu.

»Nein. Du bist stärker. Du kannst das. Bitte, Onkelchen. Bitte!«, sie wandte sich auch an die Floris, »Lass ihn in Ruhe! Lass-«

»Du befiehlst der Floris nichts!«, schrie die Generälin.

Jessica sah, wie die Macian nach ihr ausholte. Es wirkte, als wolle sie Wurzeln und Äste nach ihr schleudern. Ein Teil von Jessica wusste, dass sie beiseite springen sollte. Sie war zu geschwächt, um noch einen Funken Magie zu wirken! Nur Nicole könnte sie retten, indem sie die Erde verschob. Aber ihre andere Seele hatte einzig Augen für ihren Großonkel. Für-

Irritiert starrte sie hinter die Floris. Es war nur für einen Augenblick gewesen, doch hatte sich dich Generälin kurz in Luft aufgelöst. Nur für einen Wimpernschlag! Dennoch hatte das ihre Manipulation unterbrochen, ehe sie wirken konnte. Das Holz blieb, wo es war. Und so wandte sich die Floris von Jessica nun dieser LiJu zu.

»Tante?«

»Das- Alles war für einen Moment-«, sie riss den Kopf herum, als würde sie etwas suchen.

»Tante. Was ist los?«, fragte die Floris bestimmter.

Ein Knurren echote von den Autos rüber. Dazwischen tauchte ein riesiges Hundewesen auf. Er hätte als Haustier durchgehen können. Doch so, wie er den Kopf beugte. Wie er gezielt zu der Floris und Generälin sah? Wie er-

»Still«, hauchte jemand in Jessicas Ohr.

Sie erstarrte. Sie kannte diese Stimme. Sie hatte ihr über Jahre vertraut. Doch außer ihr schien niemand sie gehört zu haben! Sie sah, wie alle anderen zu den Autos blickten. Wie sie nicht bemerkten, dass jemand zwischen ihr und der Floris stand. Wie da jemand stehen musste! Jessica spürte, wie eine Hand auf ihrer Schulter lag. Eine, die sie nicht sehen konnte. Die auf jeden Fall da war!

Genau wie die Abdrücke im Rasen.

Jemand griff den Desson an und die Illusion löste sich abrupt auf. Stattdessen tauchte das Geschöpf nun neben ihrem Großonkel auf, der still vor sich hin brabbelte. Der sich zu verkrampfen schien. Der den Desson dennoch nicht angriff, weil er sich lieber gegen Jessica richte-

»Nein!«, rief sie aus, als sie sah, das Sven die Augen verengte, »Er ist nicht er selbst. Er-«

»Du-«, die Floris wandte sich ihnen erneut zu, aber ehe sie etwas sagen konnte, drehte sich Jessicas Magen um.

Hustend schüttelte sie sich. Selbst der General schien mit seinem Magen zu kämpfen. Es hatte sich angefühlt, als wäre ihr Innerstes umgedreht worden. Als hätte man sie einmal umgekrempelt!

»Geht's?«, fragte Sven und klopfte ihr auf den Rücken.

»Das-«, ihr Husten unterbrach sie mehrfach, »Wieso macht man«, hust, »so etwas, wenn«, hust, »man sich dabei«, hust, »fast übergibt!«

»Man gewöhnt sich dran«, erwiderte Sven gelassen.

»Töten. Muss-«

Die Stimme ihres Großonkels holte sie zurück auf den Boden der Tatsachen. Das hier war nicht Havbolt. Nicht die Welt der Hutan. Egal, wie sehr Svens Gesicht sie in den Glauben daran versetzen wollte!

»Nein. Du musst niemanden töten. Bitte«, sie strich über seine Haare, »Das waren nur Worte. Das-«

»Muss dich töten«, er griff nach ihren Hals und presste ihre Luft ab.

Sterne tanzten vor Jessicas Augen. Sie hörte, wie Nicole darum bat, zu kämpfen, um ihrem Onkelchen zu helfen. Dass er nichts dafür könne. Dass er sie brauche! Doch sie selbst wusste nicht, ob sie das wollte.

Wenn sie starb, hätte der Spuk ein Ende, oder? Dann-

Abrupt verschwanden die Hände von ihrer Kehle. Erneut musste sie husten. Sie sah, wie Sven über TaJu gebeugt stand. Er hatte zwei Finger an dessen Hals gelegt. Nickte.

»Kleiner Schock. Der wird wieder«, murmelte er, »Auch wenn ich nicht verstehe, warum du deinen Beinahemörder so zwanghaft beschützen willst.«

»Er ist nicht-«, Wut durchströmte sie, »Du meinst, so wie dich?!«

Hastig wandte sie den Blick ab. Starrte stattdessen auf den riesigen Desson in Form eines Hundes. Ja. Sie hatte ihn in Havbolt schon ein paar Mal gesehen. In dem Park. Damals hatte sie ihn für ein gewöhnliches Haustier eines Hutan gehalten. Sie hatte ihn kaum beachtet. Ihn nun hier vor sich zu sehen …

Er kam ihr gar nicht so gefährlich vor, wie seine Klauen vermuten lassen würden …

»Du solltest hierbleiben. Man hat den Kälteeinbruch der Floris bemerkt. Er war zu abrupt, um natürlich zu sein. Derzeit wird der Ort dort unten umzingelt. Wahrscheinlich werden die meisten Macian eh durch die Erde fliehen. Vor allem, wenn diese Bäume weiterhin so desasträs um sich peitschen. Du solltest also nicht wieder runter, ja?«

Damit wandte er sich von dem General ab. Er schaute sie nicht an. Sein Blick lag auf Gallahain. Dort, wo die Floris ein Massaker mit ihren eigenen Macian veranstaltet hatte.

Und Jessica die Schuld daran zugeschoben hatte.

»Ich- Ich muss vielleicht. Wegen Tantchen. Wegen-«, sie stoppte sich, ehe sie Houos Namen aussprach.

Sven wusste nichts von dem Phönix, oder?

»Sie hassen dich. Alle! Und die Floris wollte dich eben noch umbringen lassen. Setz deinen schlauen Kopf ein, Jessi: Das ist Selbstmord!«, schrie er sie plötzlich an.

Erschrocken weiteten sich seine Augen und er wandte sich hastig ab. Seine Hände öffneten und schlossen sich, als würden sie Reflexen folgen.

Reflexen, die ihn wieder beruhigten.

»Kann sein. Aber-«, JeNi schaute zu ihrem Großonkel-, »Irgendwie schaffen wir es schon. Diese Befehle haben bislang jedes Mal ihre Kraft verloren. Er schafft das.«

»Und wie lange hat das gedauert?«

»Bitte?«

»Bis sie ihre Kraft verloren?«

Erde an Jessica, meldete sich Nicole, als sie sich endlich sicher war, dass es TaJu gut ging, *Bist. Du. Wahnsinnig?! Du kannst auf keinen Fall mit einem Hushen darüber reden! Du kannst nicht-*

Er ist kein Hushen! Er ist Sven!

Sie schüttelte den Kopf: »Houo meinte, sechs Tage. Das wäre das längste gewesen.«

»Houo?«, wiederholte er, »Das ist ein Dessonname.«

»Kann sein«, überspielte sie eilig.

Er musterte sie einen Moment. Dann schaute er auf ihren Großonkel. Er schien etwas abzuwägen.

»Wie weit wohnt ihr von der Floris entfernt?«

»Wer sagt, dass wir nicht bei ihr wohnen?«

»Das Bike mit den zwei Helmen?«

Jessica schnalzte mit der Zunge.

»Luftlinie: Mehr als ein paar Meilen?«

»Keine Ahnung. Ein gemütlicher Hinweg dauert ein paar Stunden«, gestand sie.

Jessica!, drängte Nicole, *Du musst aufhören! Du musst-*

Wenn du das wirklich glauben würdest, wäre der Boden rissiger, Nici! Hör auf, ihm so zu misstrauen!

Das brachte ihre andere Seele zum Schweigen.

»Ich kann versuchen, den Befehl zu lösen. Also, in der Theorie. Du darfst dafür aber nicht ausflippen, ja?«

Die Art, wie er es sagte, ließ sie innehalten. Er wirkte so nachdenklich. So war er anfangs auch mal gewesen. Ehe er angefangen hatte, mit ihr im *Sweet Paradice* zu sitzen und zu lachen. Ehe er ihr immer die Kekse zuschob, die es im Winter zum Eis dazu gab. Einfach, weil er wusste, dass sie ihr schmeckten.

Hatte sich damals ihre Freundschaft gebildet? Oder war sie bereits zuvor entstanden? Als sie sich die Schokolade aus dem Automaten geteilt hatten?

Unwillkürlich nickte sie ihm zu. Sie beobachtete, wie er ein Klappmesser aus der Hose zog. Es musste sein Zentrip sein. Kraftvoll und gefährlich wie er. Aber auch verborgen und sicher.

Oder machte sie sich das nur vor?

Langsam breitete er die Arme über ihren Großonkel aus. Er schloss die Augen. Seine Hände spannten sich an. Er hielt die Luft an. Zog die Brauen zusammen.

Dann war der General verschwunden.

Erschrocken riss Jessica die Augen auf. Sie wollte rüber springen, doch schmerzten ihre Beine zu sehr. Sie fühlte sich wie festgewurzelt! Wie-

Ehe sie sich versah, tauchte ihr Großonkel wieder auf. An genau derselben Stelle! Sven jedoch sackte zusammen. Er atmete zischend durch. Wies mit dem Zeigefinger auf die Lippen. Verschwand in der Luft und ein kleiner Blitz fuhr durch ihren Onkel.

»Was-«, er riss den Kopf zu ihr herum, »Jessica! Alles gut? Ich- Ich dachte-«, er starrte auf seine Hände, als könne er sich noch erinnern, ihre Kehle festgehalten zu haben, »Das macht keinen Sinn«, er drehte sich um.

Erblickte Tatakai.

»Nein, halt!«, sie konnte kaum fassen, dass er wirklich stoppte, »Erst- Was ist das letzte, woran du dich erinnerst? Du-«, sie atmete tief durch, »Und was konntest du mir nicht kaufen? Bitte.«

»Die Schuhe«, so wie er der anderen Frage auswich, war sich Jessica sicher, dass er wieder er selbst war.

Tränen strömten aus ihren blauen Augen. Sie schluchzte mehrere Danke hervor. Spürte, wie da eine Hand auf ihrer Schulter lag. Wie sie Jessica drückte.

Er hätte Onkelchen töten können, befand Nicole still, *Das- Onkelchen ist ein General. Gewiss bringt das einem Hushen ordentliches Ansehen. Gewiss-*

Aber dass kümmert Sven nicht, erkannte Jessica, *Dafür sind wir zu gut befreundet.*

»Jessica, du-«, so wie TaJu auf ihre Schulter starrte, bekam sie es mit der Angst zu tun.

Hastig riss sie den Arm zur Seite. Versuchte, den Hushen abzudecken, den sie selbst nicht sehen konnte. Den sie nicht einmal mehr dort spürte!

»Nein! Bitte-«, sie konnte Sven nirgends ausmachen – selbst sein Desson war verschwunden!

Aber das bedeutete nicht, dass sie nun weg waren, oder? Sie hatte eben noch seine Hand gespürt!

»Wartet. Ihr alle!«, sie riss den Kopf hastig herum.

Keine Spur von dem Hushen.

Frustriert kämpfte sie sich auf die Beine und schrie in die Nacht hinein. Dann zerrte sie ihre Füße je einen Schritt im Kreis, während sie sprach. So würde sie Sven schon irgendwie ansprechen: »Nein! Du kannst nicht einfach über Jahre verstecken, was du bist und von heute auf morgen von Abschied faseln! Du kannst nicht einfach in euren schicken Büchern veranlassen, mich in Ruhe zu lassen! Du kannst nicht einfach auftauchen, mich und meinen Großonkel vor dem Zorn der Floris beschützen – den Befehl irgendwie von ihm lösen und dich dann wieder verstecken! Das. Ist. Nicht. Fair. Sven!«

Sie atmete heftig durch. Die Worte hatten sich wie ein Sprint angefühlt. Ihre Hände kribbelten. Sie spürte, wie Funken aus ihren Fingern hervorbrachen. Wie sie jedoch viel zu schwach und erschöpft waren, nachdem Jessica so viel Eis geschmolzen hatte. Nachdem Nicole genauso über Sven dachte wie sie …

Denn die Worte waren ein Sprint gewesen. Ein Sprint, an dessen Ende der Hushen seine Illusion aufgab. Er tauchte wenige Schritte von ihr entfernt auf. Etwas weiter bergauf. Sein Desson neben ihm.

»Es ist überfällig«, bemerkte das Hundewesen gelassen, »Und deine Kontrolle würde sich auch bedanken.«

»Ja«, stimmte Sven langsam zu, ehe er auf den Boden plumpste, »Ja …«

TJ beobachtete, wie SR den Angriff auf diese Jessica Naar verhinderte. Hätte er es nicht selbst gesehen, hätte er das Geschehene für unmöglich gehalten! Noch nie hatte ein Hushen eine andere Person während eines Kampfes mit dem Sahasrarachakra durch die Zeit befördert!

Ob er das die letzten Wochen geübt hatte? Nicht nur die Rückwärtsbeförderung?, fragte John nachdenklich.

Tarek ging nicht darauf ein. Er hatte Fuyu bemerkt, die sich etwas abseits durch das Unterholz schlich. Also wäre auch FK irgendwo in der Nähe. RT hatte er bereits unter den Macian erblickt. TJ hätte ihn nie gefunden, wenn er nicht gewusst hätte, welche Gesichter sein Kollege für die Illusionen bevorzugte!

Sobald SR den Ubrid mitsamt Anhang fort geblinzelt hatte, ließ er sich von Gakumon durch die Schatten führen.

»Du-«, hörte er die Floris schreien, »Verräterin! Findet sie! Findet SIE!«

Nette Tyrannin, brummte John, *Ich hätte nie gedacht, dass das Wort* Monster *jemandem so passen könnte.*

Konzentrier dich! Wir werden nicht viel Zeit haben, ehe sie sich zurückziehen, belehrte er seine andere Seele und trat am Fuße eines Baumes aus den Schatten.

Er kam schräg hinter der Floris raus. Dort, wo sie zuvor die anderen Macian ermordet hatte. Zumindest, wenn er die Pfützen aus wässrigem Blut und Leichenteilen richtig deutete. Er sah, wie die Generälin die Floris umkreiste. Wie sie auf ihrer anderen Seite stehen blieb.

Dann wandte sich die Floris auf einmal ihm zu.

Er erstarrte. Er konnte sehen, wie selbst sie innehielt. Er spürte, wie sie ihn musterte. Musste dasselbe plötzlich bei ihr machen. Er fokussierte sich auf ihre grauen Augen. Auf ihr Gesicht. Glaubte, es schon mal woanders gesehen zu haben. Nicht aus den Aufnahmen der Hutankameras.

Nicht von den Phantomzeichnungen. Nein. Er selbst war ihr bereits begegnet. Irgendwann einmal …

Dabei traf er sie doch zum ersten Mal, oder? Ihren Bruder hatte er einst auf dem Schlachtfeld gesehen, ja. Ihren Vater auch durch Zufall. Sie?

Noch nie.

Dabei kam sie ihm so vertraut vor …

Ehe er sich versah, schrie die Generälin etwas. Verdattert schüttelte er sich. Er fühlte sich, wie aus einem Traum gerissen. Der Floris schien es ähnlich zu ergehen. Sie griff nach ihren Bauch. Stützte die Wölbung, die ihm zuvor nicht aufgefallen war. Hob die Hand. Hielt inne. Wandte sich von ihm ab, um der Generälin etwas zu sagen.

Nun erst bemerkte diese ihn.

Verdammter, er spürte, wie die Meisterin sich neben ihn blinzelte und ihn zurückriss.

»Was soll das?«, zischte sie ihn an, »Da sorgt man extra für eine Ablenkung und du bist im Land der Träume?«

»Es-«, TJ brach ab, als auch RT neben ihm auftauchte.

Seine Schulter blutete.

»Konnte es nicht mehr halten«, brummte er.

Eine Illusion! Sein alter Kollege hatte so extra für eine Ablenkung gesorgt, damit TJ die Floris erledigen könne! Obwohl er dabei verwundet worden war! Nur-

Warum hatte er gezögert? Er hatte ja kaum gehört, wie die Generälin geschrien hatte. Hatte kaum gespürt, wie FK ihn in Sicherheit gebracht hatte!

»Kommt nie wieder vor«, entschied er, »Lehrplan fünf.«

Beide nickten. Sie gaben mit dem Ajnachakra vor, die Stellung zu halten, während TJ sie schräg um die Floris und Generälin führte. Er musste sie aus der Schusslinie bringen, ehe er sich an den Angriff wagte. Nur so hatten sie die höchsten Chancen!

Er würde keinen verlieren.

Gerade als er jedoch die Blitze in die grobe Richtung der Floris lenkte, brach der Boden zwischen ihnen auf. Ein kleines Kind tauchte auf. Sie riss die Arme hoch und sogleich wurden sie von einem rasant wachsenden Baum nach hinten geworfen.

»Nicht. Meine. Momma!«, schrie die Kleine.

Hastig blinzelte TJ sie in Sicherheit. Doch sobald sie auf dem Rasen landeten, riss das Kind den Kopf herum.

Nein. Kein Kind. Ihre Augen waren zu stechend. Die Haare zu lang für ihren Körper. Und die Art, wie sie auf die Pflanzen, nein, wie sie auf das Holz reagierte …

Das war die Dryade!

Noch während er die Wahrheit realisierte, griffen die ihn Macian an. Sie schienen sich formiert zu haben. Wild rieselten Äste und Metallklingen auf sie herab.

»Nein, nein, nein!«, FK ließ Blitze aus ihren Händen schnellen. Blitze, die die Angriffe ablenken sollten. Die bereits im Ansatz zu schwach waren. Die RT nicht mehr unterstützen konnte. Die TJ zu spät unterstützen würde, weil er sich noch auf die Dryade fokussierte!

Dann traf die Verstärkung ein.

***

Sven war überrascht, dass sich der General zurückhielt. Aber etwas an Jessicas Worten oder Tonlage hatte ihn zum Innehalten bewogen. Als würde er es nicht ganz glauben können. Als wäre dort jedoch eine Ahnung. Eine verzerrte Erinnerung, die ihn unschlüssig stimmte …

Die anderen kommen klar, oder?, fragte Ryan.

Denke. Die restlichen Abteilungen sollten mittlerweile eingetroffen sein. Damit müssen wir uns eh zurückhalten. Wenn uns jemand erkennt, würde man Ma einen Strick draus drehen.

Er streckte eine Hand nach Tatakai aus, um ihn zwischen den Ohren zu kraulen. Eine alte Angewohnheit. Eine, die er sonst auf Kumohoshi zwanghaft unterdrückte. Um seine Unsicherheit zu verbergen. Seine schwankenden Magien.

Doch galt die Geste diesmal nur seinen Nerven.

»Womit willst du anfangen?«, fragte er Jessica, während sie noch ihren Atem sammelte.

Die Funken an ihren Händen waren verschwunden. Sie hatten sich selbst bei der Entfernung prickelnd angefühlt. Warm. Geborgen. Irgendwie vermisste er die Spuren ihrer Magie nun. Sie waren zu beruhigend.

»Du-«

»Er meint es nicht respektlos. Eher wie Hutan, wenn sie Fragen stellen«, unterbrach Jessica den General.

»Ja. Aber er ist-«

»Er ist kein Feind«, erklärte sie bestimmt und schaute SR direkt in die Augen, »Oder?«

Ihre blauen Seelenspiegel hielten ihn fest. Der Hushen musste sich bemühen, beim Thema zu bleiben. Sich nicht anmerken zu lassen, wie sehr er sie seit ihrem Abschied vermisst hatte.

Dabei standen sie auf verschiedenen Seiten.

»Wäre es besser, wenn ich ja sage?«, fragte er sachte.

»Es wäre besser, wenn du mir zur Abwechslung mal die Wahrheit sagst. Ohne Ausflüchte. Angefangen mit-«, sie zuckte zusammen und humpelte zu einem Baum rüber, um sich dagegen zu lehnen, »Tantchen. Das Pflegeheim. Du wusstest, seit wann-auch-immer was ich war. Aber du hast mir nie etwas angetan. Du bist immer nur Sven geblieben. Ich-«, sie stockte, »Ich weiß ja nicht einmal, wie deine andere Seele heißt.«

»Ryan«, antwortete er ehrlich, »Er ist meist schroffer. Daher halte ich ihn lieber zurück. Auch wenn-«, er dachte an ihre ersten Besuche ins *Sweet Paradice* zurück, »Du hast ihn damals getroffen, weißt du? In der Anfangszeit. Wir sehen uns so ähnlich, dass ein Wechsel nicht auffällt. Zumindest nicht, solange man uns nicht genauer kennt.«

Schroffer? Na danke!

Du kannst gerne hallo *sagen, wenn es dich stört.*

Sven hatte zu wenig Nerven, um an zwei Fronten zu diskutieren. Er konnte jetzt nicht mit Ryan streiten! Zumal es einzig seiner anderen Seele zu verdanken war, dass er zwei Macian durch die Zeit befördert hatte.

Das hatte bislang keiner geschafft! Bei der Frau war es ein Versehen gewesen. Er hatte eigentlich auf ein anderes Chakra zurückgreifen wollen. Als er das Sahasrarachakra aus Gewohnheit bemerkte, hatte er es sofort wieder fallen gelassen. Erst durch Ryans Ausruf war ihm aufgefallen, dass er damit ihre Magie unterbrochen hatte.

Deswegen hatte er es bei Jessicas Onkel in Erwägung gezogen. Um die Magie der Floris aufzulösen. Denn nichts anderes konnten diese Befehle sein!

Jessica glitt am Stamm des Baumes herunter. Sie war nur eine Armlänge von Tatakai entfernt. Neugierig beäugte sie ihn. Ein Teil von SR erinnerte sich daran, wie sie sich mal ein Haustier gewünscht hatte. Ob sie Hunde mochte?

»Und bei dir?«, fragte er, als sie ihre Hand zu seinem Vertrauten ausstreckte. Leicht erhob Tatakai die Lippen, um seine Zähne zu zeigen.

»Nicole«, entgegnete sie, als der General sich hinter sie schob und anspannte, »Sie- Sie ist halt sie.«

Sven beobachtete, wie Jessica die Hand nicht senkte. Sie schien keine Angst vor Tatakai zu haben. Weil er zu SR gehörte? Oder weil er so tierisch aussah? Sachte klopfte er gegen sein Bein. Um dem Desson zu bedeuten, offener gegenüber Jessica zu sein.

Sogleich entspannte sich das Wesen und neigte den Kopf in ihre Richtung. Er ließ sich einmal von ihr streicheln, ehe er sich zurückzog. Es war ein Hallo, das dieser sonst nur bei Hushenkindern zuließ.

»Dann mag Nicole es auch nicht, von dir vorgestellt zu werden?«, vermutete SR, ehe das Thema der Vorstellung ihn an ihre Begegnung RT's Vater erinnerte, »Der Hushen hat dich nicht verletzt, oder? In Raptioville?«

»Welcher Hushen?«, ihr Onkel trat näher, »Wovon redet er, Jessica?«

»Es-«, sie schob den General zurück und umarmte sich selbst, »Nein. Du kannst nicht- Nein! Später. Nach allem, was heute los war, nachdem wir wie zwei Verrückte unterwegs waren und du mich fast getötet hättest – nein!«, sie zitterte, »Setz dich. Und lass mich. Bitte …«

Der Macian musterte sie einige Augenblicke. Dann sank er wirklich zu Boden. Er legte dabei eine Hand auf die Erde. Ganz so, als wolle er das Element notfalls SR lenken. Doch hielt er sich zurück. Dieser General, der ihr Onkel war. Oder Großonkel? Oder irgendwie-Verwandte! Die Ähnlichkeit war da. Die Vertrautheit nicht.

Die empfand Sven nur bei Jessica.

»Er fragte nach meinem Namen. Es klang so komisch. Als-«, murmelte sie SR zu, »Nachdem ich ihn genannt hatte, löste er eine Illusion, um mir eine tote Macian zu zeigen. Ich- Nici hat geglaubt, dass er uns provozieren wollte. Damit wir ihn angreifen. Ich bin lieber wieder raus und dann … Er ist uns wirklich nicht gefolgt. Nur weil es in so einem komischen Buch stand.«

»Was meinst du?«, platzte es trotzdem aus dem General raus, »Was für ein Buch?«

»Das«, SR klopfte einmal auf den Boden und blinzelte seine eigene Ausgabe über gesuchte Macian her. Er lehnte sich zurück. Wartete darauf, dass Jessica es sich nahm. Dass sie ihre Seite selbst fand. Dass sie diese dem anderen zeigte, der die Worte so elendig langsam las.

Wieso lassen wir ihn nicht hier sitzen und gehen mit ihr ins Sweet Paradice?, murrte Ryan.

Sie hat sich um ihn gesorgt. Und wir haben beide vor den Augen der Floris mitgenommen. Wenn einer von ihnen heute zurückkehrt, gilt er als Freiwild.

Kann uns das bei dem General nicht egal sein?

Stimmt. Sven erinnerte sich, dass auch der Mann in dem Buch vermerkt war. Und das auf seiner Seite von einer direkten Eliminierung die Rede war. Überrascht erkannte er, dass ihm die Ähnlichkeit zwischen dessen Skizze und Jessica bislang nie aufgefallen war. Oder hatte er sie aktiv ausgeblendet? Weil er die Gemeinsamkeiten nicht sehen wollte? Weil er jemanden, der als Monster gelistet wurde, nicht mit Jessica in Verbindung bringen *wollte*?

Dabei galt sie für die Hushen auch als Monster, oder?

Du meinst wir lassen den Kerl, der sie die letzten Jahre großgezogen hat, obwohl er anscheinend unter dem Bann der Floris stand, hier sitzen? Er hat versucht, gegen den Befehl anzukämpfen, Ryan, gab er zu bedenken.

»Warum sollten sich die Hushen daran halten? Das- Das ist nur Papier!«, bemängelte der General.

»Ja und nein. Das Zeichen links oben gibt an, von wo die Informationen stammen. Einfache Punkte stehen für kleine Organisationen, die Sterne mit den ausgemalten Zacken für die Abteilungen der Chakren und der Stern mit Kreis«, Sven beobachtete, wie der Macian das Buch aufbog, um letzteres Symbol vorzufinden, ehe er es erklärte, »Das steht für die Kazoku. Hierzu müssen alle Meldungen über den Otou-san erfolgen. Damit würde jegliches Handeln außerhalb des Schulbuches an Hochverrat grenzen.«

»Wie hast du-«

»Beziehungen«, entgegnete er, ehe Jessica die Frage beenden konnte, »Ich habe einen Handel vorgeschlagen, der zu gut war, um ihn abzulehnen. Der wird mich zwar mehrere Jahrzehnte in eine Zielscheibe verwandeln, aber das wird schon. Dafür stehen drei von fünf Kazoku hinter dem Eintrag. Und vielleicht wird die Quote bis Ende des Monats um fünfzehn Prozent steigen.«

Du meinst, sobald EJ geopfert wird?

Wenn die Eheschließung nächste Woche stattfindet, hat er traditionell nur noch zwei Wochen Zeit, ehe er sich beim Tempel vorstellen muss.

Und wenn er sich weigert?

Dann haben wir ganz andere Probleme ...

»Das-«, sie schüttelte sich, »Was?«

»Ich wusste, dass Ma dich irgendwann trotz all ihrer guten Absichten verpfeifen würde. Nachdem sie dich gefunden hatte, warst du in Gefahr«, führte er aus, »Also musste ich etwas tun. Ich habe einen Handel mit dem Otou-san geschlossen und mich in sein politisches Spiel zerren lassen. Im Austausch dafür hat er dich zu meinen Bedingungen gelistet und mich gerufen, damit ich mir die Berichterstattung des Hushen anhören konnte, der dich gesehen hatte«, er legte beide Hände auf die Knie seines Schneidersitzes, um den Rücken durchzustrecken, »Auch wurde mir Bescheid gegeben, als die Magie der Floris gefunden wurde. Es war zu wahrscheinlich, dass du hier warst. Und in einer Schlacht kann man leicht behaupten, seinen Gegner nicht erkannt zu haben. Also habe ich mich an eine Abteilung gehangen und dank Tatakai deine Fährte aufgenommen. So konnte ich schneller ankommen.«

»Tatakai«, wiederholte sie und sah zu dem Desson, »Du kennst meinen Geruch aus Havbolt?«, fragte sie ihn direkt.

»Von dort und von meinem Vertrauten. Er hat deinen Geruch nach den Treffen stets mitgeschleppt«, antwortete er ehrlich.

SR war ihm dankbar dafür. Er wollte nicht, dass die zwei sich stritten. Dafür bedeuteten sie ihm zu viel. Deswegen konnte er es so gut ignorieren, wenn sie ihn überging, um Tatakai anzusprechen. Er würde es ihr immer verzeihen …

»Wie lange kennt ihr euch?«, fragte der General leise.

Sven wechselte einen Blick mit Jessica, die beschämt zu Boden sah. Es war klar, dass sie nicht offen von ihm berichtet hatte. Warum? Wollte sie Sven beschützen? Oder hatte sie so nur die Beziehung mit ihrer Tante wahren wollen? Dieser Hutan, die sie einzig dort treffen konnte, wo auch er sich rumgetrieben hatte?

»Ich habe Jessica das erste Mal getroffen, als ihre Mutter mit der Pflegekraft meiner Großmutter sprach«, offenbarte er, »Damals wusste ich nicht, wer oder was sie war. Ich habe das erst vermutet, als sie so verheult zurückkam und meinte, dass sie zu ihrem Onkel ziehen müsse. Sie-«, er wandte sich direkt an Jessica, »Es war das Eis gewesen. Es ist in deinem Becher immer schneller geschmolzen. Das war der Auslöser. Nur deswegen hatte ich vermutet, dass du anders bist. Doch konnte ich es nicht ansprechen oder prüfen, weil-«, er stockte, »Ich konnte einfach nicht. Du wirktest jedes Mal so erleichtert, wenn du bei deiner Tante warst. Es erschien mir falsch. Dann die Art, wie du von deinem Leben berichtet hast. Immer übervorsichtig. Es hat so lange gedauert, bis du wieder lachen konntest. Bis du diese – Ryan hat sie Pingpong-Gespräche getauft – mit uns geführt hast. Er hatte befürchtet, dass du uns erkennen würdest, wenn wir nicht zügig antworteten. Also habe ich nicht mehr über jedes zweite Wort nachgedacht. Ich habe nur noch reagiert und es fühlte sich endlich richtig an.«

Die Mienen seiner Zuhörenden waren erstarrt. Schock und Überraschung zeichneten sich in ihren Gesichtern ab. Auch glaubte er, eine Art Herzlichkeit in Jessicas Augen zu sehen. Nein. Nicht Herzlichkeit. Eher-

Berührt, würde ich sagen. Ich glaube, ihr war nie klar, wie viel uns auffällt, vermutete Ryan.

»Du- Das hast du mir nie gesagt«, murmelte sie.

»Meine Ma hatte mir satte fünf Minuten fürs Lebewohl zugestanden, die ich eh schon überzogen hatte. Eigentlich sollte ich dich danach auch gar nicht mehr treffen. Aber-«, er suchte ihren Blick, »Ich konnte nicht zulassen, dass ein Hushen dich verletzen würde. Ich-«

»Dann hast du meine Großnichte für dumm verkauft, ohne zu wissen, wer sie in Wahrheit ist?«, unterbrach der General stirnrunzelnd.

»Sie ist, wer sie ist. Jessica eben. Ein Ubrid. Genau wie meine Ma. Und nun? Weißt du, wer ich bin?«

»Das tut nichts-«

»Ja. Es tut nichts zur Sache«, unterbrach *er* den General diesmal schroff.

Anders hätte dieser nicht aufgehört. Selbst nun schien er weiter gegen SR argumentieren zu wollen. Auch warf er Jessica immer wieder diese schiefen Blicke zu. Warum? Hatte Sven den Befehl der Floris mit dem Zeitsprung nicht richtig gelöscht? Waren die Worte noch da und warteten darauf, erneut durchzugreifen? Doch wie sollte er das vor Jessica ansprechen? Sie war ihm so aufgelöst erschienen, als ihr Onkel sie angreifen wollte. Sie hatte sich ja nicht einmal gegen den Alten gewehrt!

Vielleicht wäre es besser, die zwei einfach kommentarlos zu trennen? Er könnte den General in eine Wüste blinzeln, Jessica nach Havbolt. Dort könnte sie entscheiden, ob sie nach ihrer Tante sehen wollte und-

»Aber das-«, ihr Tonfall riss ihn aus seinen Gedanken, »Es macht keinen Sinn. Es-«

Tatakais Kopf fuhr hoch. Seine Nüstern blähten sich auf. Doch war es nicht das übliche Schnüffeln, das auf Fuyu hinwies. Es war länger. Und es deutete in den Schatten der Bäume. Schatten, die nur einer seiner Freunde bevorzugte.

Schon?, fragte Ryan.

Er macht sich bestimmt nur Sorgen. Wäre es ein Angriff, wäre Tatakai bereits auf den Beinen, erwiderte Sven.

Dennoch überraschte ihn das ruhige »Guten Abend«.

Angespannt beobachtete er, wie TJ näher trat. Er schritt gelassen herüber, ehe er sich neben SR setzte. Gakumon blieb jedoch irgendwo verborgen.

»RT und deine Ma sind wieder zurück auf Kumohoshi und SM fragt nach dir. Ich dachte schon, dass du bei Shingasha vorbeischaust, wenn ich dich hier nicht finde«, erklärte er still, »Jessica? Freut mich.«

Obwohl er höflich sprach, so klang eine Anschuldigung in dem Tonfall mit. Als würde er sie für das Chaos des Abends verantwortlich machen. Als würde er nur darauf warten, dass der General ihn angriff und er Gakumon auf diesen hetzen konnte!

Wir laufen von einem Desaster ins nächste!, schrie Sven frustriert in sich hinein.

Ich weiß nicht. Er wirkt zu nachdenklich, befand Ryan.

»Und wie erklärst du deine Abwesenheit?«, erkundigte sich SR, »Oder muss ich Alibi spielen?«

»Wäre nicht schlecht. Wie erklärst du deinen längeren Aufenthalt nochmal?«, erwiderte dieser, »Ich dachte, du wolltest sie nur rausholen und verschwinden.«

»Du bist der Musuko«, murmelte der General.

»Und du derjenige, der meinem zukünftigen Schwager zusetzt«, schoss TJ zurück.

Sven wollte in Grund und Boden versinken. Das war genau das, was er vor Jessica *nicht* ansprechen wollte! Er wollte ihr nichts von dem Preis ihrer Sicherheit erzählen. Nichts von den Nachwirkungen. Nichts von-

Warum eigentlich?

Die zwei Worte suchten ihn ungefragt heim. Sie ließen alle Zweifel verpuffen. Neue Fragen strömten in seinen Kopf: Fragen, die er sonst verdrängt hatte.

Warum musste er immer wieder an diese Frau denken? Warum hatte er so bereitwillig den Vertrag des Otou-san akzeptiert? Warum hatte er gar gebeten, sich von ihr zu verabschieden? Es war wie ein Verlangen gewesen. Wie-

Was hatte seine Ma gesagt? Ihre Generation hatte das Glück verworfen, es aber nie von ihren Kindern verlangen wollen? Immer wieder hatte er gehört, wie sie und der Otou-san als Seelenverwandte bezeichnet worden waren. Hatte sie es daher bei ihm und Jessica vermutet?

Hatte sie erkannt, wie glücklich Jessica ihn machte?

Ich bilde mir das nicht ein, oder?, fragte er Ryan.

Doch schien dieser zu denselben Schlüssen gelangt zu sein. Zu derselben Verzweiflung …

»Du … bist verlobt?«, erkundigte sich Jessica und klang, als ob man sie geschlagen hätte.

»Ja«, seine Stimme glich einem Krächzen.

Er wollte noch mehr dazu sagen. Erklären, wie es dazu gekommen war. Warum es ihre einzige Möglichkeit war. Warum er sie nicht verletzt sehen konnte. Nicht wieder!

Doch fühlte sich jedes Wort wie eine Ausrede an.

»Da setzt du so viele Hebel in Bewegung und eröffnest ihr nicht mal, was du für ihre Unbeschwertheit aufgibst?«, fragte TJ vorsichtig.

»Lass es, ja?«, drängte sich Ryan raus.

Jessica blickte auf. Sie musterte ihn. Es war, als ob sie den Dominanzwechsel gespürt hatte. Etwas, was dem Anschein nach nicht einmal seinem besten und einzigen Kindheitsfreund aus Kumohoshi aufgefallen war.

»Schon gut. Ich bin eigentlich nur gekommen, weil ich gehört hatte, wie er«, TJ wies zum General, »von der Floris den Befehl bekommen hatte, sie«, er deutete zu Jessica herüber, »zu töten. Ich dachte, dass du vielleicht etwas Hilfe gebrauchen könntest. Genau wie bei RT. Nur scheint ja alles geregelt zu sein.«

»Ich-«, der General schüttelte sich, »Nein. Ich wüsste es, wenn so etwas Absurdes von mir verlangt worden wäre! Auch würde ich Jessica nie anrühren. Ich würde nie-«

»Doch.«

Das einzelne Wort zerbrach etwas in Sven. Es klang so aufgelöst. So erschöpft. So … abgeschlossen? Konnte das sein? Er wusste, dass sie schon öfters an ihrem Selbstwert gezweifelt hatte. Das erste Mal vor vier Jahren. Damals hatte sie so depressiv auf ihn gewirkt. Sie hatte gemeint, dass sie keinen Sinn mehr sah. Dass sie kämpfen musste, um morgens aufzustehen.

Dass sie nicht mehr kämpfen wollte.

Hatte sie sich daher nicht gegen den General gewehrt?

»Sie haben Jessica gewürgt und hätten zugedrückt, bis sie stirbt, wenn ich Sie nicht geschockt hätte«, gab SR höflicher von sich, als ihm lieb war, wenngleich er den Mann nicht ansehen konnte, »Ich habe …«, er sah zu TJ, »Es war nur eine Idee. Ehe ich Jessica dort rausbekam, wollte diese Frau sie angreifen. Ich habe sie in der Zeit vorgeschoben. Nicht mit Absicht oder Abschied. Es war noch von den Versuchen drin. Ich habe sofort losgelassen, als ich das Sahasrara spürte. Es war daher nur ein winziger Moment. Aber irgendwie habe ich so den Fluss ihrer Magie gestoppt. Daher habe ich es bei ihm«, er wies auf den General, »genutzt, um so den Bann zu brechen.«

»Und das hat geklappt?«, fragte TJ ungläubig.

Selbst der General und Jessica sahen ihn geschockt an. SR versuchte, seine eigene Anspannung zu verbergen. Magie, die die Zeit wirklich beeinflussen konnte, war für die Macian immerhin reiner Aberglaube.

»Moment. Stopp!«, Jessica wedelte so wild mit den Händen, dass der Musuko sich anspannte, »Ihr wisst von diesen zwanghaften Befehlen? Warum vergisst er sie dann immer wieder?«

Die Art, wie sie die Frage stellte, ließ bei SR die Alarmglocken klingeln. Es bedeutete, dass die Floris den General häufiger manipuliert hatte, oder? Ob sie damit Jessica quälte? Immerhin hatte diese ja gemeint, dass die Floris ihr die Schuld für irgendetwas gab.

Für den Tod ihrer Eltern. Also, Jessis Eltern, erinnerte Ryan ihn, *Die Floris hat die zwei ermordet, aber Jessica dafür verantwortlich gemacht.*

Aber Jessicas Mutter war doch eine Hutan. Und die Floris scheint die Unmagischen zu hassen. Was kümmert sie dann der Verlust einer Hutan so?

Und wenn es ihr vielleicht nur um Jessicas Vater geht? Wenn sie glaubt, dass Jessicas Hutanmutter den Macian gestohlen hat? Wenn sie daher in Jessicas Existenz die Wurzel ihres Hasses gegen die Hutan sieht?

Ryans Überlegungen überraschten ihn. Normalerweise war Sven derjenige, der alles akribisch durchdachte. Nicht seine impulsive Seele.

»Man vergisst es nicht standardmäßig«, riss ihn der Musuko aus seinen Gedanken, »Zumindest nicht bei uns. Unsere Befehle wirken nur auf reine Hushen. Die der Floras nur auf Macian. Sobald ein Großelternteil anderes Blut in sich trägt, bräuchte man sehr viel Magie, um die Worte wirken zu lassen. Sonst sind sie nur eine Art Empfehlung. Auch gibt es Regeln – je länger ein Befehl, desto mehr verweilt er in Erinnerung. Je knapper, desto vergesslicher. Es sei denn, er wird mit intensiven Gefühlen versehen. Oder zum Zeitpunkt des Todes verkündet. Dann verankert er sich fester. Auch lösen sich die Befehle über die Zeit oder bei größeren Entfernungen auf.«

»Die Floris hatte gesagt, *Töte sie*«, offenbarte Jessica.

»Unter drei Worten verblasst der Befehl zügig. Er geht ins Blut über. Wird übernommen. Wird gewahrt, bis die Magie abbricht.«

»Die Floris würde mir nie befehlen, mein Blut zu töten. Niemals«, widersprach der General unschlüssig.

Dennoch konnte Sven sehen, dass der Macian seinen eigenen Worten nicht traute. Es war, als wolle er ihnen nur nicht glauben, weil sie Hushen waren. Als kenne er die Wahrheit. Als hole sie ihn allmählich ein.

Ob er viele Befehle abbekommen hat? Vielleicht auch welche, die unterbewusst noch wirkten?

Du meinst, wir haben auch andere von ihm gelöst?, gab Sven zu bedenken.

Wäre das so abwegig?

Ryan schwieg. Doch konnte er die Sorge seiner anderen Seele spüren. Sorge, die dieser nicht mit dem General in Verbindung brachte.

Nur mit Jessica.

»Eure Loyalität in allen Ehren: Woher wollt Ihr wissen, dass Euch nie befohlen wurde, immer nur Gutes in den Floras zu sehen? Immerzu treu an sie zu glauben? Befehle können auch ewig wirken, wenn sie unter starkem inneren Druck oder im Moment des Todes ausgesprochen werden. Und von den Floras leben nicht mehr all zu viele, oder?«

SR beobachtete, wie der General schwieg. Wie aber auch ein Schatten über sein Gesicht schlich. Als würde er sich an etwas erinnern.

Eine Erinnerung, die er jedoch nicht mit ihnen teilte.

Kapitel 15: Dem Ende entgegen

Jessica starrte auf den leeren Hügel, den Sven und dieser Musuko hinterlassen hatten. Diesmal wirkte der Abschied weniger schlimm. Sie hatte endlich Antworten. Manche davon mochte sie zwar nicht besonders. Aber es waren zumindest keine verworrenen Fragen mehr in ihrem Kopf, die sie nachts wach halten würden.

Er hatte über zehn Jahre gewusst, was sie war. Und sie?

Sie hatte es nicht einmal geahnt.

Sven hätte uns die Wahrheit sagen sollen, ehe er sich an diesen Otou-san verkauft hat. Er hätte-

Nici. Bitte, sie konnte nicht mehr, *Sven hat gemacht, was er für notwendig hielt. Ebenso wie dieser Ryan.*

Dennoch störte es sie, dass er so bereitwillig irgendeine andere Frau ehelichen würde. Sie hätte keinen Eintrag in diesem dämlichen Buch gebraucht. Er hatte es ja nicht einmal mitgenommen!

»Wir sollten wieder runter. Wir sollten-«

»Wir gehen auf keinen Fall nach Gallahain«, unterbrach sie ihren Großonkel, »Die Floris will mich tot sehen.«

»Ja. Nein. Es ist nur … Ich bin ein General. Ich muss die Macian beschützen. Und nach dem Tod der alten Floris – sie ist die einzige ihrer Linie. Wenn sie stirbt-«

»Stirbt der Mutterschoß der Macian. Ja, ja. Ich weiß«, sie unterdrückte den zerrenden Drang, ihn anzubrüllen, für wie bescheuert sie diesen Aberglauben hielt.

Denn etwas anderes konnte das nicht sein!

»Wer sagt eigentlich, dass dieses: Alle Macian sterben, wenn die Floras sterben, wirklich wahr ist? Kann das nicht auch so ein Befehl sein?«, erkundigte sie sich.

»Jessica …«, sein tadelnder Tonfall erinnerte sie wieder daran, dass er ein General war. Sie durfte ihm eigentlich keine Fragen stellen.

Das durften nur Floras.

»Entschuldige. Von eben noch-«, gab sie eilig vor, »Es ist nur … Es wäre doch möglich.«

Stumm starrte er bergab. Viel ließ sich nicht erkennen. Überall war Wald. Keine Feuer. Kein Licht. Offiziell galt dieser Ort als Naturschutzgebiet. Dabei wohnten die Macian schon seit Jahrhunderten hier. Selbst freie Desson kamen nur selten her. Das hatte ihr Großonkel damals erzählt, als er ihr von den Stützpunkten berichtet hatte.

»Ich weiß es nicht«, gab ihr Sorgenkopf zu, »Aber bis eben wusste ich ja nicht einmal, dass du einen Freund unter den Hushen hast. Obwohl sich die Floris immer nach deinen Beziehungen außerhalb der Macian erkundigte.«

»Und du nanntest ihr meine Tante«, murmelte sie.

Er nickte. In seinem Blick lag etwas Wehklagendes.

»Lass uns Houo einsammeln und nach der Hutan sehen. Ja? Um sicherzugehen …«, befand er still.

»Du willst nicht nach Gallahain?«, fragte sie perplex.

»Alles, was mir je etwas bedeutet hat, ist in dir. Ich kann mir also auch ein Beispiel an Generälin VaVi nehmen: Mit dir durchs Land reisen und jenen Macian helfen, die ich dabei treffe. Das bringt mehr, als-«, er brach ab.

»Als?«, wiederholte sie vorsichtig.

»Ich kann dich nicht verlieren. Nicht an die Floris. Nicht an die Hushen. Verstehst du?«

Obwohl Jessica ihm nicht folgen konnte, nickte sie. Sie ließ sich von ihrem Großonkel den Weg weisen. Bergab. Richtung Westen. Erst wenn sie einen größeren Abstand zu Gallahain hätten, könnten sie nach Houo rufen. In der Hoffnung, dass es dem Phönix gut ginge.

In der Hoffnung, dass die Floris ihren Frust nicht schon an dem Naturgeist ausgelassen hatte.

***

Sobald SR wieder auf Kumohoshi ankam, musste er sich vor seinem Vater als unruhig präsentieren. Dieser wusste ja nicht, dass er seine Ma und die anderen begleitet hatte. Wenn das rauskäme, würde man anzweifeln, ob er für die Kodomo wirklich geeignet wäre. Und auf diese Art Stress konnte er, so kurz vor der Hochzeit, gerne verzichten.

»Was Neues?«, fragte er, als er in die Küche tigerte und sich etwas Wasser eingoss.

»Hm«, sein Vater trommelte auf dem Tisch herum – die Augen auf einen Kommunikationsbannkreis gerichtet, in welchem die verschiedensten Symbole aufleuchteten, um Nachrichten an alle Hushen zu übersenden, »Die meisten sind zurück. Doch mussten viele ins Svadhisthana. Gift.«

»Klasse«, spuckte SR aus.

Denn ehe er sich von TJ verabschiedet hatte, hatte er erfahren, dass RT darunter gewesen war. FK hatte ihn begleitet, um ihn von den Vergifteten der Ajnaabteilung abzuschirmen. Gewiss würde sie also noch eine Weile dort bleiben. Und so, wie er SM mittlerweile kannte, würde sie bei den Heilern aushelfen, weil sie nicht aufs Feld durfte. Das Heilchakra war das einzige, das bevorzugt von Frauen perfektioniert wurde. Daher wurde von allen weiblichen Kazokus erwartet, dass sie sich dort auskannten.

Ob er sich an sie wenden sollte, wenn er etwas über RT oder seine Ma in Erfahrung bringen wollte? Oder sollte er lieber vorgeben, seine Unterstützung anzubieten? An sich kein schlechter Einfall, wenn er nicht eine totale Niete mit dem zweiten Chakra wäre!

»Abgesehen davon wurden schon alle Hinterbliebenen informiert. Also sollten deine Mutter und BM am Leben sein. Aber gut. Ihr Wohl hätte ich eh nie angezweifelt«, murmelte sein Vater.

»Weil sie und der Otou-san Seelenverwandte sind?«, platzte Ryan sarkastisch hinaus.

Sven überspielte den Dominanzwechsel hastig. Er war zu ausgelaugt. Kurz vor dem Einsatz hatte er noch am Sahasrara geforscht. Und dann die zweifache Verwendung des Sahasrarachakras im Feld … Kein Wunder, dass seine andere Seele so stark war!

»Ja«, entgegnete sein Vater still, »Manchmal frage ich mich, wie es gewesen wäre, wenn sie unsere Okaa-san geworden wäre, weißt du?«

Sven hielt inne. Er hatte nie an dieses Märchen mit den Seelenverwandten geglaubt. Ryan hatte es immer nur ausgelacht! Dabei hatten sie es seit Kindestagen gehört. Von TJ. Von FK. Insgeheim hatte er es für falsche erste Liebe gehalten. Aber so, wie sein Vater damit umging …

Meinst du, dass es so etwas doch gibt? Jessi ging uns ja auch nie aus dem Kopf. Vielleicht hat jeder Mensch in Wirklichkeit einen Seelenverwandten?

Das ist zu albern. Das ist-

Testen wir es, unterbrach Sven die Gegenargumente, *Nur so zum Spaß, ja? Jeder hat einen Seelenverwandten. Wie würdest du den Wahrheitsgehalt prüfen?*

Keine Ahnung.

Komm schon.

Was weiß ich! Manche Hutan wechseln ihre Beziehungen wie Unterwäsche. Ganz zu schweigen, dass es- wie viele Millarden Menschen auf dem Planeten gibt? Wie will man den passenden finden? Woher soll man überhaupt wissen, ob dieser Seelenverwandte zur selben Zeit existiert? Vielleicht wird man ja erst geboren, wenn der andere im Sterben liegt? Man kann diese These nicht bestätigen!

Gut. Aber kann man sie widerlegen?

Er spürte, wie Ryan stockte. Er schien etwas abzuwägen. Vielleicht sogar dieselbe Möglichkeit, die Sven in den Sinn geschwirrt war.

Wenn man seinen Seelenverwandten gefunden hat, muss

es sich anders anfühlen, oder? Vollständiger? Es wäre in Ordnung ... nicht bei ihm zu sein. Solange es ihm gut geht.

So wie wir, als wir mit Jessi und Nicole Eis aßen. So wie wir, als wir den Vertrag für sie akzeptiert hatten. So wie wir als wir zu ihr eilten, nur um sie zu beschützen.

Das-, Ryan sträubte sich, *Das können auch Zufälle sein. Halt, eine festere Freundschaft. Es muss nichts bedeuten.*

Muss nicht, aber kann.

Tatakai riss ihn aus seinen Gedanken. Er schmiegte sich zu stark gegen ihn. Den Blick auf die Tür gerichtet. Auf SR's Ma, die ihn erschöpft anstarrte.

»Willkommen zurück«, grüßte er sie.

Sie nickte. Stumme Worte lagen zwischen ihnen. Worte, die sie ihm zweifellos entgegenschleudern wollte. Die sie sich aber vor DC verkniff.

Stattdessen deutete sie im Vorbeigehen in die Stube: »RT muss sich ausruhen. Er soll schlafen. Morgen kommt dann jemand von Svadhisthana rum, um mit ihm zu sprechen, weil er im Delirium von seiner Schwester gesprochen hat. Dass sie ihrer Mutter nicht trauen solle.«

Das klingt nicht gut, murrte Ryan.

»Wird es zur Anklage kommen?«, fragte er.

»Sollte es?«, erkundigte sie sich.

Er wich ihrem Blick aus. Doch schien ihr die Reaktion zu genügen. Erschöpft rieb sie sich die Stirn: »Sven. Bitte. Du sagtest, dass du durch TC auf die Idee mit den neuen Sahasraraforschungen gekommen wärst. Aber das war nicht alles, oder?«

»Wir mischen uns nicht ein, solange er das nicht will«, entschied er, »Wir haben kein Recht.«

»Ja«, seufzend ging sie an DC vorbei und bereitete sich eine Tasse Kaffee vor, »SM hat nach dir gefragt. Sie sollte bald durch sein. Vielleicht kannst du sie dann besuchen. Es schien wichtig zu sein.«

Nickend verabschiedete er sich. Er warf sich eine Jacke über, ehe er aufbrach. So wäre er schon angemessen genug für seine Zukünftige hergerichtet. Tatakai würde er jedoch daheim lassen. Das wäre sicherer für ihre Tarnung. Der Desson wirkte zu müde.

Und sie durften sich keine Fehltritte leisten.

Damit blinzelte er sich zum Palast. Dort standen seine Chancen am größten, SM zu finden. Wenn nicht sie, dann würde TJ schon reichen. Sein Kindheitsfreund hatte zuvor so unruhig gewirkt. Eigentlich hatte Sven sich erkundigen wollen, warum. Doch hatte dieser direkt zu seinem Vater gemusst, um Bericht zu erstatten.

Das war vor einer halben Stunde gewesen.

Ob er dem Otou-san erzählt hat, dass du den Befehl von Jessicas Onkel lösen konntest?, überlegte Ryan.

Vielleicht. Ich weiß nicht. Kam er dir nicht auch etwas zu angespannt vor, als wir zurück sind?, widersprach er, *Vielleicht wegen des Generals? Oder sorgt er sich, dass wir SM mit Jessica betrügen würden?*

Dein Kartenhaus hat zu viele Etagen, Sven.

Gedankenversunken schlug er den Weg zum Büro des Otou-sans ein. Dort vermutete er seinen Kindheitsfreund am ehesten. Dorthin würde auch SM kommen und-

Kommt es nur mir so vor oder fühlt sich die Luft etwas schwerfälliger an?

Ryans Frage ließ ihn innehalten. Unschlüssig sah er sich um. Er selbst spürte es nur leicht. Es war wie ein Wunsch, umzudrehen. Eine andere Richtung einzuschlagen. Er sah, wie zwei Wachen ihm entgegenkamen. Veteranen, die die Köpfe schüttelten. Deren Blicke schief wirkten.

Ihre Vertrauten sahen entspannter aus. Sie folgten den Hushen zügig. Nun, zumindest sah es zügiger aus, so schwerfällig wie die Männer durch die Gänge schlürften.

Lass uns nach TJ sehen. Jetzt, befand Sven mulmig.

Du meinst, dass die beiden einen Befehl abbekommen haben?, überlegte seine andere Seele.

Ja. Nein. Ich weiß nicht. Schichtwechsel ist noch nicht, oder? Und wenn beide gehen, ohne mich zu stoppen.

Endlich stimmte Ryan ihm zu.

Die offene Bürotür war drei Schritte später zu sehen. Und das Gespräch war genauso weit zu hören.

»-mir auch nicht!«, echote TJ's Stimme durch den Flur.

Durch den Flur, in dem keine Wachen standen.

SR prüfte mit seinem Ajnachakra, ob er eine Illusion übersah. Nur fand er nichts. Vielleicht übertrieb er es ja? Vielleicht waren die Wachen weggeschickt worden, damit sich der Musuko und der Otou-san in Ruhe unterhalten konnten? Immerhin musste sein Büro in Krisenzeiten für alle Konzilmitglieder zugänglich bleiben. Das würde die offene Tür erklären, oder?

»Aber du hättest die Floris töten können, ehe die Dryade sich gezeigt hat?«, die Stimme des Otou-san klang tiefer als gewöhnlich. Härter, als Sven sie kannte.

»Ich- Ich weiß nicht. Sie-«, etwas knallte.

»Du hattest freie Bahn! FK hat es bestätigt. Du hättest sie töten können. Du hättest sie töten müssen!«

»Nein!«, TJ's Stimme verzerrte sich ebenfalls, »Es hat sich angefühlt, als ob ich mir ein eigenes Bein abtrennen würde, wenn ich auch nur die Hand gegen sie erhebe! Sie-«, er atmete tief durch, »Kannst du dich selbst töten, um jemand anderen zu schaden?«

»Ich habe mich selbst getötet, um jemand anderen zu beschützen!«, zeterte LR, »Selbst SR ist dazu in der Lage! Er hat sich deiner Schwester verpflichtet, obwohl sein Herz woanders verankert ist. Oder bist du zu blind, um das zu sehen?!«

»Das ist doch-«, etwas knallte erneut, »Du lebst! Was sollen diese verrückten Ausflüchte? Solange dein Herz in deiner Brust schlägt, hast du kein Opfer gebracht, Vater! Oder magst du den Fehler korrigieren?!«

Unschlüssig schaute Sven um die Ecke. Er sah, wie ein Papierplan den Boden bedeckte. Der Tisch lag daneben. Dahinter stand der Otou-san mit verzerrter Miene.

»Tar- Tarek-«

»Nein! Du kannst nicht Lösungen von mir verlangen und mir dann doch deine eigenen vorschreiben. Du kannst nicht vor Ragnarök behaupten, dass diese Dryade nur ein alberner Aberglaube ist und ihre Existenz dann doch so gefasst hinnehmen! Du kannst nicht behaupten, tot zu sein und doch leben!«, der Musuko war außer sich, »Hör auf, mich wie ein Kind zu behandeln!«

»TJ. Bitte-«, erhob ein verkrampfter Gakumon vom Bannkreistisch das Wort, »Du musst- Jetzt-«

»Nein!«, herrschte dieser den Desson an, »Ich ertrag das nicht mehr! Wenn du sagst, dass du tot bist, so sei es auch, Vater! Denn ich bin kein Kind mehr, das du rumscheuchen kannst! Dass du-«

Sven hörte nicht mehr zu, als der Otou-san sein Zentrip zog. Es war eine gebogene Klinge. Eine, die das Wappen der Kazokus trug. Wie jedes Zentrip ihrer Familie. Stumm richtete er es in die Höhe und eilig blinzelte sich SR neben seinen Kindheitsfreund, um diesen beiseite zu stoßen.

»Bist du irre?«, fauchte er ihn an, als er ihn hinter den Bannkreistisch warf.

»Ich-«, sein Blick schien sich zu klären.

Dann schlich sich der Horror auf seine Züge.

Zuerst konnte SR der Mimik nicht folgen. Sie waren ja nicht angegriffen worden. Dabei hatte er erwartet, dass der Otou-san den Musuko für dessen Unverschämtheiten zur Rechenschaft ziehen würde. Er hatte befürchtet, dass sein bester Freund sterben würde. Dass er seinen Chaoten verlieren würde. Dass er eingreifen musste!

Dann heulte Arashi auf.

Wehklagend kauerte sich der Vertraute des Otou-sans zusammen. Dieser geschuppte Tiger, der noch nie zuvor verwundet worden war. Dessen Schuppen jede Waffe abprallen ließen. Der als unverwundbar galt.

Er litt die Qualen des Todes.

»Das wollte ich nicht. Das wollte ich nicht«, wiederholte TJ panisch und kauerte sich zusammen, während er an seinen Haaren zerrte, »Ich- Was habe ich gesagt? Was-«

SR riskierte einen Blick um den Bannkreistisch herum. Auf die dort liegende Gestalt. Auf das Zentrip, das dem Otou-san nun im Hals steckte.

Er hat seinen Vater mit den Worten in den Selbstmord getrieben, erkannte er.

Sie hatten den Falschen beschützt.

***

SM erschien nur wenige Minuten später bei ihnen im Büro. Stumm trat sie vor den Körper ihres Vaters, um seine Lider zu schließen. Etwas, wofür SR die Zeit gefehlt hatte, weil er sich um TJ und Gakumon kümmern musste und irgendwie noch den zornigen Arashi in Schach hielt. Er hatte keine Nerven mehr! Dabei mussten sie alle einen ruhigen Kopf bewahren. Sich absprechen. Entscheiden, wie der Konzil informiert werden sollte. Wie der Tempel.

Denn TJ konnte den anderen Hushen so nicht vor die Augen treten. Er würde sofort geopfert werden, statt den Posten seines Vaters zu besteigen.

»Ich wollte das nicht«, erklärte er seiner Schwester, als diese sich zu ihm herunter beugte, »Ich-«

Als Antwort klatschte sie ihm ihre Hand so heftig ins Gesicht, dass er endlich schwieg.

SR schluckte.

»Du musst es gewollt haben«, befand sie, »Sonst hätten deine Worte nicht gewirkt. Nicht bei ihm.«

»Ich-«, er schluckte, »Die Floris. Wir hatten über sie gesprochen. Und dass ich sie nicht töten konnte. Ich-«

»Warum nicht?«, fragte SR behutsam, in der Hoffnung, so die Gedanken seines Freundes in geordnete Bahnen lenken zu können.

»Es war, als wäre sie mein Spiegelbild. Ein Teil von mir«, erklärte TJ, »Wie mit dir und dieser Jessica.«

»Jessica?«, er hatte keine Ahnung, wie sein Freund auf jene Frau kam, die dieser nur einmal getroffen hatte.

»Ja. Ihr habt euch aneinander ausgerichtet. Seid rotiert. Umeinander. Ich glaube … Deswegen hat der General auch nicht angegriffen. Es wirkte, als ob ihr miteinander verbunden seid. Genauso wie bei deiner Ma und-«, er stockte, als sein Blick wieder auf das Blut fiel.

Und auf seinen toten Vater.

»Es war genauso. Genauso.«

»Das ist doch-«, SM verpasste ihm noch einen Schlag, »Du musst dich zusammenreißen, TJ. Mutter wird bald bemerken, dass der Yubiwa verschwunden ist. Falls sie es noch nicht getan hat. Oder, wieso meinst du, bin ich so schnell her?«, sie schüttelte ihren Bruder heftig, »Du musst dich fangen. Den Tempel informieren. Offiziell die Nachfolge ersuchen. So können weder AC noch EJ dir einen Formfehler vorwerfen. Du musst-«

»Die Dryade wurde von der Ajnaabteilung gefangen«, unterbrach er sie, »Wenn wir Vaters Tod bekannt geben, wird Ragnarök sofort ihre Unterstützung für AC oder EJ erklären. Sie werden ihren Plan einleiten. Sie werden-«

Er verlor sich im Brabbeln.

»Lass ihn. Aus der Panikattacke bekommen wir ihn so nicht raus«, rettete SR seinen Freund vor dem nächsten Schlag und hockte sich vor den umgefallenen Tisch.

»Also, willst du Däumchen drehen? Abwarten und Tee serviert bekommen?«, fauchte sie ihn an.

Sie hat Angst. Sie beide haben das, erkannte Sven.

Sie kann trotzdem aufhören, uns so anzugiften.

Nein, weil-, er strich über die Karte, *Sie sitzt mitten in diesem wackeligen Kartenhaus. Und es stürzt gerade alles ein, weil das Fundament zu schwach ist. Weil das Gewicht zu stark ist. Ragnarök hätte nie so stark werden dürfen. Und diese Floris ...*

Was ist mit der Tyrannin?

Sie war nicht immer eine, oder?

Wann hatten ihre Auslöschungen der Hutansiedlungen begonnen? Als ihr Bruder verschwand? Manche Hushen hatten sogar behauptet, dass er gestorben wäre. Auch gab es Gerüchte über seine Hinrichtung. Und als die Floris Jessica angegriffen hatte, hatte sie ihre Mutter erwähnt. Sie hatte damit ihre Verantwortung abgewiesen.

Dabei galt es vor zehn Jahren doch noch als sicher, sich als Hushen unter Hutan zu verstecken ...

»Es ist ein zu großes Durcheinander«, murmelte SR, »Die Macian sind zu geschwächt. Die Hutan verängstigt. Bei uns herrscht Zwietracht dank Ragnarök. Wir sind zu spät, um sie jetzt in ihre Schranken zu weisen. Vor allem, wenn sie die Dryade haben.«

»Also willst du dich ergeben, Feigling?!«

»Nein«, er musterte sie, »Womit haben die Probleme auf unserer Seite begonnen?«

»Das ist doch al-«

»Womit?«

»Als EJ JF vergewaltigt hat«, entgegnete TJ und nahm langsam den Blick von seinem toten Vater, »Die Spuren waren verwischt worden, ehe man ihm das Fehlverhalten nachweisen konnte. So konnte EJ nicht zurückgewiesen werden. Deswegen ist AC-«

»Das ist Zeitverschwendung!«, SM eilte im Zimmer auf und ab, »Die Vergangenheit ist geschehen. Wir können sie nicht mehr ändern!«

»Was, wenn doch?«

»Sei nicht verrückt. Weder Hushen noch Desson konnten bislang durch die Zeit befördert werden! Wie sollen wir dann die Vergangenheit verändern?!«

»Aber er hat es geschafft«, unterbrach TJ, »Zumindest in Richtung Zukunft.«

»Und Gegenstände kann ich in Richtung Vergangenheit befördern. Wenn ich beides nun kombiniere …«

Das ist Wahnsinn! Weißt du, wie lange wir gebraucht haben, um die ersten Versuche richtig umzusetzen? Und die beliefen sich nur auf eine einminütige Zeitreise! Der Ausbau der Theorien hat zwar bislang geklappt, ist aber noch zu wacklig! Das hier- Wir müssten Jahre, nein, Jahrzehnte zurückreisen! Wir müssten-

Da wir nicht wissen, ob wir uns rechtzeitig anpassen können, müssten wir vor der Entstehung unserer Föten anreisen. Wir müssten uns notfalls zerstören, um nicht unsere eigene Geburt zu verhindern. Aber sonst?

Aber wenn wir die Probleme vor unserer Geburt lösen, wird unser neues Ich nie in die Vergangenheit reisen!

Es sei denn, wir schreiben es uns selbst vor?

Und wenn wir es nicht können? Was passiert mit heute? Was aus morgen? Nimm SM! Wenn wir die Beweise von EJ's Missetat nicht zerstören, trifft das auch auf unsere Cousine zu, oder? Und dann würde SM nie leben. Dann-

Jein. Sie lebt. Aber sie lebt in der anderen.

Das ist doch, Ryan schrie frustriert auf.

Denk mal so darüber nach: Es können immer nur fünf gebürtige Kazoku zeitgleich leben. Warum? Es wirkt, als wäre sonst ein Kontingent aufgebraucht. Als wären die Kazokus eine Art Gefäß, dass sich immer neu befüllt.

Schritte hasteten über den Flur. SR hörte, wie jemand nach dem Otou-san rief. SM schlug die Tür zu, während er sich eilig zwischen TJ und den Toten schob. Damit dieser sich nicht wieder in dem Anblick verlor.

Eine weitere Panikattacke würde keinem helfen.

»Lass es mich versuchen, ja? Lass mich-«, er blickte von SM zum Bannkreistisch.

Dort lag der Yubiwa. Der Ring der Okaa-san. Jener, in dem die Chakrasplitter der ersten Meister lagen. Er musste zum Tod des Otou-san erschienen sein. Weil er immer dem nächsten Kazoku diente. Weil er immer an die nächste Okaa-san weitergereicht wurde, um diese zu beschützen. Weil er die Chakren der anderen Hushen abfangen konnte und seine Trägerin so abschirmte.

In ihm steckte das Sahasrarachakra des ersten Meisters.

Es klopfte.

»Kannst du sie beruhigen?«, fragte er SM.

»Ich-«, sie wirkte unschlüssig, »Nicht lange.«

»Ein paar Tage?«

»Das ist doch Wahnsinn«, wiederholte sie, nickte jedoch zaghaft – als wolle sie ihm vertrauen.

Damit griff SR nach seinem Kindheitsfreund und dem Yubiwa. Er rief Gakumon zu sich. Tastete nach Tatakai, um diesen vorzuwarnen. Um seinen Vertrauten im selben Atemzug abzuholen, in dem er sie fort blinzelte.

Fort in die kühle Nachtluft des Havboltparks.

**

»Nochmal«, befahl der Meister des Ajnachakras, als die Lehrlinge erschöpft die Zelle verließen und deutete auf den angeketteten Macian zurück.

»Wir dringen nicht zu ihm durch. Er will nur rennen«, behauptete einer der Neueren.

Nun, zumindest war er für HE immer noch ein neuerer. Fünfzehn Jahre reichten seiner Meinung nach nicht aus, um ein Chakra zu perfektionieren.

»Möchtest du dich lieber der Dryade zuwenden?«, fragte er daher, um ihn an ihr zweites Anliegen zu erinnern.

Sofort eilten die Hushen wieder hinein.

Still beobachtete der Meister, wie sie eine Illusion um den Macian webten. Sie hatten ihn aufgegriffen, ehe sie den Stützpunkt erreicht hatten. HE selbst hatte den Macian gestoppt. Er hatte ihm vorgaukeln müssen, geradeaus zu rennen, statt im Kreis. Dabei hätte er ein so albernes Verhalten normalerweise nur im Tod toleriert.

Jedoch war es ihm zu suspekt erschienen. Dieser Macian stand unter einem Bann. Genauso wie jener, den er von AC über seine Hushen legen ließ, um deren Loyalität zu prüfen. Und wenn er von der Floris unter einen Bann gestellt wurde, dann nicht grundlos, oder?

»Sie haben noch nichts?«, fragte seine Nichte, als sie sich endlich zu ihm gesellte.

»Du kommst spät.«

»RT ist in der Svadhisthanaabteilung gesehen worden. Mit dieser FK«, entgegnete sie.

Nachdenklich musterte er TL.

Nach der Flucht ihres Sohnes hatte er ihre Loyalität mit AC's Hilfe überprüft. Er hatte sichergehen müssen, dass RT wirklich ihr Hushensohn war. Dass sie mit keinem Hutan gelegen hatte. Dass sie ihm nichts vorenthielt! Denn eigentlich sollte ihr Blut, und damit auch das von RT, rein sein. Deswegen hatte der Ajnameister sie ja mit seinem Schüler zusammengebracht!

Wenn er nun zurück war … Sie mussten herausfinden, wie er den Bann eines Kazoku brechen konnte. Wenn auch nur, damit HE sich selbst vor den Worten schützen konnte. Um zu verhindern, dass Ragnarök gestürzt wurde …

»Bist du zu ihm durch gekommen?«

»Ich wünschte«, sie stellte sich neben ihn, »Er hat im Fieberwahn behauptet, dass ich TC ermordet habe.«

»Dann weiß er es?«

»Anscheinend«, sie verzog keine Miene.

Dabei war er derjenige gewesen, der ihr die Tat befohlen hatte. Denn TC war zu unfähig gewesen. Eine Schande! Hätte sie weitergelebt, hätte sie seinen Namen beschmutzt. Sie hätte sein Andenken zerstört!

Das Andenken des Ajnameisters Husam Erasyl. Ältestes Konzilmitglied. Überlebender von Hyohoshi. Künstler der Illusionen. Mörder der vorletzten Floris!

Er würde keine Unfähigkeit in seiner Familie dulden.

»Meinst du, dass du aus dem Jungen herausbekommst, wohin sich die Floris zurückgezogen hat? Er scheint sie zu kennen, sonst stünde er nicht unter ihrem Bann. Und wir brauchen dringend ihren Aufenthaltsort, um den ersten Angriff zu planen. Damit sich diese elenden Macian nicht mehr formieren können«, erklärte er.

»Dann hilft uns die Dryade?«

»Sie wird bald keine andere Wahl haben«, er grinste, »Erinnerst du dich an den Spion, den wir ins Sahasrara gebracht haben? FK hatte ihn zwar rausgeworfen, doch hat seine Schande dazu geführt, dass er uns ein Geschenk vermacht hat. Wusstest du, dass er eine Freundin in der Muladharaabteilung hat? Sie hat im letzten Jahr einen Sohn bekommen. Nun ich habe sie mir überweisen lassen. Offiziell, damit ich die Loyalität des Vaters prüfen könne. Inoffiziell wird sie die nächsten Jahre in der Abteilung leben. Damit wir sie genaustens überwachen können. Ehe sie eliminiert wird, versteht sich. Damit wir uns um das Kind kümmern können, dass mir der Spion zugesprochen hat. Wie schade, dass es nur so wenig freie Desson gibt. Und dass das Baby noch keinen Vertrauten hat …«

»Funktioniert die Bindung mit einem Naturgeist genauso wie mit einem gewöhnlichen Desson?«, fragte TL.

»Ich wüsste nicht, was dem im Weg stünde«, der Meister zuckte mit den Schultern, »Die Zeremonie findet in zwei Tagen statt. Sobald wir das Baby darauf trainiert haben, sie als Monster zu sehen.«

Ihre Augen weiteten sich. Dann schien sie vermutlich zu verstehen, worauf das Ganze hinauslief: Erst Misstrauen bei dem Jungen säen. Dann die Bindung nach den alten Regeln vollziehen. Danach würde die Dryade sich jedoch nicht mehr von dem Bengel trennen können. Das würde sie auf Kumohoshi festketten. Und es würde für enorme Unruhe sorgen, da die Dryade nach der alten Bindung stets Schmerzen leiden würde, wenn der Junge verletzt werden würde. Sie würde sich zeigen müssen. Sie würde das Kind beschützen müssen. Ein Kind, das nur ein Monster in ihr sehen würde.

Es würde die Dryade im Nu brechen. Dann könnten sie dieser mühelos ihre Befehle aufzwingen. Sie würde alles tun, um den Jungen nicht leiden zu sehen.

Und alles würde sie dennoch ins Verderben stürzen.

Kapitel 16: Die Chance auf Frieden

Es dauerte nicht mal eine Stunde, bis SR bemerkte, dass Ruhe seinen Kindheitsfreund um den Verstand brachte. TJ wollte den Posten des Otou-sans nicht antreten. Er wollte nicht vorgeben, das Amt an sich zu reißen – auch wenn er so eine Opferung verhindern konnte. Er hatte es nie gewollt. Hatte es einzig für SM mitgespielt.

Sven redete unentwegt auf ihn ein. Er sprach von seiner Idee. Überredete TJ, den Yubiwa kurzzeitig an SR's Finger zu stecken, damit er die Menge des Sahasrarachakras darin abschätzen konnte.

Theoretisch würde er nicht viel davon benötigen, um jemanden über mehrere Jahre durch die Zeit zu befördern. Wenn sich das Chakra wie bei den Experimenten oder beim Blinzeln verhielt, lag die Hürde eher im Anker und der verdrängten Materie. So kostete es mehr Magie, um sich ins Wasser zu blinzeln, als in ein anderes Land.

»Wieso verschiebst du deinen Anker nicht so weit wie möglich zurück, ohne ihn zu benutzen? Wie«, TJ brauchte sehr lange, um seine Gedanken vernünftig zu formulieren, »Als wir zu den Macian sind. Ich habe die Koordinaten genommen, um es einzuengen. Doch ist das keine sichere Markierung. Um fremde Ortsangaben nutzen zu können, muss ich eine Markierung etablieren, ohne eine zu haben. Weißt du, was ich meine?«

Sorge huschte über sein Gesicht. Sorge, die SR nie zuvor auf den Zügen gesehen hatte. Also nickte er eilig.

Ein großer und grober Zeitsprung zurück, um dann was? Die Geschehnisse nach vorne so zu beeinflussen, damit wir nichts unbeabsichtigt ändern?

Das könnte klappen, überlegte Sven, *So würden wir es auch genauer steuern können.*

Das war ein Witz! Diese ganze Idee ist ein Witz!, Ryan fühlte sich panisch an, *Wir können nicht-*

Doch. Wir können. Wir müssen nur zusehen, dass wir nicht mit unseren jüngeren Versionen verschmelzen. Denn ich weiß nicht, ob das unsere Erinnerungen wach hält oder ob wir dann sterben. Wir sind kein Stift oder so.

»Ich werde deine Hilfe brauchen, um an das Chakra im Yubiwa zu gelangen«, nachdenklich ging SR den Plan durch, »Aber ich werde mich vor der Abreise verändern müssen, damit ich nicht mehr ich bin. Das sollte auch den Sprung vereinfachen. Und ich brauche die Einblicke der Macian. Um unnötige Komplikationen zu vermeiden.«

»Du meinst, ihre Berichte und Geschichtsbücher? Viel Glück«, prustete sein Kindheitsfreund aus und spielte so auf die mündlichen Überlieferungen der Gegenseite an.

»Oder Jessica.«

Schweigend musterte TJ ihn. Er schien es abzuwägen. Es war zu abwegig, dass sie auch nur einen Bericht der Macian fanden. Selbst ihre Boten trugen die Nachrichten stets vor. Papier wurde nur transportiert, wenn es um das Material selber ging. Sonst könnte es zu leicht abgefangen werden. Es wäre zu unpersönlich. Eine Sicherheitslücke.

»Sind wir deswegen hier?«, fragte TJ und rührte sein geschmolzenes Eis durch.

Sven hatte darauf bestanden, dass sie ins *Sweet Paradice* einbrachen. Gegenüber vom Pflegeheim. Nach dem Stress der letzten Nacht war er sich sicher, dass Jessica sich um ihre Tante sorgte. Zumal die Floris gewiss ihre Drohungen wahrmachen würde.

Nickend bestätigte er die Vermutung und musterte seinen Freund erneut: »Ich habe gehört, wie du dich mit deinem Vater gestritten hattest.«

Das Geständnis ließ TJ innehalten. Er senkte den Kopf: »Vater hat gespürt, dass etwas war. Deswegen hat er die Wachen auf einen Rundgang angeordnet. Sie sollten die Meister abfangen. Sie aufhalten.«

Die Meister. Nicht ihn. Er hatte offiziell nichts im Palast zu suchen gehabt. Daher hatten sie ihn nicht beachtet.

»Warum hast du gezögert?«, wiederholte er die Frage.

»Du hast es gehört.«

»Ich habe das gehört, was du deinem Vater gesagt hast«, bestätigte er, »Ich habe nicht gehört, was du dich nicht zu sagen trautest.«

TJ blickte nach draußen. Niemand beachtete sie. Es war zu früh. Dabei sah vor allem TJ wie ein Verwahrloster aus. An SR klebte hingegen nur etwas Blut am Hosenbein. Es musste dorthin gespritzt sein, als Arashi sich über den Boden gewälzt hatte. Oder als er den Yubiwa geholt hatte.

Als seine eigenen Nerven daher geschwankt hatten, hatte er sich in der Küche bedient und sie hier versteckt.

»Bleib hier«, seufzte er, als er die Pflegerin erkannte, die auf das Heim zulief.

Er blinzelte sich auf die Straße. Nur wenige Schritte von der Hutan entfernt. Dabei verbarg er seine Hushensachen unter einer seichten Illusion. Damit er genauso aussah, wie bei ihrem letzten Treffen.

»Janice! Schön dich zu sehen«, grüßte er sie.

Unschlüssig stoppte sie. Sie schaute über ihre Schulter.

»Sven- Ich-«, ihr Blick glitt zu der geschlossenen Eisdiele, dann zum Pflegeheim, »Es tut mir leid, wegen deiner Großmutter. Ich bin spät dran. Heute war alles-«, sie schaute über die Schulter, »Alles zu viel. Irgendwie-«

Sie wirkt zu aufgescheucht, oder? Ob Jessica von uns erzählt hat?, fragte Ryan.

Nein. Sie hat Angst. Aber nicht vor uns.

Sein Blick fiel auf die Frau, die um die Ecke trat. Ihre Augen waren zielstrebig auf die Pflegerin gerichtet. Dabei musterte sie Sven nur nebensächlich. So, als würde sie ihn direkt ausblenden, weil sich ihr Ziel vor ihr befand.

»Ich sollte-«

»Hier lang«, er lotste sie in Richtung der Verfolgerin.

Dabei ließ er sein Ajnachakra erneut fließen. Es wollte zuerst nicht, da ihn zwei gemeinsame Illusionen zu sehr auslaugten. Aber es musste sein. Vor allem, da es darum ging, jene Frau zu beschützen, die Jessica ihr ganzes Leben lang in Sicherheit wissen wollte!

»Ich- Was-«, der Kopf der Hutan flog umher, als sie sich selbst in eine andere Richtung laufen sah.

»Das wird unschön. Besser nicht ansehen«, murrte er, als sie an der Frau vorbeikamen und diese im Vorbeigehen die Arme erhob.

Ihre Illusionsbilder waren gerade dabei, sich zu trennen. Doch kümmerte es die Macian nicht. Sie ließ den Weg einbrechen und verschob die Steine darunter grinsend. Es sah wie ein besonders makaberes Sandwich aus. Eines, das mit Blutsauce überlief.

»Mit besten Grüßen«, hauchte die Frau und griff nach den eingesperrten Illusionen.

Sie will ein Token!, erkannte er hastig.

»Still bleiben«, murrte er und schnitt der Hutan ein paar Haare ab, ehe er sich in derselben Bewegung in die Hand ritzte, um sie mit seinem Blut zu beschmieren. Dann hielt er es dieser Macian so hin, dass sie es, ohne Verdacht zu schöpfen, annahm.

Kichernd verschwand sie.

»Das- Das-«

»Hast du eine Möglichkeit, Jessi zu erreichen?«, fragte er die Hutan.

»Ich- Tot- Sie-«, die Pflegerin winkte mit den Armen, »Sie war meine Nachbarin! Sie hat- Ich-«

So würde das nichts werden. Eilig sah er sich auf der Straße um, ehe er die Illusionen aufgab. Er bemerkte, wie sie seine Kleidung erschrocken musterte. Aber das würde sie zügig überwinden müssen.

»Komm«, SR blinzelte sie zu TJ, der das Schauspiel mit fragendem Blick beobachtet hatte, »Jessis Tante«, erklärte er nur, »Jessica. Sie ist vermutlich auf dem Weg hierher. Doch läuft uns die Zeit weg. Wie erreiche ich sie?«

»Ich war tot«, murmelte die Pflegerin ungläubig, »Ich-«

»Du wärst tot«, korrigierte der Musuko, »Und du wirst es sein, wenn sie dich wiedersieht. Jessica?«

Sven hätte es nie so streng gesagt. Nicht bei dieser Hutan. Bei anderen? Ja. Klar. Kein Problem. Aber diese hier kam ihm wie seine eigene Familie vor!

»Ich habe ihr ein Handy gegeben. Für den Notfall«, murmelte Janice und kramte ihres aus der Tasche, »Hier- Ich dachte, du hättest ihre Nummer.«

»Hab' keines«, erklärte er, als er die eingespeicherte Nummer auswählte.

»Das- Das war Magie, oder?«, erkundigte sich Janice, die Augen auf den kaputten Boden gerichtet.

»Hm«, Sven lauschte dem Tuten, »Eine Form davon.«

»Das aus den Nachrichten auch?«, fragte sie weiter.

TJ und SR tauschten einen Blick.

***

Sobald sie eine Straße erreichten, hatte TaJu das nächste Auto überfallen, das sich zu ihnen verirrte. Er hatte den Hutan hinausbefördert. Sich selbst ans Steuer gesetzt. Jessica angewiesen, nicht zu trödeln.

Sie hatte die ganze Fahrt über nach Houo rufen sollen. Es hatte sich wie eine Ewigkeit angefühlt, ehe ihr der Phönix geantwortet hatte. Zitternd war er ins Auto gehüpft und hatte sich auf ihrem Schoß zusammengerollt.

»Alles gut?«, fragte der General besorgt.

»Das Eis ist immer noch da. Nicht hier. Aber es breitet sich unterirdisch aus«, erklärte der brennende Vogel.

»Die Floris versucht, ihn leiden zu lassen. Mit Absicht!«, schloss Jessica.

Zu ihrer Überraschung widersprach der General nicht. Er schien ihr mittlerweile zu glauben, dass die Flora nicht gut war. Dass sie JeNi hasste. Dass dadurch auch er und ihre Hutantante in Gefahr waren!

Wir müssen nach Tantchen sehen, bemerkte Nicole.

Onkelchen ist schon auf dem Weg. Aber selbst die Floris kann nicht schneller reisen, oder?

Ich hoffe es.

Sie hatte überlegt, die Hutan anzurufen. Sie zu warnen. Doch Jessica traute sich nicht. Sie erinnerte sich noch daran, wie ihre Tante auf die allererste Warnung reagiert hatte. Damals. Vor knapp zehn Jahren. Jessica hatte sie gebeten, auf sich aufzupassen. Es wäre zu gefährlich auf der Welt. Sie sorge sich. Sie hatte immer wieder gesagt, dass ihr Tantchen in Gefahr wäre.

Nur hatte diese gemeint, dass es überall gefährlich wäre. Und die Gefahr daheim kenne sie wenigstens.

Damit war das Thema erledigt gewesen.

Aber damals waren wir ein kleines Kind. Wir waren-

Nach den Gesetzen der Hutan sind wir immer noch ein Kind. Wir sind erst in zwei Jahren volljährig, unterbrach Jessica diese.

Nein. Ein Anruf würde alles nur verkomplizieren. Er-

Ihre Hose leuchtete auf.

Verwirrt starrte sie auf das durchschimmernde Display. Dann scheuchte sie Houo nach hinten. Auf die Rückbank. Sie musste sich in ihrem Platz verrenken, um an das Gerät zu kommen. Hoffte, dass es zuvor nicht aufhören würde. Es musste weiter klingeln!

Einzig ihr Tantchen hatte diese Nummer.

»Geht es dir gut?!«, schrie sie ins Gerät, sobald sie das Gespräch annahm.

»Was-«

Ihr Großonkel fuhr über ein Schlagloch und Jessica rutschte das schwarze Teil aus den Händen. Sie bedeutete ihm, still zu sein. Fischte es erneut auf. Drehte es dreimal, ehe sie es richtig hielt. Ehe sie es ans Ohr presste-

»-si? Jessi? Alles gut?«

Svens Stimme entspannte sie mehr, als sie je zugeben wollte. Es dauerte einen Moment, ehe sie begriff, dass er ja mit dem Telefon ihrer Tante anrief!

»Ja! Tantchen?«

»Wird von den Macian nun für tot gehalten. Eventuell kommt noch eine Panikattacke, aber sonst sitzt sie mir munter gegenüber«, er hielt inne, »Ich würde dich ja weiterreichen, nur weiß ich nicht, ob du ihrer Stimme über diese Verbindung vertraust. Das lässt sich leicht mit etwas Ajnachakra verstellen, weißt du? Es-«

»Sven«, unterbrach sie ihn, »Wenn du sagst, dass es Tantchen gut geht, dann vertraue ich dir.«

Ihr Großonkel riss den Kopf rum und erneut legte Jessica einen Finger auf die Lippen. Sie konnte sehen, wie er vor Sorgen bebte. Doch er musste warten!

»Hast du die Hutannachrichten mitbekommen?«, erklang es angespannt aus dem Gerät.

»Wir waren die ganze Nacht unterwegs und-«

»Die Hushen haben angefangen, die Erde zu zerstören. Hauptsächlich durch Bomben. Drei Atombomben sind bereits in Metropolen hochgegangen. Einfach gesagt, ist es eine Gruppierung von Hushen. Eine, die einen Neuanfang anstrebt, indem sie die Erde erst komplett zerstört, um sie dann mithilfe der Dryade nach ihrem ganz persönlichen Sinnbild wieder aufbauen.«

»Die- Was ist eine Dryade?«

Aus den Augenwinkeln sah sie, wie sich die Finger ihres Großonkels verkrampften.

»Naturgeist. Vom Holz. Soll wohl auf die Hushen wegen irgendetwas hören. Was weiß ich-«, er hielt inne, »Dein ERNST? Damit rückst du aber verdammt früh raus«, fuhr er jemanden am anderen Ende an.

»Sven?«

»Es ist über eine alte Bindung geplant. Naturgeister sind auch Desson. Wenn sie eine Vertraute ist, ist sie ihrem Hushen unterstellt«, erklärte er hastig, »Wo bist du?«

Stopp! Was, wenn das eine Falle ist, Jessi? Was, wenn-

Nici? Wieso von einer Falle sprechen, wenn du selbst an keine mehr glaubst?

Aber warum sollte es ihn kümmern, wo wir sind?

Wieso nicht?

Jessica beschrieb die letzten Ortsschilder, die sie gesehen hatte. Sie hörte, wie Sven erneut mit jemanden sprach. Dann gab er ihr eine Wegbeschreibung und legte auf.

»Willst du da wirklich hin?«, fragte ihr Großonkel still.

Sie hatte das Radio eingeschaltet und raste durch die Sender, um eine Nachrichtenmeldung zu erhaschen. Nicht, weil sie dem Hushen nicht vertraute.

Es ängstigte sie nur zu sehr, um wahr sein zu dürfen.

»Er meinte, er hat einen Plan. Dass er aber meine Hilfe benötigt«, wiederholte sie seine Worte vor dem Auflegen und schaltete das nächste Lied weg.

»Ich weiß nicht.«

»Ich vertraue ihm«, die Worte fühlten sich an, als hätte sie ihm gerade gesagt, wie sie hieße – sie waren ein Fakt, »Bitte. Sieh dir an, wie Houo aussieht. Denk an Tantchen! Du hast gewusst, dass die Floris sie bedroht hat, wenn ich zu aufsässig wurde. Wie viele Beweise brauchst du noch, um meinem Bauchgefühl zu vertrauen?«

Schweigend musterte er sie, widersprach jedoch nicht.

Als sie sich der beschriebenen Stelle näherten, wartete Sven bereits dort. Sein Desson stand neben ihm. Dahinter ihr Tantchen, das zittrig auf den Musuko einsprach. Ob Sven zuvor mit diesem geschimpft hatte?

»Jessica!«, sobald sie hielten, war ihre Tante bei ihr und schloss sie in die Arme, »Er wollte mir nicht sagen, was das mit dir zu tun hat. Er hat- Da war diese Frau-«

»Nachher«, mischte sich Sven ein und Jessica erkannte, dass er sich nur nach außen gelassen gab. Vor allem als er Houo sah, der aufs Autodach sprang.

»Das ist Houo«, erklärte Jessica eilig, »Der Phönix hat Großmutters Blut die Treue geschworen.«

»Du bist kein Hutan«, verkündete der brennende Vogel.

Sie schluckte. In dem ganzen Durcheinander hatte sie gar nicht mehr daran gedacht, Houo alles zu erklären. Er hatte im Fahrzeug eh die meiste Zeit geschlafen.

»Du-«, Sven wandte sich Jessica zu, »Deswegen kannst du das Eis schmelzen?«

Sie nickte langsam. Es war ein bekanntes Geheimnis unter den Macian. Auch wenn diese es ungern zugaben, da es bedeutete, dass JeNi ihnen überlegen war.

»Der Vogel brennt«, hauchte ihre Tante.

Tantchen kippt gleich weg.

Nicht doch. Sie ist nur etwas-, noch während sie Nicole widersprach, sackte die Hutan zusammen.

Ja?

Ach, lass mich!, sie hatte die Frau im letzten Moment aufgefangen. Doch war nicht das gesamte Gewicht auf ihr gelandet. Überrascht bemerkte sie, wie Sven ihr half. Mit seiner Unterstützung hievte sie ihre Hutantante auf den Beifahrerplatz des gestohlenen Wagens.

»Danke.«

»Immer«, erwiderte er nur.

»Aber deswegen sind wir nicht hier«, unterbrach der General, »Du meintest, dass du eine Lösung für dieses Desaster hast.«

»Keine Lösung für dieses. Eher einen Plan, damit wir keine Lösung brauchen.«

»Ist das nicht dasselbe?«, Jessica hatte zum ersten Mal das Gefühl, ihm nicht folgen zu können.

»Ja und nein«, Sven wank mit den Händen, »Du hast dein Telefon bei dir, ja? Das von deiner Tante?«

»Du hast mich darauf angerufen«, verwirrt zog sie es aus den Falten ihres Rocks.

»Pass auf.«

Sein Zentrip glitt über seine leere Hand. Etwas erschien darin. Jedoch konnte sie das Schwarz darin erst zuordnen, als er die Finger spreizte.

Er reichte ihr ein zweites Handy. Eines, das genauso aussah, wie ihres. Das sich genauso anfühlte. Das einzig einen Kratzer auf der Rückseite hatte.

»Was soll das?«

In dem Augenblick, in dem ihr Großonkel die Worte äußerte, bemerkte Jessica, wie die Zahlen in einem der Geräte umschlugen.

Nicht, in dem anderen.

»Das-«

»Gib ihm das ursprüngliche Handy, ehe er sich zu sehr verausgaben muss«, murrte Tatakai.

Bereitwillig kam sie den Worten des Desson nach. Sie beobachtete, wie Sven es mit seinem Zentrip ankratzte, ehe er es verschwinden ließ.

»Eine Markierung?«

»Nein«, mischte sich dieser Musuko ein, »SR hat es als erster geschafft, Gegenstände in beide Richtungen durch die Zeit zu senden. Aber es klappt nur bedingt.«

»Sie dürfen nicht komplett gleich sein«, erklärte Sven, »Zwei gleiche Sachen können gleichzeitig nicht existieren, weil sie dann miteinander auf direktem und schnellstem Wege verschmelzen würden.«

»Und ein einfacher Kratzer reicht aus?«

»Ein Kratzer. Etwas Magie. Eine Umstrukturierung. Es kann verschieden sein«, gab er zu.

»Was soll uns euer verflixtes Chakra kümmern?«, fragte ihr Großonkel zornig, »Es-«

»Es ist der Plan«, erkannte Jessica, »Wenn etwas in die Vergangenheit kann, kann auch vor der Zukunft gewarnt werden, dann-«

»Nicht etwas«, unterbrach Sven sie, »Etwas kann sich immer nur starr auf einen Moment oder auf ein Ereignis beziehen. Wenn es nicht beachtet oder entdeckt wird, ist es vergebliche Liebesmüh.«

»Jemanden?«

»Seine Idee«, murmelte der Musuko direkt.

Kommt es nur mir so vor oder wirkt der Typ dahinten anders?, fragte Nicole.

Was meinst du?

Er sieht dreckig aus. Die Strähnen stecken nicht im Zopf. Und fällt nur mir das Blut auf?

Ja. Zum ersten Mal beäugte Jessica die Hushen genauer. Sie wirkten ausgelaugt. Nicht zuletzt erschien ihr Svens Vertrauter irgendwie träge. Das Wesen, das sich auf den Schultern dieses Musukos niedergelassen hatte, sah auch angespannt aus. Als würde es mit größter Mühe die Augen verschlossen halten. Weil es ihm hier zu hell war?

»Viel Spaß dabei«, bemerkte ihr Großonkel plötzlich, »Komm Jessica. Damit-«

»Was brauchst du von mir?«, fragte sie unbekümmert.

»Ich weiß nicht, wie die Macian zu dem angekommenen Zeitpunkt ticken«, erklärte Sven, »Wenn etwas erreicht werden soll, muss es auf mehreren Ebenen stattfinden: Ich muss zurück und Vorkehrungen treffen, damit ich nicht mit meinem jüngeren Ich verschmelze. Ich muss Vertrauen aufbauen und Ragnarök zerstören, indem ich die Zukunft anhand unserer vorausahne und jene Personen warne, die mir zuhören werden. Sodass am Ende dieser Wahnsinn gar nicht erst aufkommt.«

»Du willst Frieden?«, fragte Nicole sachte.

»Gern«, er lächelte, »Es wäre möglich. Es-«

»Es würde funktionieren«, befand TJ, »Die Floris hat mich nicht angegriffen, als ich ihr gegenüberstand. Wäre die Situation eine andere gewesen – ohne die Macian, Hushen und Desson – wir hätten reden können.«

»Reden? Mit der?!«, rief Jessica aus.

»Es wäre einen Versuch wert«, behauptete Sven eilig, »Jessi. Ragnarök kann mit der Dryade nicht aufgehalten werden. Sie werden nicht zulassen, dass jemand an den Naturgeist kommt. Und die Strukturen der Hushen lassen uns keine freie Hand, um aktiv gegen sie vorzugehen. Die Floris hingegen würde lieber eine neue Eiszeit auslösen, ehe sie die Pläne bemerkt. *Wir* müssen etwas tun!«

»Euer Otou-san ist so machtlos?«, fragte ihr Sorgenkopf.

»Vater ist tot«, der Musuko klang gequält.

»Der Otou-san hat schon unzählige Male mich und die anderen Generäle unversehrt in die Flucht geschlagen. Er ist ein Monster. Er hat-«

»Er ist tot«, wiederholte dieser Musuko schärfer.

»TJ«, Sven drückte die Schulter des anderen, »Schon gut, ja?«, erst danach wandte er sich wieder ihnen zu, »Er ist letzte Nacht verstorben. Wie, spielt keine Rolle. Das hier ist wichtiger. Ich brauche alles, was ihr über eure Geschichte entbehren könnt, ehe ich aufbreche.«

»Allein?«, Jessica spürte, wie ihr Herz sich verkrampfte.

»Dann trage ich auch allein das Risiko.«

Sie umarmte sich selbst. Die Worte machten zwar Sinn, doch- Sie wollte nicht! Sven war ihr immer eine Stütze gewesen. Seine Augen waren stets freundlich gewesen. Stets ein Segen und sie hatte ihm nie-

Wir müssen ihm jetzt nichts sagen, schlug Nicole vor.

Aber dann wird er sich ins Unbekannte stürzen. Er könnte am ersten Tag sterben. Er könnte-

Nein. Du verstehst nicht. Wir müssen ihm jetzt nichts sagen, Jess.

Sie brauchte einen Moment, um zu schalten.

Du willst mit?

Als er uns am Pflegeheim Lebwohl gesagt hatte, war das die schmerzhafteste Erfahrung, die ich je machen musste. Die wir je machen mussten. Ich kann mir nicht vorstellen, ihn allein ziehen zu lassen, Jessi. Nicht mehr.

Damit stand der Entschluss fest.

»Ich komme mit.«

***

SR wusste nicht, ob er sie wirklich beide sicher durch die Zeit befördern konnte. Aber er wusste, dass es seine einzige Chance war, Jessica ihren Frieden zu ermöglichen. Er wusste, dass er TJ so besser auf seine Rolle vorbereiten konnte. Dass er ihn vor seinen eigenen Befehlen bewahren musste. Dass er seiner Mutter die Schmerzen nehmen konnte, ihre Schwester und Nichte zu verlieren. Dass er sogar jener Pflegerin helfen konnte, die sich täglich für seine Hutangroßmutter abgeschuftet hatte!

Doch erhöhte das nur den inneren Druck.

Tatakai presste ein letztes Mal seine Schnauze gegen Svens Bein und sofort kraulte er das gewaltige Wesen. Er spürte, wie die Angst von dem Desson ausging. Wie er dennoch stark bleiben wollte.

»Wir sind bereit«, verkündete SM, als sie aus der Hütte trat, die der General mit Jessica erbaut hatte, »Bist du dir wirklich sicher? So ein Eingriff … Er wird dich deine Bindung zu Tatakai kosten.«

SR beäugte sie nachdenklich. Dann fiel sein Blick auf TJ und diesen Houo, die sich etwas abseits gesetzt hatten. Sie sprachen über den Tod. Über Leben. Über die Dimen.

Es erleichterte Sven ungemein, dass es seinem Freund besser zu gehen schien. Selbst SM hatte das bestätigt, als sie dazugestoßen war. Sie hatte sich vor Jessica und dem General als TJ's Freundin vorgestellt. Als Heilerin, die durch ihren Vertrauten vom Vorhaben erfahren habe.

»Allein der Zeitsprung würde meine Bindung zu Tatakai zerstören«, gab er zu bedenken.

Nickend brachte sie ihn in die Hütte. Janice hatte Jessica gerade einen Zugang gelegt. Sie machte sich sogleich an Svens Arm zu schaffen. Für die Schmerzmittel, die sie mit SM und TJ aus einem Hutankrankenhaus besorgt hatte.

»Es wird ein paar Momente dauern und-«

»Schon gut«, er senkte die Stimme, »Sollten wir zu wenig haben – gib Jessi zuerst.«

Sie nickte dankend.

Erst danach setzte er sich neben Jessica. Er starrte in ihre Augen. Ihre Augen, die seine werden sollten. Dafür sollten seine ihre werden. Es war ihre Idee gewesen. Weil das Gewebe ja von dem anderen stammte. Damit wären sie auf jeden Fall anders. Denn vielleicht reiche ein abgetrennter Arm ja nicht aus. Vielleicht brauche man mehr als eine Wunde. Eine Fehlkalkulation wäre verheerend!

Außerdem würden sie so die Welt aus den Augen des anderen sehen.

»Ich habe einzig genug Wasser, um eine Transplantation zu gewährleisten«, hörte er den General sagen, als er die Phiole mit dem Heilwasser schwenkte.

»Dann kümmere dich erst um Sven«, befand Jessica.

»Jess-«

»Nein«, protestierte SR, ehe sie sich gegenüber dem General durchsetzen konnte oder SM noch einen Streit begann, »Es ist mein Plan. Mein Risiko. Du hattest zwar die Idee, aber du lässt dich von mir mitschleifen. Wenn einer von uns erblindet, weil deinem Onkel das Heilwasser oder SM das Svadhisthanachakra ausgeht, wirst nicht du diejenige sein.«

»Ich-«

Zu seiner Erleichterung mischte sich die Kodomo nicht ein. Stattdessen nickte sie mit verschränkten Armen. Dafür verkündete ihre Vertraute fauchend ihren Missmut.

»Ich kann nicht glauben, dass ich das sage: Aber da bin ich mit dem Hushen derselben Meinung«, brummte der General, »Jessica. Wenn du das hier unbedingt willst: Gut. Du hattest Recht mit der Floris. Mit allem, ja? Aber du lässt dich zuerst behandeln.«

Mürrisch stimmte sie zu und erleichtert lehnte sich Sven zurück. Er ließ sich eine leere Box von SM geben. Legte sein Zentrip hinein. Legte sein Sahasrarachakra darum. In drei Stunden wollten SM und der General mit beiden Eingriffen fertig sein. Das war der Plan.

Und wenn sein Zentrip und die Bindung zu Tatakai dann noch für den Zeitsprung existieren sollten, müsste beides solange unerreichbar sein. Sie mussten sich an den Plan halten. Mussten direkt danach aufbrechen. Ehe sich sein Taschenmesser in Luft auflöste.

Damit sandte er es in die Zukunft. Er atmete tief durch. Zählte im Kopf eine Minute ab. Lehnte sich zurück. Sah, wie SM traurig lächelte.

Sie war EJ und AC nur entkommen, weil sie sich als Tempelmaid präsentiert hatte. Weil sie die Ereignisse als Wille Shingashas bezeichnet hatte und die Priester sie beschützten. Weil sie so zu Gakumon blinzeln konnte. Noch immer rang ihre Geschichte in seinen Ohren wider:

EJ hatte seinen Sohn als Otou-san erklärt. SM's Mutter war dem Tempel als Opfergabe überreicht worden. Seine eigene Ma saß in den Zellen der Ajnaabteilung, weil sie mit TJ des Mordes am letzten Otou-san bezichtigt wurde. TJ selbst wurde als Hochverräter gesucht. RT sollte diese Woche noch wegen Vernachlässigung an TC hingerichtet werden. SR's Onkel und Vater wurden hingegen beide von Ermittlungen erstickt, weil sie versucht hätten, die Dryade zu rauben …

Das Kartenhaus von Kumohoshi war zusammengestürzt. Er würde in der Vergangenheit ein besseres, ein stabileres erbauen müssen.

SM legte ihm die Box auf die Brust, ehe sie ihr Chakra in den Händen sammelte. Sie hielt inne. Schaute nach Jessica. Dann wieder auf SR.

»Wenn ihr Erfolg habt, werde ich anders sein, oder?«

»Das ist der Plan«, murmelte er.

»Dann«, sie stockte, »Darf ich frei sein?«

Für einen Moment hatte er Mitleid mit der Kodomo, die er einst so gehasst hatte. Sie wirkte zu erschöpft. Zu sehr an ihre Familie gebunden.

»Natürlich«, bestätigte er still.

Damit entfernte sie seine Augen, ehe sie dasselbe bei Jessica tat. Er hörte, wie sie leise Worte mit dem General wechselte. Spürte jedoch nichts. Die Betäubung war zu gut. Darauf hatte er bestanden. Er wollte hören, was vor sich ginge. Er wolle hören, falls es zu Problemen käme.

Und ob dieser General wirklich mit jenem Heilwasser umgehen konnte, mit dem er ihre Augen wieder mit den Sockeln verbinden wollte.

»Reflexe vorhanden«, vernahm er irgendwann von SM.

Erleichterung erfasste ihn, ehe sie sich ihm zuwandten.

Epilog: Die Geburt eines Neuanfangs

Sven zitterte am ganzen Körper. Er spürte, wie es in ihm pochte. Eilig gab er seine Kontrolle an Ryan ab. Denn selbst mit dem Chakra aus dem Yubiwa war ihm jegliche Magie so enorm entwichen. Er spürte, wie sich alles in ihm verkrampfte. Wie Tatakai fehlte. Wie er gerade noch da gewesen war. Bei ihm!

Dann hatte sich ihre Bindung aufgelöst. Das Zentrip war zerfallen. Der Desson hatte geschrien-

»Sven? Sven? Hörst du mich?!«

Jessicas Stimme war wie ein Anker. Er klammerte sich daran fest. Hörte, wie Ryan ihr antwortete. Spürte, wie sie seinen Arm drückte. Wie sie zischte, als die Blitze dorthin strömten. Seine eigene Magie ließ ihn erschaudern.

Er war ein Wildling.

»Jaah«, er stöhnte, »Wir- Wann?«

»Ich weiß nicht«, sie schien keine Schmerzen zu haben – das war gut, »Wir sind nicht in Havbolt. Oder- Warte.«

Er spürte, wie sie wegging. Panik erfasste ihn. Er wollte hinterher! Spürte, wie sein Chakra um sich schlug. Wie es jedoch auch aufgehalten wurde. Wie es-

Gedankenverloren tastete er nach dem Schmuckstück auf seinem Schoß. Der Yubiwa. TJ hatte ihm den Ring überlassen. Er hatte irgendetwas gesagt, worauf sich das Schmuckstück vor ihm zu öffnen schien.

Und nun sorgte es dafür, dass seine Magie nicht frei drehte. War es das?

»Wir sind nur *vor* Havbolt gelandet, weil die Stadt noch nicht so groß ist«, erklärte Jessica, als sie zurückkehrte, »Es hat geklappt.«

Erleichtert sackte er in sich zusammen.

»Dann müssen wir jetzt alles planen. Wir brauchen neue Namen. Ich brauche einen Zugang zu Kumohoshi. Einen Vertrauten. Du einen Weg zu den Macian und-«

»Nein«, sie drückte seine Hand, »Ich gebe dir alle Informationen, die du brauchst. Aber ich gehe nicht zu den Macian zurück. Auf keinen Fall.«

»Jessi, wir müssen-«

»Bitte. Das ist meine einzige Bedingung. Ich möchte ein ruhigeres Leben führen. Ich möchte dich sehen können. Ich möchte mich nicht verstecken. Ich möchte alt werden. Kinder bekommen. Wie die alte Jackie Semmelbeck aus Tantchens Pflegeheim. Die du eigentlich nach dem Tod deiner Großmutter besuchen wolltest, weißt du noch?«

Er konnte nicht mit ihr diskutieren. Nicht in diesem Zustand. Und erst recht nicht, wenn sie so trotzdem die Zerstörung der Welt aufhalten konnten …

»Dann brauchst du aber einen Ort, von dem du notfalls eingreifen kannst, falls die Floris wieder durchdreht. Nur für den Notfall. Für-«

»Kriegsheim«, unterbrach sie ihn, »Mom und Tantchen sind dort auf die Welt gekommen. Im Wald hausen freie Desson. Vielleicht finden wir dort jemanden für dich? Im Ort selber ist ein Stützpunkt. So hatte Mom damals auch meinen Vater kennengelernt. Es gibt dort eine alte Mühle, die ich als Kind bewundert habe. Sie ist eingestürzt, als ich zehn war, weil sich niemand um sie gekümmert hat.«

»Und du willst das übernehmen?«

»Nur, wenn du mir hilfst. Ich-«, sie drückte seine Hand, »Ich bin hier, weil ich bei dir bleiben will. Notfalls komme ich auch mit unter die Hushen. Das klappt schon, wenn es sein muss. Mir egal.«

Er spürte, wie etwas auf seine Finger tropfte. Plötzlich hatte er das Gefühl, Jessica neben sich sehen zu können. Wie sie dort kniete. Mit ihrem traurigen Lächeln. Aber mit seinen Augen. Wie sie endlich jene Tränen vergoss, die er ein ganzes Leben lang zurückgehalten hatte.

Während in ihren keine mehr waren.

»In Ordnung. Wir schaffen das«, flüsterte er, »Magst du aus dem Regen raus?«

Ein ersticktes Lachen entkam ihr. Es klang dankbar. Und das war alles, was er hören wollte.

»Sechsunddreißig Jahre«, murmelte sie später, nachdem sie einem Hutan eine Zeitung gestohlen hatte, »Es wird noch ewig dauern, bis die ersten Handys erfunden werden und ich wieder darauf spielen kann.«

»Huh«, er ließ sich von ihr durch die Straßen Havbolts führen, »Umso mehr Zeit für uns, uns auf das Schlimmste gefasst zu machen.«

Er hörte, wie sie das Papier beim Weglegen zerknitterte und glaubte, ihre Bewegungen wieder vor sich sehen zu können. Allerdings nur ihre. Nicht die der anderen Hutan.

Weil er nun ihre blauen Augen trug?

»Gut. Wo fangen wir an?«

Mini-Glossar: Die Befehle der Seelensplitter

Einzig Kazokus oder Floras können bindende Befehle an Hushen beziehungsweise Macian erteilen. Vorausgesetzt sie tragen graue Augen, die sich dank der Seelensplitter der Dimen bilden. Aber es ist auch notwendig, dass die befehlende Person hinter ihren Worten steht. Zweifelt sie an diesen, können sie problemlos ausblendet werden.

Außerdem müssen die befohlenen Hushen oder Macian reines Blut in sich tragen. So können Ubride und deren Kinder nicht von den Seelensplittern befehligt werden. Stattdessen wirken die Worte wie eine Suggestion auf sie. Erst in der dritten Generationen ist die Vermischung des Blutes irrelevant.

Auch ist die Länge des Befehls wichtig: Je länger, desto detaillierter und einprägsamer. Je kürzer, desto allgemeiner und vergesslicher. Sollte der erfolgte Befehl außerdem eine Aufgabe beinhalten, die gegen die Ansichten des Befohlenen verstößt, wird mehr Magie benötigt, um die Ausführung zu garantieren. Diese Magie wird aus den Seelensplittern der Dimen gezogen und kann sich nur über die Zeit regenerieren. Daher ist es für Kazokus wie Floras unerlässlich, ihre Befehle knapp zu halten, damit nicht zu viel Magie verbraucht wird. Auch ist ein Widersprechen oder Aufheben von Befehlen, die andere äußerten, selten, da dies mit einem enormen Magieverbrauch verbunden ist.

Zuletzt ließe sich erwähnen, dass Befehle zeitlich und räumlich an die Kazokus oder Floras gebunden sind. Die einzig bekannten Ausnahmen bilden hierbei Anweisungen, die in Stresssituationen ausgerufen wurden, weil dabei mehr Magie aus den Seelensplittern entweichen kann. Hierzu zählen zum Beispiel der Moment des Todes von Kazokus und Floras, jedoch auch andere Lebensereignisse wie Schock, Trauer, Geburt des Kindes, Ehevollzug und Ähnliches.

Begriffsverzeichnis

Desson: magische Kreaturen, können unterschiedlichste Formen oder Farben haben, besitzen jeweils nur eine Seele
Dimen: »Gottheiten« für Macian/Hushen
Hushen: Menschen mit zwei Seelen, können durch ihre trainierte Chakren Magie freisetzen
Hutan: normale Menschen, eine Seele
Macian: Menschen mit zwei Seelen, können intuitiv die Elemente beeinflussen
Ubrid: Mischwesen aus vorherigen Erklärungen

Clowa: Uhr, die weltweite Zeiten anzeigt
Okaa-san: Frau des Otou-sans
Otou-san: Vorsitzender der Hushen und der einzige, der den Konzil befehligen darf, dafür muss er sich jedoch den Regeln und Bedingungen des Tempels unterwerfen
Purlpa: Perlenarmband, dessen Perlen beim Zerreißen einen Schutzbannkreis erschaffen
Vertraute: je ein Hushen und ein Desson, deren Bündnis einer besseren magischen Kontrolle für die Hushen dient
Yubiwa: Verlobungsring des Otou-sans von den ersten Chakrameistern geschaffen, kann Hushenmagie abwenden
Zentrip: Gegenstand, der bei dem Bündnis von Vertrauten erschaffen wird und als Magieschlüssel für Hushen dient

Auxilius: Leibwächter für ausgewählte Macian
Calyx: Tochter der Floris
Duria: zerbrochener Stein, der Geschwister verbindet
Floris: Vorsitzende der Macian, die von allen Generälen im Namen Zangashas beschützt werden muss, sie und ihre Familie dürfen die Generäle als einziges hinterfragen, aber nie befehligen
Lyx: Mann der amtierenden/letzten Floris
Radix: Sohn der Floris

Personenübersicht aus diesem Band

AC: Andy Chris Kazoku, Hushen, TJ's Cousin

AJu: Annett Juliette Schermer, Macian, JeNi's Tante und CiLu's Benimmdame, in Kriegsheim stationiert

Arashi: Desson, geschuppter Tiger, Vertrauter von LR

AVaMa: Alice Valerie Maggie Flora, Floris, geborene Macian mit der Seele einer Najade

BM: Bardosh Magnus, Hushen, Chakrameister des Manipura, Onkel von SR und Konzilmitglied

Canopy: Dryade (Holzgeist/Desson), sieht LiJu als Momma und hört daher auf diese

Chou: Desson, Schmetterling, Vertrauter von TC

CiLu: Cindy Lucy Patil, Macian, Generalstochter

DC: Detlev Colin, Hushen, Vater von SR, HE's Schüler und leitet einen Teil der Spione

EJ: Edward Justus Kazoku, Hushen, Bruder des Otou-sans und TJ's Onkel

EL: Edric Louis, Hushen, SR's Großvater, von ihm stammten die hilfreichsten Theorien zum Sahasrara

Emily: Emily Louis, Hutan, ursprünglich Journalistin, Ma von FK und JF, dementer Pflegefall

FK: Fiona Katja, Ubrid, SR's Ma, Meisterin des Sahasrara und Seelenverwandte des Otou-sans

Fuyu: Desson, weißer Wolf, Vertraute von FK

Gakumon: Desson, schwarzes Wesen – ähnelt einem Luchs, Zwilling von Yuki, Vertrauter von TJ, teilt sich einen Geist mit Schwester, verfügt über Schattenmagie

Genso: Desson, Feenwesen, Vertraute von RT, kann Illusionen erschaffen, die sich auf Geräusche fokussieren, stumm

GreWo: Gregor Wolter, Macian, Auxilius von LiJu, dient aber auf ihren Befehl der Floris

HaMa: Halina Marissa Flora, Macian, alte Floris vom Shanai

HE: Husam Erasyl, Ajnameister, Onkel von TL, hochrangiges Mitglied von Ragnarök, Konzilmitglied

Houo: Phönix (Feuergeist/Desson), schwor NiMa Inkra einen Treueeid, nachdem diese ihn rettete und leistete ihn seither unter JuNi, TaJu und JeNi

Janice: Janice Rico, Hutan, Emilys Pflegerin, Tante von JeNi und Druckmittel für die Floris, damit ihre Nichte sich benimmt, hat Hutanehemann und Sohn

JeNi: Jessica Nicole Naar (unter den Hutan: Jessica Naar), Ubrid, Macianvater: JuNi, Hutanmutter: Rebekka, lebt bei TaJu, trägt einen Funken von Houos Magie in sich und kann AVaMa's Eis schmelzen

JF: Janina Fortini, Ubrid, FK's Schwester, tot

JM: Janine Mary, Hushen, Cousine von TJ und SR, musste von EJ ermordet werden, damit SM leben kann

JuNi: Julian Nicolas Schermer, Macian, Auxilius von HaMa und AVaMa, starb, als er gehen wollte, um sein Leben mit seiner Familie zu verbringen

LiJu: Liliane Julie, Macian, LyA's Schwester und Generälin von Gallahain, Ersatzmutter für AVaMa

LR: Ludwig Renaldo Kazoku, Hushen, Otou-san

LyA: Lysander August, Macian, eingeheirateter Flora, Vater von TriSte und AVaMa

Moto: Desson, kleiner fliegender Fisch, Vertrauter von DC

NA: Norbert Axel, Hushen, Vater von RT, Chef der Spione und HE's Schüler

Rebekka: Rebekka Naar, Hutan, JeNi's Mom, starb, als sie JuNi abholen wollte

RT: Richard Tobias, Hushen, Abschlussbester seines Jahrgangs und wurde dadurch TJ's Einheit zugeordnet

SiCo: Sirius Conrad, Macian, General von Medorn

SiMa: Siria Marissa, Macian, Tochter von SiCo

SM: Shana Marissa, Hushen, Kodomo, Zwilling von TJ, hilft im Tempel aus

SR: Sven Ryan, Hushen, durch Ma (FK) seit Kindestagen mit TJ befreundet, forscht zum Sahasrara

ST: Samira Theresa, Hushen, Okaa-san und Mutter von TJ

SteMa: Stephan Marcus, Macian, LiJu's Sohn, AVaMa's Cousin sowie Vater ihres ungeborenen Kindes und daher zukünftiger Lyx der Macian

TaJu: Tajan Julius Inkra, Macian, Onkel von JuNi und AJu, General des Feuers, Großonkel von JeNi

Tatakai: Desson, Hund mit riesigen Klauen, Vertrauter von SR, sehr ruhig und treu

TC: Trish Cecille, Hushen, jüngere Schwester von RT, tot

TL: Terzia Leslie, Zweitbeste des Ajnachakras, Nichte des Meisters, Mutter von RT und TC

TJ: Tarek John Kazoku, Hushen, Musuko, Kindheitsfreund von SR, Zwilling von SM und Kollege von RT

TriSte: Tristen Steffen Flora, Macian, Radix, AVaMa's Bruder, waren durch die Duria verbunden, tot

VaVi: Valentina Vivian, Macian, Generälin des Windes und einstige Spielgefährtin von HaMa

Yuki: Desson, weißes Wesen – ähnelt einem Luchs, Zwilling von Gakumon, Vertraute von SM, Gestaltswandlerin, teilt sich einen Geist mit Gakumon

weitere Personen: Im Pflegeheim arbeiten unter anderem noch Tino, Evelyn und Dora. Neben Emily Louis wird auch eine Jackie Semmelbeck als Patientin des Pflegeheims gelistet. Auch existiert in Kriegsheim ein Junge namens Stevie, der von JeNi's Hutangroßeltern aufgenommen wurde, jedoch weglief.

Danksagung

Ein Hoch auf JeNi und SR!

Puh. Diese Geschichte huschte bereits seit dem ersten Kriegsheimband durch meinen Kopf. Und endlich darf ich sie Euch präsentieren. Dabei legt diese Story theoretisch das Fundament für AMaVa und TJ. (Und musste daher auch vor dem letzten Band dieser Reihe erscheinen!) C:

Meine komische Reihenfolge aber mal beiseite, bin ich wieder hier, um meinen Dank zu verkünden. Diesmal ist er ein wenig zweigeteilt:

Zum einen möchte ich den Lesenden danken, die über die Leserunden von Lovelybooks meine Kriegsheimbücher gefunden haben. Euer (meist) liebes Feedback und die nachdenklichen Fragen sind eine super Motivation! Auch fand ich es total spannend, zu lesen, wie manche Szenen auf Euch wirkten oder ob Ihr gewisse Ereignisse erahnen konntet. (Letzteres ist auch eine ständige Frage für meine Testlesenden gewesen, weil ich keine Geschichten mag, deren Ende ich auf Seite fünf vorhersagen kann ...)

Zum anderen möchte ich meiner früheren Arbeitsstelle und den dortigen Mitarbeitenden danken! Nicht nur, weil sie mich in meinen Pausen/vor der Arbeit mit Ruhe zum Schreiben/Überarbeiten/Lernen unterstützt haben. Sondern auch, weil einige von ihnen (teilweise sogar ohne mein anfängliches Wissen) meine Bücher gekauft und in ihren Schichten verschlungen haben. Vor allem Minki war wohl besonders beliebt, wenn die Arbeit nur schleppend kam. Aber auch die Story über Angeline aus Merichaven hat sich in mindestens ein Herz geschlichen. Cx

Vielen Dank, dass Ihr mich und meine komische Fantasie so gut ertragt!

Medra

Weiteres von der Autorin

Medra Yawa ist eine fantasievolle Berlinerin, die sich als Mutter, Angestellte und Autorin durchs Leben hangelt. Zu ihren früheren Werken zählen unter anderem die Merichaven Trilogie, das Kinderbuch und die Lesereise über die kleine Wolke Fuji, mehrere Kurzgeschichten bei verschiedenen Verlagen, ihre Blogbeiträge die wöchentlich das Licht der Welt erblicken und natürlich die Kriegsheimserie.

Für einen knappen Überblick schaut doch mal auf Bluesky oder ihrer Webseite vorbei! Dort erscheinen regelmäßig Neuigkeiten über ihr verrücktes Leben und Infos zu Neuveröffentlichungen.

(Manchmal gibt es sogar Gewinnspiele!)